A melodia feroz

VICTORIA SCHWAB

A melodia feroz

MONSTROS DA VIOLÊNCIA VOL. 1

Tradução
GUILHERME MIRANDA

O selo jovem da Companhia das Letras

Copyright © 2016 by Victoria Schwab

Publicado mediante acordo com a autora, aos cuidados da BAROR INTERNATIONAL, INC., Armonk, Nova York, EUA.

O selo Seguinte pertence à Editora Schwarcz S.A.

Grafia atualizada segundo o Acordo Ortográfico da Língua Portuguesa de 1990, que entrou em vigor no Brasil em 2009.

TÍTULO ORIGINAL This Savage Song

CAPA E CALIGRAFIA DA CAPA Jenna Stempel

FOTOS DE CAPA Shutterstock

PREPARAÇÃO Lígia Azevedo

REVISÃO Renato Potenza Rodrigues e Larissa Lino Barbosa

Dados Internacionais de Catalogação na Publicação (CIP)
(Câmara Brasileira do Livro, SP, Brasil)

Schwab, Victoria
    A melodia feroz : Monstros da Violência volume 1 /
Victoria Schwab ; tradução Guilherme Miranda. — 1ª ed.
— São Paulo : Seguinte, 2017.

    Título original: This Savage Song.
    ISBN 978-85-5534-041-3

    1. Ficção norte-americana I. Título. II. Série.

17-03643   CDD-813

Índice para catálogo sistemático:
1. Ficção : Literatura norte-americana 813

3ª reimpressão

[2022]
Todos os direitos desta edição reservados à
EDITORA SCHWARCZ S.A.
Rua Bandeira Paulista, 702, cj. 32
04532-002 — São Paulo — SP
Telefone: (11) 3707-3500
www.seguinte.com.br
contato@seguinte.com.br

 /editoraseguinte
 @editoraseguinte
 Editora Seguinte
 editoraseguinteoficial

Aos esquisitos, aos loucos e aos monstruosos.

*Muitos humanos são monstruosos,
e muitos monstros sabem se fazer de humanos.*

V. A. VALE

PRELÚDIO

Kate

Na noite em que Kate Harker decidiu botar fogo na capela da escola, ela não estava revoltada nem bêbada. Estava desesperada.

Incendiar o lugar era realmente seu último recurso; ela já tinha quebrado o nariz de uma menina, fumado no quarto, colado na primeira prova e insultado três freiras. Mas, o que quer que fizesse, a St. Agnes *perdoava*. Aquele era o problema das escolas católicas: viam você como alguém que precisava ser salvo.

Mas Kate não precisava disso; só precisava dar o fora dali.

Era quase meia-noite quando pisou na grama sob a janela do dormitório. A hora das bruxas, as pessoas diziam, quando espíritos conturbados saíam em busca de liberdade. Espíritos conturbados e adolescentes presas em internatos muito longe de casa.

Ela foi descendo pelo caminho de pedras que levava até a capela da Cruz. Carregava uma mochila nas costas, cheia de garrafas que tilintavam umas contra as outras no ritmo de seus passos. Só não havia cabido um vinho de safra do estoque particular da irmã Merilee, então Kate o levava na mão.

Devagar e baixo, os sinos da capela dos Santos tocaram. Ela era maior e ficava do outro lado da escola. Aquela igreja nunca estava completamente vazia — madre Alice, a diretora, madre superiora ou o que quer que fosse da escola, dormia em um quarto contíguo. Mesmo se Kate quisesse incendiar aquela capela em particular, não seria idiota o bastante para ser acusada de homicídio também. Não quando o preço da violência era tão alto.

À noite, as portas da capela menor ficavam trancadas, mas Kate havia roubado uma das chaves mais cedo, durante um dos sermões da irmã Merilee sobre como encontrar a graça divina. Ela entrou e deixou a mochila atrás da porta. Os vitrais azuis ficavam pretos sob o luar, deixando a capela escura como Kate nunca tinha visto. Uns dez bancos a separavam do altar e, por um momento, ela quase se sentiu mal por botar fogo naquela capelinha charmosa. Mas não era a única capela da escola — nem mesmo a mais bonita — e, se havia uma coisa que as freiras da St. Agnes pregavam, era o sacrifício.

Kate já havia sido expulsa (sem incendiar nada) de dois internatos em seu primeiro ano de exílio e de mais um no segundo, esperando que fosse o último. Mas seu pai era determinado (ela tinha a quem puxar) e continuava apresentando opções. O quarto internato era na verdade um reformatório para adolescentes problemáticos, onde ela havia ficado por quase um ano. O quinto era uma escola só para garotos disposta a abrir uma exceção em troca de uma doação generosa. Durou apenas alguns meses, mas provavelmente seu pai já tinha reservado uma vaga naquela escola católica dos infernos, porque Kate foi mandada para lá sem nem passar pela Cidade V.

Seis escolas em cinco anos.

Mas aquela era a última. Tinha que ser.

Kate se agachou no piso de madeira, abriu a mochila e começou a trabalhar.

A noite ficou serena demais depois dos sinos, quando caiu um silêncio fantasmagórico na capela. Ela começou a cantarolar um hino religioso enquanto tirava as coisas da mochila: duas garrafas de uísque barato e outra menor de vodca, tudo obtido de uma caixa de bens confiscados, além de três garrafas de vinho tinto da casa, um uísque envelhecido do armário da madre Alice e o vinho de safra da irmã Merilee. Kate enfileirou as garrafas em um dos bancos do fundo antes de atravessar a igreja até as velas de oração. Ao lado de três fileiras de pratos rasos de vidro ficava uma travessa com fósforos longos.

Ainda cantarolando, Kate voltou ao estoque de bebidas e abriu as várias garrafas, ungindo os assentos, fileira após fileira, certificando-se de que cobria todo o espaço. Ela guardou o uísque da madre Alice para o altar de madeira. Uma Bíblia repousava aberta ali e, num momento de superstição, Kate poupou o livro, arremessando-o na grama pela porta aberta. Dentro da capela o cheiro úmido e adocicado de álcool atacou seus sentidos. Ela tossiu e cuspiu para tirar o gosto ácido da boca.

Do outro lado do ambiente, um enorme crucifixo pendia sobre o altar. Mesmo com o salão escuro, Kate conseguia sentir o olhar fixo da imagem sobre ela enquanto erguia o fósforo.

Perdoe-me, pai, pois eu pequei, ela pensou, acendendo-o na moldura da porta.

— Não é nada pessoal — acrescentou em voz alta enquanto o fósforo ganhava vida, abrupto e incandescente. Por um longo tempo, Kate observou o fogo, crepitando em direção a seus dedos. E então, quando estava chegando perto demais, lançou o fósforo no assento mais próximo. O incêndio começou no mesmo instante e se espalhou com um som audível, consumindo apenas o álcool no começo, depois tomando conta da madeira. Em questão de segundos, os bancos pegaram fogo, e então foi a vez do piso e, por último, do altar. A chama cresceu, cresceu e cresceu, do tamanho de uma unha a uma labareda com vida própria. Kate ficou hipnotizada, observando-a dançar, subir e consumir centímetro após centímetro, até o calor e a fumaça finalmente a obrigarem a sair para a noite fria.

Corra, disse uma voz em sua cabeça — baixa, urgente, instintiva — enquanto a capela ardia.

Ela resistiu a esse impulso e se sentou num banco a uma distância segura do fogo, esfregando os sapatos na grama do fim de verão.

Se estreitasse os olhos, conseguiria ver no horizonte a luz da cidade-satélite mais próxima: Des Moines. Um nome arcaico, uma relíquia de um tempo anterior à reconstrução. Havia meia dúzia delas espalhadas pela periferia de Veracidade, mas nenhuma abrigava mais de um milhão de habitantes, e a população inteira permanecia trancada e confinada, sem jamais se aproximar da capital. Era essa a ideia. Ninguém queria atrair os monstros. Nem Callum Harker.

Kate tirou o isqueiro do bolso — um lindo objeto prateado que madre Alice havia confiscado na primeira semana — e ficou passando-o de uma mão para a outra. Elas tremiam, então tirou um cigarro do bolso da camisa — outro presente da caixa de objetos confiscados — e o acendeu, observando a pequena chama azul dançar diante da gigantesca labareda laranja.

Ela deu um trago e fechou os olhos.

Onde você está?, Kate se perguntou.

Era um jogo que fazia de vez em quando, desde que tinha aprendido sobre a noção de multiverso: a vida de uma pessoa não era exatamente uma linha, mas uma árvore, e cada decisão era um galho divergente, resultando numa pessoa divergente. Ela gostava da ideia de que havia centenas de Kates diferentes, vivendo centenas de vidas diferentes.

Talvez em uma delas não houvesse monstros.

Talvez sua família ainda estivesse inteira.

Talvez ela e sua mãe nunca tivessem saído de casa.

Talvez nunca tivessem voltado.

Talvez, talvez, talvez... E, se havia centenas de vidas, centenas de Kates, *ela* era apenas uma entre várias, exatamente a que deveria ser. No fim, era mais fácil fazer o que precisava ser feito se conseguisse acreditar que, em outro lugar, outra versão dela pôde tomar uma decisão diferente e levava uma vida melhor — ou, pelo menos, mais simples. Talvez ela as estivesse poupando. Permitindo que outra Kate continuasse sã e salva.

Onde você está?, ela repetiu a pergunta.

Deitada num campo. Observando as estrelas.

A noite está quente. O ar, puro.

A grama está fria sob minhas costas.

Não há monstros na escuridão.

Que bom, pensou Kate, enquanto, diante de seus olhos, a capela ruía, lançando uma onda de brasas para o alto.

Sirenes soaram ao longe. Ela se empertigou no banco.

Lá vamos nós.

Em poucos minutos, as meninas tinham saído dos dormitórios. Madre Alice apareceu de penhoar, com o rosto pálido refletindo o vermelho da luz da igreja que ainda queimava. Kate teve o prazer de ouvir a velha e composta freira soltar uma série de palavrões pitorescos até os caminhões de bombeiros chegarem e as sirenes abafarem todo o resto.

Até mesmo escolas católicas tinham limites.

Uma hora depois, Kate estava sentada no banco de trás de uma viatura local, cortesia de Des Moines, com as mãos algemadas sobre o colo. O carro cortava a noite, atravessando a imensidão sombria de terra que formava a região remota no nordeste de Veracidade, para longe da segurança da periferia, rumo à capital.

Kate se remexeu no banco, tentando encontrar uma posição mais confortável enquanto o carro acelerava. Atravessar Veracidade inteira demorava três dias de carro, e ela imaginou que ainda faltavam umas boas quatro horas até a capital e uma hora até os limites do Ermo — mas um guarda local jamais guiaria uma viatura por um lugar como aquele. O carro não era muito reforçado, tinha apenas a proteção de ferro e faróis altos de RUV — reforço ultravioleta — lançando linhas cortantes na escuridão.

Os dedos do policial estavam brancos no volante.

Ela pensou em dizer para o homem não se preocupar, não ainda. Eles estavam longe; as fronteiras de Veracidade eram relativamente seguras, porque nenhuma das coisas que assolavam a capital estaria disposta a atravessar o Ermo para chegar até eles, não quando ainda havia gente de sobra para comer mais perto da Cidade V. Então ele lhe lançou um olhar maldoso, e Kate decidiu deixá-lo com sua angústia.

Ela virou a cabeça, encostando o ouvido bom no banco de couro enquanto encarava a escuridão lá fora.

A estrada à frente parecia vazia na noite densa, e ela examinou seu reflexo na janela. Era estranho como apenas as partes óbvias se destacavam no vidro escurecido — cabelo claro, queixo pontudo, olhos escuros. Não a cicatriz que lembrava uma lágrima seca no canto do olho, ou a que seguia a linha do cabelo da têmpora até o queixo.

Àquela altura, devia ter sobrado apenas o casco chamuscado da capela da Cruz.

A multidão crescente de meninas de pijama tinha feito o sinal da cruz diante daquela visão (Nicole Teak, cujo nariz Kate havia quebrado pouco antes, abriu um sorriso cruel, como se ela fosse ter o que merecia, como se não *quisesse* ser pega) e madre Alice havia orado por sua alma enquanto a escoltava para fora da propriedade.

Até nunca mais, St. Agnes.

O policial falou algo, mas as palavras se decompuseram antes de chegar até ela, restando apenas sons abafados.

— O quê? — ela perguntou, fingindo desinteresse enquanto virava a cabeça.

— Estamos quase lá — o policial murmurou, ainda visivelmente irritado por ter sido obrigado a levá-la tão longe em vez de deixá-la passar a noite numa cela.

Eles passaram por uma placa — trezentos e oitenta quilômetros até a Cidade V. Estavam chegando perto do Ermo, a zona que separava a capital do resto de Veracidade. *Um fosso*, pensou Kate, *com seus próprios monstros*. Não havia nenhuma fronteira definida, mas dava para perceber a mudança, como o contorno de uma costa, o terreno se inclinando, ainda que continuasse plano. As últimas cidadezinhas davam lugar a campos desolados e o mundo passava de silencioso a *vazio*.

Mais alguns quilômetros de silêncio penoso — o guarda se recusava a ligar o rádio — até uma estrada secundária quebrar a monotonia da reta principal. A viatura entrou nela; os pneus deixaram o asfalto e pararam ruidosamente no cascalho.

A chama da expectativa tremulou imprecisa no peito de Kate enquanto o guarda iluminava os arredores com os faróis de RUV. Eles não estavam sozinhos. Um veículo preto esperava à beira da estrada estreita; os únicos sinais de vida eram os faróis de RUV, o vermelho das luzes de freio e o ronco baixo do motor. O círculo de luz da viatura em que Kate estava iluminou as janelas matizadas do outro veículo e pousou sobre o aparato de metal capaz de lançar cem mil volts em qualquer coisa que chegasse perto demais. *Aquele* era um veículo projetado para atravessar o Ermo — e o que quer que espreitasse lá.

Kate deu o mesmo sorriso que Nicole abrira diante da igreja — presunçoso, sem mostrar os dentes. Não um sorriso feliz, mas vitorioso. O guarda saiu, abriu a porta de trás e a puxou pelo cotovelo para fora. Ele soltou as algemas, resmungando sozinho sobre política e privilégios enquanto Kate esfregava os punhos.

— Posso ir?

Ele cruzou os braços. Ela interpretou como um sim e começou a andar em direção ao outro veículo, então se virou e estendeu a mão.

—Você está com uma coisa minha — disse.

O guarda não se moveu.

Kate estreitou os olhos e estalou os dedos. O homem olhou para o tanque do carro que roncava atrás dela antes de tirar o isqueiro prateado do bolso.

A garota fechou a mão em torno do metal liso e virou as costas, mas não antes de ouvir "vaca" com o ouvido bom. Não se deu ao trabalho de olhar para trás. Subiu no veículo, afundou-se no banco de couro e ouviu o som da viatura policial indo embora. O motorista à sua frente estava no celular. Ele encarou Kate pelo retrovisor.

— Sim, estou com ela. Tudo bem. Toma. — Ele passou o celular para Kate pela divisória, e o coração dela acelerou enquanto o pegava e o levava à orelha esquerda.

— *Katherine. Olivia. Harker.*

A voz do outro lado era um trovão baixo, um terremoto leve. Baixa, mas vigorosa. O tipo de voz que exigia respeito, se não medo, o tipo de voz que Kate praticava havia anos, mas ainda lhe dava calafrios involuntários.

— Oi, pai — ela disse, com o cuidado de manter a voz firme.

— Está orgulhosa de si mesma?

Ela examinou as unhas.

— Bastante.

— São seis com a St. Agnes.

— Hum? — ela murmurou, fingindo distração.

— Seis escolas. Em cinco anos.

— Bom, as freiras diziam que eu poderia conseguir tudo o que quisesse se me dedicasse. Ou será que foram os professores da Wild Prior? Estou começando a confundir...

— *Chega.* — A palavra era como um soco no peito. — Você não pode continuar fazendo isso.

— Eu sei — ela disse, esforçando-se para ser a Kate certa, aquela que queria ser perto dele, aquela que *merecia* estar perto dele. Não a menina deitada no campo ou chorando no carro antes do acidente. A que não tinha medo de nada. De ninguém. Nem mesmo dele. Ela não conseguiu abrir aquele sorriso presunçoso, mas o imaginou e reteve a imagem em mente. — Eu sei — Kate repetiu. — Deve estar ficando difícil acobertar minhas proezas. E caro.

— Então por que...

— Você sabe o porquê, pai — ela disse, cortando-o. — Você sabe o que quero. — Ela o ouviu suspirar do outro lado da linha e recostou a cabeça no banco de couro. O teto solar do veículo estava aberto, e Kate conseguia ver as estrelas pontilhando a escuridão. — Quero ir pra casa.

August

TUDO COMEÇOU COM UMA EXPLOSÃO.

August leu as palavras pela quinta vez, sem prestar atenção. Ele estava sentado diante do balcão da cozinha, rolando uma maçã com uma das mãos e segurando o livro sobre o universo com a outra. A noite havia se espalhado do outro lado das janelas reforçadas de aço do complexo, e ele conseguia sentir o chamado da cidade através das paredes. Olhou o relógio no punho; a manga da camisa estava um pouquinho levantada, revelando a parte mais baixa das marcas pretas de contagem. A voz de sua irmã vinha do outro cômodo, mas as palavras não eram direcionadas a ele. Dezenove andares abaixo, ele conseguia ouvir o ruído de vozes sobrepostas, o ritmo das botas, o estalo metálico de uma arma sendo carregada e mil outros fragmentos de sons que formavam a música do complexo Flynn. August forçou sua atenção de volta ao livro.

Tudo começou com uma explosão.

As palavras o lembraram de um poema de T. S. Eliot, "Os homens ocos". *Não com uma explosão, mas com um suspiro.* Um estava falando da origem da vida e o outro, do fim, mas isso fez August refletir sobre o universo, sobre o tempo, sobre si mesmo. Os pensamentos foram caindo como peças de dominó, uma derrubando a outra e a outra e a...

August ergueu a cabeça um instante antes da porta de aço da cozinha abrir e Henry entrar. Henry Flynn, alto e magro, com mãos de cirurgião. Vestia a camuflagem escura que era o uniforme da Força- -Tarefa, com uma estrela prateada na camisa — uma estrela que tinha sido de seu irmão e, antes dele, de seu pai e, antes, de seu tio-avô e assim por diante até cinquenta anos no passado, antes do colapso, da reconstrução, da fundação de Veracidade e provavelmente antes ain- da, porque os Flynn *sempre* estiveram no coração palpitante da cidade.

— Oi, pai — August disse, tentando não demonstrar que havia passado a noite toda esperando por aquele momento.

— August — disse Henry, colocando o UVAD, o raio ultravioleta de alta densidade, no balcão. — Como está indo aí?

Ele parou de rolar a maçã, fechou o livro e obrigou-se a sentar imóvel, ainda que um corpo imóvel implicasse uma mente agitada — alguma coisa a ver com potencial e energia cinética, se tivesse de arriscar; tudo o que sabia era que se tratava de um corpo em busca de movimento.

— Você está bem? — Henry perguntou quando o filho não respondeu.

August engoliu em seco. Não conseguia mentir, então por que era tão difícil falar a verdade?

— Não aguento mais — ele disse.

Henry olhou para o livro.

— Astronomia? — perguntou com falsa leveza. — Então pare um pouco.

August encarou o pai. Henry Flynn tinha um olhar gentil e uma boca triste, ou um olhar triste e uma boca gentil; o garoto não sabia dizer. Os rostos tinham tantos traços, infinitamente divisíveis, e, no entanto, todos se somavam em expressões únicas e identifi- cáveis, como orgulho, repulsa, frustração, cansaço... Ele estava per- dendo a linha de raciocínio de novo. Esforçou-se para recuperá-la antes que fosse tarde demais.

— Não estou falando do livro.

— August... — Henry começou, porque já sabia onde o filho queria chegar. — Não vamos ter essa discussão de novo.

— Mas se você só...

— A Força-Tarefa está *fora de cogitação*.

A porta de aço abriu novamente. Emily Flynn entrou com uma caixa de materiais e a apoiou no balcão. Ela era um pouco mais alta que o marido, com ombros mais largos, pele escura, cabelo curto e um coldre no quadril. Marchava como um soldado, mas tinha o mesmo olhar triste e queixo firme de Henry.

— De novo não — ela disse.

— Vivo cercado pela Força-Tarefa — August insistiu. — Sempre que saio, me visto como um deles. Seria uma mudança tão grande *ser* um deles?

— Sim — Henry disse.

— Não é seguro — Emily acrescentou enquanto tirava comida da caixa. — Ilsa está no quarto? Pensei que a gente poderia...

Mas August não desistiu.

— Nenhum lugar é *seguro* — ele interrompeu. — Essa é a questão. Vocês estão lá fora arriscando a vida todos os dias contra aquelas *coisas* e eu fico aqui lendo sobre estrelas, fingindo que está tudo bem.

Emily balançou a cabeça e tirou uma faca de uma abertura no balcão. Começou a cortar os legumes, dando ordem ao caos, uma fatia por vez.

— O complexo é seguro, August. Pelo menos mais do que as ruas.

— É por isso que eu deveria estar ajudando na zona vermelha.

— Você faz sua parte — Henry disse. — Isso é...

— Do que vocês têm tanto medo? — August retrucou.

Emily soltou a faca no balcão com um estrépito.

— Precisa mesmo perguntar?

—Você acha que vou me machucar? — E então, antes que ela tivesse a chance de responder, August estava em pé. Em um único movimento fluido, pegou a faca e a levou em direção à própria mão. Henry se contraiu e Emily inspirou fundo, mas a lâmina deslizou pela pele de August como se ela fosse de pedra. Ele cravou a ponta da faca na tábua de corte do balcão. A cozinha ficou em silêncio. — Vocês agem como se eu fosse feito de vidro — ele disse, soltando a faca. — Mas não sou. — August pegou as mãos da mãe, da maneira como tinha visto Henry fazer tantas vezes. — Emily — ele disse, com a voz suave. — *Mãe*. Não sou frágil. Sou o *contrário* de frágil.

— Mas não é invencível — ela disse. — Não...

— Não vou deixar você ir lá pra fora — Henry interrompeu. — Se os homens de Harker pegarem você...

—Vocês deixam o Leo liderar a Força-Tarefa — August argumentou. — Seu rosto está em cartazes colados por toda parte e ele ainda está vivo.

— É diferente — Henry e Emily disseram ao mesmo tempo.

— Diferente como? — August questionou.

Emily encostou as mãos no rosto do filho, como fazia quando ele era criança — embora "criança" não fosse a palavra certa. Ele nunca tinha sido uma, não de verdade. Crianças não aparecem crescidas em meio à cena de um crime.

— Só queremos proteger você. Leo faz parte da campanha desde o primeiro dia. Mas isso faz dele um alvo *constante*. E, quanto mais terreno ganharmos nesta cidade, mais os homens de Harker vão tentar explorar nossas fraquezas e roubar nossas forças.

— E o que eu sou? — perguntou August, afastando-se. — Sua fraqueza ou sua força?

Os olhos castanhos e afetuosos de Emily estavam arregalados e sem emoção quando ela respondeu.

— Os dois.

Tinha sido injusto fazer aquela pergunta, mas a verdade doía mesmo assim.

— Por que está pedindo isso? — Henry indagou, esfregando os olhos. — Você não quer lutar.

O pai estava certo, August não queria — nem lutar nas ruas na calada da noite nem brigar com sua família —, mas sentia uma vibração terrível em seus ossos, algo tentando sair, uma melodia que ficava cada vez mais alta em sua cabeça.

— Não — ele disse. — Mas quero *ajudar*.

— Você já ajuda — Henry insistiu. — A Força-Tarefa só pode cuidar dos sintomas. Você, Ilsa e Leo tratam a doença. É assim que funciona.

Mas não está dando certo!, August queria gritar. A trégua da Cidade V existia havia apenas seis anos — Harker de um lado e Flynn do outro — e já estava desgastada. Todos sabiam que não ia durar. A cada noite, a morte rastejava Fenda adentro. Havia monstros demais e bons homens de menos.

— Por favor — ele pediu. — Posso fazer mais se me deixarem.

— August... — Henry começou.

O garoto ergueu a mão.

— Só me prometa que vão pensar a respeito. — E, dito isso, saiu da cozinha antes que seus pais fossem obrigados a lhe dizer a verdade.

O quarto de August era um exercício de entropia e ordem, uma espécie de caos controlado. Era pequeno e sem janelas, e seria claustrofóbico se não fosse tão familiar. Fazia tempo que os livros não cabiam mais nas prateleiras e ficavam amontoados em pilhas ao redor da cama. Havia vários abertos, com as páginas para baixo, em cima dos lençóis. Algumas pessoas preferiam um gênero ou tema, mas August não tinha muitas predileções, desde que não fosse ficção — ele queria aprender tudo sobre como o mundo era, tinha sido e poderia ser. Por ter ganhado vida de repente, como ao fim de um truque de mágica, ele temia a natureza frágil de sua existência. Como se, a qualquer momento, pudesse deixar de existir.

Os livros ficavam empilhados por assunto: astronomia, religião, história, filosofia...

Ele tinha sido ensinado em casa, o que, na verdade, significava que era autodidata — às vezes Ilsa tentava ajudar, quando sua mente funcionava em colunas em vez de nós, mas Leo não tinha paciência para livros, e Henry e Emily viviam ocupados. Por isso, na maior parte do tempo, August se virava sozinho. E, na maior parte do tempo, não se importava com isso. Ou, melhor dizendo, *antes* não se importava com isso. Ele não sabia exatamente quando tinha começado a se sentir tão *solitário*, mas tinha.

A única coisa em seu quarto além de móveis e livros era um violino. Ficava num estojo aberto, equilibrado entre duas pilhas de livros. August se direcionou instintivamente para ele, mas resistiu ao impulso de tocar. Em vez disso, tirou uma cópia de Platão de cima do travesseiro e se afundou nos lençóis desarrumados.

O quarto era abafado. Ele arregaçou as mangas, revelando as centenas de marcas negras que começavam em seu punho esquerdo e subiam pelo cotovelo e pelo ombro, em volta da clavícula e da costela.

Hoje totalizavam quatrocentas e doze.

August tirou o cabelo escuro da frente dos olhos e escutou enquanto Henry e Emily Flynn continuavam a conversar na cozinha, sobre ele, sobre a cidade e sobre a trégua, com a voz baixa como sempre.

O que aconteceria se realmente fosse quebrada? *Quando.* Leo sempre dizia "quando".

August ainda não tinha nascido na época das guerras territoriais que haviam eclodido logo após o Fenômeno, mas ouvira relatos do derramamento de sangue. Ele conseguia ver o medo nos olhos do pai sempre que o assunto vinha à tona — o que era cada vez mais comum. Leo não parecia preocupado — dizia que Henry tinha *vencido* a guerra territorial, que o que quer que tivesse dado origem à trégua era obra deles e que poderiam fazer aquilo de novo.

— Quando acontecer — Leo dizia —, estaremos prontos.

— Não — Henry respondia, com o rosto lúgubre. — Ninguém nunca está pronto para isso.

Depois de um tempo, as vozes no outro cômodo silenciaram e August foi deixado a sós com seus pensamentos. Ele fechou os olhos, procurando paz, mas, como sempre, o silêncio logo foi quebrado, com o tremor distante de disparos ecoando em seu crânio — um som que invadia todos os momentos de tranquilidade.

Tudo começou com uma explosão.

Ele virou para o lado e tirou o som de debaixo do travesseiro. Enfiou os fones nos ouvidos e apertou o play. A música clássica cintilou, alta, brilhante e maravilhosa, e ele se afundou na melodia enquanto os números vagavam por sua mente.

Doze. Seis. Quatro.

Doze anos desde o Fenômeno, quando a violência começou a tomar forma e a Cidade V desmoronou.

Seis anos desde a trégua que a restaurou, não como uma cidade, mas como duas.

E quatro desde o dia em que ele despertou no meio de um refeitório sendo isolado com uma fita de cena de crime.

— Ai, meu Deus — uma mulher havia dito, pegando-o pelo cotovelo. — De onde você surgiu? — E então gritou para outra pessoa: — Encontrei um menino! — Ela havia se ajoelhado para observar seu rosto. August percebeu que estava tentando bloquear a visão dele. De alguma coisa terrível. — Qual é seu nome, querido?

Ele a havia encarado sem entender.

— Deve estar em choque — disse um homem.

— Tirem-no daqui — disse outro.

A mulher segurou as mãos dele.

— Querido, quero que você feche os olhos. — Foi então que August olhou atrás dela. Para os sacos pretos, alinhados no chão.

A primeira sinfonia nos ouvidos de August acabou e, um momento depois, começou a segunda. Ele conseguia identificar todos os acordes, todas as notas; mas, caso se concentrasse o bastante, ainda conseguia ouvir seu pai murmurando, a mãe andando de um lado para o outro. Por isso, não foi difícil ouvir os três toques do celular de Henry. Não foi difícil ouvi-lo atender nem identificar as palavras mesmo quando sua voz ficou mais baixa, envolta em preocupação.

— Quando? Tem certeza? Quando ela se matriculou? Não, não, obrigado por me contar. Certo. Sim, eu sei. Vou cuidar disso.

A ligação terminou e Henry ficou em silêncio. Então se dirigiu a Leo. August tinha ouvido tudo menos a chegada do irmão. Estavam falando sobre *ele*.

O garoto se sentou, tirando os fones de ouvido.

— Dê a ele o que quer — Leo disse, com a voz baixa e firme. —Vocês tratam o garoto como um bicho de estimação em vez de um filho, mas ele não é nenhum dos dois. Somos soldados, Flynn. Somos o fogo sagrado... — August revirou os olhos. Ele ficava grato pelo voto de confiança do irmão, mas dispensava a presunção. —Vocês estão mimando o menino.

Com isso ele concordava.

Emily entrou na conversa.

— Estamos tentando...

— Proteger o garoto? — repreendeu Leo. — Quando a trégua acabar, esse complexo não vai mais ser seguro para ele.

— Não vamos mandar August para as linhas inimigas.

— Uma oportunidade surgiu. Só estou sugerindo que aproveite…

— O risco…

— Não é tão grande se ele tomar cuidado. E a vantagem…

August estava cansado de escutar eles falarem sobre ele como se não estivesse lá, como se não pudesse *ouvir*, então levantou com um salto, desequilibrando uma torre de livros no caminho. Era tarde demais — a conversa já havia acabado quando ele abriu a porta. Leo tinha ido embora e seu pai estava estendendo o braço, prestes a bater na porta.

— O que está acontecendo? — ele perguntou.

Henry não tentou esconder a verdade.

—Você estava certo — ele disse. — Merece ajudar. E acho que encontrei um jeito.

August abriu um sorriso.

— Seja o que for — ele disse —, estou dentro.

VERSO I

MONSTRO, POSSO ENTRAR?

I

Definitivamente não era *isso* que August tinha em mente.

A mochila esperava aberta sobre a cama, cheia de materiais, e seu uniforme era muito apertado. Emily disse que estava na moda, mas August sentia que as roupas estavam tentando estrangulá-lo. Os uniformes da Força-Tarefa Flynn, a ftf, eram flexíveis, projetados para o combate, mas o uniforme da Academia Colton era justo e sufocante. As mangas da camisa desciam até pouco acima do punho e as linhas pretas — agora quatrocentas e dezoito — em seu antebraço apareciam *toda vez* que ele dobrava o cotovelo. August resmungou e puxou o tecido para baixo novamente. Penteou o cabelo, o que não impediu que os cachos pretos continuassem caídos em cima de seus olhos claros, mas pelo menos tinha tentado.

August se empertigou e se observou no espelho, mas seu reflexo o encarou com um olhar vazio que o fez estremecer. Em Leo, seus traços sem expressão transmitiam confiança. Em Ilsa, a constância demonstrava serenidade. Mas August só parecia *perdido*. Ele havia estudado Henry, Emily e todos os outros com quem deparava, desde os cadetes da ftf até os pecadores, tentando memorizar como seus traços se iluminavam com euforia e se contorciam de raiva ou culpa. Passou *horas* na frente do espelho, tentando dominar nuances e recriar expressões, enquanto Leo o fitava com seus olhos pretos sem expressão.

—Você está desperdiçando seu tempo — ele dizia.

Mas seu irmão estava errado; aquelas horas valeriam a pena. August piscou — outra ação natural que, efetuada por ele, parecia artificial, afetada —, conseguiu forçar uma minúscula ruga entre as sobrancelhas e recitou o discurso que havia praticado.

— Meu nome é... Freddie Gallagher. — Sentiu um pequeno nó na garganta antes do F, como se as palavras a arranhassem. Não era mentira, não totalmente; era um nome roubado, assim como August. Ele não tinha nome. Henry havia escolhido August, e agora August escolhera Freddie. Ambos eram dele, e nenhum era. Foi o que repetiu a si mesmo várias e várias vezes até conseguir acreditar. Afinal, a verdade não era simples como um fato. Era pessoal. Ele engoliu em seco e arriscou a segunda frase, destinada apenas para ele. — Não sou um...

Mas sua garganta se fechou. As palavras ficaram presas.

"Não sou um monstro" era o que ele pretendia dizer, mas não conseguiu. Aquilo não podia ser transformado em verdade.

— Olha só como você está lindo!

O olhar de August subiu um pouco no espelho até encontrar sua irmã, Ilsa, recostada no batente, com a leve sombra de um sorriso no rosto. Ela era mais velha do que ele, mas parecia uma boneca, com seu longo cabelo avermelhado preso no coque desgrenhado de sempre e seus olhos azuis, grandes e febris, que davam a impressão de que não tinha dormido (o que com frequência era verdade).

— Lindo — ela repetiu, abrindo mais a porta —, mas não muito animado. — Ilsa entrou no quarto a passos silenciosos; seus pés se moviam sem esforço, desvencilhando-se dos livros sem olhar para baixo em nenhum momento. — Você deveria estar feliz. Não era isso que queria?

Era? August sempre tinha se imaginado com a farda da FTF, vigiando a Fenda e protegendo a Cidade Sul. Como Leo. Ele ouvia as tropas falarem de seu irmão como se fosse um deus, mantendo a escuridão afastada sem nada além de uma música na cabeça. Temido. Venerado. August arrumou a gola, o que fez as mangas subirem *de novo*. Ele as puxou para baixo enquanto Ilsa apoiava o braço em seu ombro. Ele ficou imóvel. Leo recusava esse tipo de contato e August não sabia como lidar com ele — tocar era quase como roubar —, mas Ilsa sempre fora assim, tátil. Ele ergueu a mão para retribuir o toque.

Enquanto a pele dele era marcada por linhas pretas, a dela era coberta de estrelas. Quase como um céu, August pensava. Ele nunca tinha visto mais do que meia dúzia de estrelas de verdade quando a energia caía. Mas já tinha ouvido falar de lugares onde as luzes da cidade não chegavam, nos quais havia tantas estrelas que dava para enxergar apenas à luz delas, mesmo em uma noite sem luar.

— Você está viajando — Ilsa cantarolou. Ela pousou o queixo no ombro dele e os dois ficaram observando o espelho. — O que é isso?

— O quê?

— Nos seus olhos. Bem ali. É medo?

August a encarou pelo espelho.

— Talvez — ele admitiu. Não punha os pés numa escola desde o dia de seu catalisador, e sentia o coração bater como sinos atrás das costelas. Mas havia outra coisa também, uma estranha euforia com a ideia de fingir ser normal. Toda vez que ele tentava desemaranhar o que sentia, só encontrava mais nós.

— Eles vão libertar você — Ilsa disse. Ela o virou para si e se aproximou até seu rosto ficar a meros dois centímetros do dele. Hortelã. Ilsa sempre cheirava a hortelã. — Fique feliz. — Então sua voz perdeu o tom alegre e seus olhos azuis ficaram sombrios, passando de azul-céu para azul-noite sem que ela ao menos piscasse. — Mas tome cuidado.

August conseguiu abrir um leve sorriso.

— Eu sempre tomo.

Mas ela não pareceu ouvir. Estava balançando a cabeça, um movimento lento que não parou quando deveria. Ilsa se perdia muito facilmente, às vezes por alguns momentos, outras, por dias.

— Está tudo bem — August disse em um tom calmo, tentando trazê-la de volta.

— A cidade é tão grande... — ela disse, tensa. — E cheia de buracos. Não caia neles.

Fazia seis anos que Ilsa não saía do complexo Flynn. Desde o dia da trégua. August não conhecia os detalhes, não todos, mas sabia que sua irmã ficava em casa, não importava o que acontecesse.

—Vou olhar por onde ando — ele disse.

Os dedos de Ilsa apertaram seus braços. Então seus olhos clarearam e ela estava ali novamente.

— Eu sei — ela disse, radiante.

Ilsa deu um beijo na testa do irmão. Ele se soltou dos braços dela e foi até a cama, onde o estojo de seu violino repousava aberto, com o lindo instrumento esperando ali dentro. August queria tocar — o desejo era um peso oco em seu peito, como fome —, mas só se permitiu passar os dedos na madeira antes de fechar o estojo.

Ele olhou o relógio enquanto se movia pelo apartamento escuro. Seis e quinze da manhã. Mesmo ali, no vigésimo andar, no alto do complexo Flynn, o primeiro raio de sol matinal ainda estava imerso atrás do mar de prédios ao leste.

Na cozinha, encontrou um embrulho com um bilhete:

Tenha um ótimo primeiro dia.
Espero que não se importe, mas dei uma mordida.
Em

Quando August abriu o pacote, viu que tudo o que havia dentro — do sanduíche ao doce — estava pela metade. Tinha sido um gesto carinhoso, na verdade. Emily não havia apenas preparado seu almoço. Havia preparado uma desculpa. Caso perguntassem, ele poderia dizer que já tinha comido.

Apenas uma maçã verde continuava intacta no fundo do saco.

As luzes da cozinha acenderam enquanto ele guardava o almoço na mochila. Henry entrou com uma caneca de café. Ele ainda parecia cansado. *Sempre* parecia cansado.

— August — cumprimentou, com um bocejo.

— Pai. Acordou cedo.

Henry era noturno. Ele tinha um ditado: "Os monstros caçam à noite, então devemos fazer o mesmo". No entanto, suas últimas noites tinham ficado ainda mais longas. August tentava imaginar como o pai fora antes do Fenômeno — antes da violência dar lugar aos corsais, aos malchais e aos sunais, antes da anarquia, das fronteiras fechadas, da rivalidade interna, do caos. Antes de Henry perder os pais, os irmãos e a primeira esposa. Antes de se tornar o Flynn a quem a cidade recorreu, o único que ela tinha. O criador da FTF, único homem disposto a lutar contra um criminoso.

August vira fotos, mas o homem nelas tinha um brilho nos olhos e um leve sorriso. Parecia vir de outro mundo. Outra vida.

— Hoje é um dia importante. — Henry bocejou de novo. — Queria me despedir.

Era a verdade, mas não toda.

—Você está preocupado — August observou.

— É claro que sim. — Henry segurou a caneca com mais força. — Precisamos repassar as regras?

— Não — August respondeu.

Henry continuou mesmo assim:

—Você vai direto para Colton. Volta direto para casa. Se a rota desmoronar, você liga. Se a segurança estiver muito rigorosa, você liga. Se houver algum problema, qualquer um, mesmo que seja um *pressentimento*, August...

— Eu ligo.

Henry franziu a testa e o filho se empertigou.

—Vai dar tudo certo. — Eles haviam repassado o plano centenas de vezes na semana anterior, certificando-se de que tudo estava em ordem. August olhou o relógio. As marcas voltaram a aparecer. Ele as cobriu de novo. Não sabia por que se dava ao trabalho. — É melhor eu ir.

Henry assentiu.

— Sei que não é o que você queria, e tomara que não seja necessário, mas...

August franziu a testa.

— Acha mesmo que a trégua vai acabar? — O garoto tentou imaginar a Cidade V como devia ter sido: duas metades em guerra em volta de um centro sangrento. Na Cidade Norte, Harker. Na Sul, Flynn. Aqueles dispostos a pagar por sua segurança contra aqueles dispostos a lutar por ela. Morrer por ela.

Henry esfregou os olhos.

— Espero que não — ele disse. — Pelo nosso bem. — Seu pai estava fugindo da pergunta, mas August deixou para lá.

—Vai descansar um pouco.

Henry abriu um sorriso triste e balançou a cabeça.

— Não há descanso para os ímpios — disse, mas August sabia que não estava se referindo a si mesmo.

O garoto seguiu para os elevadores, mas alguém já estava lá, uma silhueta envolta pela luz das portas abertas.

— Irmãozinho.

A voz era baixa e suave, quase hipnotizante. Um segundo depois, o vulto deu um passo à frente, tomando a forma de um homem com ombros largos e constituição rígida, puro músculo e ossos longos. A farda da FTF caía perfeitamente nele e, sob as mangas arregaçadas, pequenas cruzes negras circulavam os dois antebraços. Acima de seu queixo anguloso, o cabelo claro caía sobre os olhos negros como piche. A única imperfeição era uma pequena cicatriz que cortava sua sobrancelha esquerda — uma relíquia dos primeiros anos. Apesar dessa marca, Leo Flynn parecia mais um deus do que um monstro.

August se empertigou involuntariamente, tentando imitar a postura do irmão antes de lembrar que era rígida demais para um estudante. Ele relaxou, curvando-se demais dessa vez, sem conseguir relembrar o que era o normal. O tempo todo, os olhos pretos de Leo pairaram sobre ele, sem piscar. Mesmo de carne e osso, não conseguia se passar por humano.

— O jovem sunai partindo para a escola. — Não havia animação na voz de Leo, nem questionamento.

— Me deixe adivinhar — August disse, forçando um sorriso irônico —, veio se despedir? Desejar que eu me divirta?

Leo inclinou a cabeça. Ele nunca fora muito bom com sarcasmo — nenhum deles, na verdade, mas August tinha aprendido um pouco com os rapazes da FTF.

— Sua diversão não é da minha conta — Leo disse. — Mas seu *foco* é. Você nem saiu pela porta e já está se esquecendo de uma coisa.

Ele lançou um objeto no ar e August o pegou, contraindo-se com o contato. Era um medalhão da Cidade Norte, ornado com um V de um lado e uma série de números do outro. O medalhão de ferro ardia contra a mão de August. O metal puro repelia monstros: os corsais e os malchais não conseguiam tocar naquilo; os sunais só não gostavam (todos os uniformes da FTF levavam metal puro, mas o dele e o de Leo haviam sido trançados com uma liga metálica).

— Preciso mesmo usar isto? — ele perguntou. Segurar por tanto tempo já estava lhe causando náuseas.

— Se quiser se passar por eles... — Leo disse. — Se preferir ser pego e massacrado, fique à vontade para deixar o medalhão aqui. — August engoliu em seco e pendurou o pingente no pescoço. — É uma falsificação convincente — continuou o irmão. — Vai passar por uma inspeção superficial feita por qualquer humano, mas não se deixe ser pego ao norte da Fenda depois do cair da noite. Eu não o testaria com nada que realmente obedeça à autoridade de Harker.

Claro, não era apenas o metal que mantinha os monstros longe. Era a obediência a Harker. Sua lei.

August acomodou o medalhão sobre a camisa, fechando o zíper da jaqueta da FTF em cima dele. Leo bloqueou seu caminho quando se dirigiu ao elevador.

—Você se alimentou recentemente?

Ele engoliu em seco, mas as palavras já estavam subindo por sua garganta. Havia uma diferença entre a incapacidade de mentir e a *necessidade* de falar a verdade, mas a omissão silenciosa era um luxo que ele não tinha quando se tratava do irmão. Quando um sunai fazia uma pergunta, ele exigia uma resposta.

— Não estou com fome.

— August — Leo repreendeu. —Você está sempre com fome. Ele se contraiu.

— Me alimento depois.

Leo não respondeu, apenas o observou com os olhos escuros estreitos. Antes que pudesse dizer mais alguma coisa — ou fazer o irmão dizer mais alguma coisa —, August passou por ele. Ou, pelo menos, tentou. Estava quase no elevador quando a mão de Leo se estendeu de repente e se fechou em volta da mão dele. A que segurava o violino.

— Então não precisa disso.

August ficou paralisado. Em quatro anos, nunca havia deixado o complexo sem o instrumento. Ficava zonzo só de pensar.

— E se alguma coisa acontecer? — ele perguntou, entrando em pânico.

Leo quase parecia se divertir.

— Nesse caso, vai ter que sujar as próprias mãos. — Dito isso, tirou o estojo da mão de August e o empurrou para dentro do elevador. Ele tropeçou e deu meia-volta; suas mãos formigavam com a ausência súbita do instrumento. — Tchauzinho — Leo disse, apertando o botão para o saguão. — Divirta-se na escola — acrescentou, enquanto as portas se fechavam.

August enfiou as mãos nos bolsos enquanto o elevador descia os vinte andares. O complexo era parte arranha-céu, parte base de operações, todo fortaleza. Uma monstruosidade de concreto, aço, arame farpado e acrílico, a maior parte dedicada a barracões que abrigavam os membros da Força-Tarefa. A grande maioria dos sessenta mil soldados ficava em outros barracões ao longo da cidade, mas os quase mil posicionados no complexo também serviam como camuflagem. Quanto menos pessoas entrassem e saíssem do prédio, mais cada uma delas se destacaria. E, se você fosse Harker tentando encontrar os três sunais de Flynn, suas armas secretas, estaria monitorando todos os rostos. Esse não era um problema tão grande para Leo, já que ele *era* o rosto da FTF, nem para Ilsa, já que ela nunca saía do complexo, mas Henry estava determinado a manter a identidade de August em segredo.

No térreo, as pessoas já entravam e saíam do prédio sem parar (com a instituição do toque de recolher, os dias começavam mais cedo). August passou por elas como se fosse mais um, atravessando o saguão de concreto e as portas vigiadas para chegar à rua. A manhã o banhou, quente e luminosa, maculada apenas pelo disco de metal que formigava sua pele e a ausência de seu violino.

A luz do sol penetrava por entre os prédios, e August respirou fundo e ergueu os olhos para o complexo Flynn que se assomava até o alto. Quase quatro anos sem sair e, quando o fazia, quase sempre à noite. Agora ali estava ele. Do lado de fora. Sozinho. Vinte e quatro milhões de pessoas na última contagem, e ele era apenas uma delas, apenas mais um rosto no horário de pico da manhã da supercidade. Por um momento estonteante, infinito, August sentiu que estava à beira de um precipício, no fim de um mundo e no começo de outro, entre um sussurro e uma explosão.

E então seu relógio apitou, arrancando-o da beirada, e ele partiu.

||

O SEDÃ PRETO CORTAVA A CIDADE COMO UMA FACA.

Kate observava enquanto retalhava as ruas, atravessava pontes, entremeava o trânsito que se abria como carne enquanto o carro talhava seu caminho pela Cidade Norte. Do lado de fora, a manhã era movimentada e iluminada, mas, de dentro do carro, parecia um filme antigo, com todas as cores sugadas pelos vidros fumês. Música clássica tocava no rádio, baixa mas constante, reforçando a ilusão de tranquilidade que a maioria das pessoas estava tão disposta a comprar. Quando pediu ao motorista, um homem sisudo chamado Marcus, para mudar de estação e ele a ignorou, Kate colocou o fone esquerdo no ouvido e apertou o play em seu tablet. Seu mundo se transformou numa batida pesada, um ritmo, uma voz furiosa, enquanto se recostava no couro do banco de trás e deixava a cidade passar. Dali de dentro, ela quase parecia normal.

A Cidade V era um lugar que Kate conhecia apenas por vislumbres instantâneos, momentos breves com anos de espaço entre si. Ela tinha sido mandada para longe uma vez para sua própria segurança, levada uma segunda na calada da noite e banida uma terceira pelos crimes de sua mãe. Mas finalmente estava de volta ao seu lugar de direito. Na cidade de seu pai. Ao lado dele.

E, daquela vez, não iria a lugar nenhum.

Kate ficou brincando com o isqueiro enquanto estudava o tablet em seu colo, com um mapa da Cidade V enchendo a tela. À primeira vista, parecia uma metrópole como qualquer outra — um centro de alta densidade e uma periferia com menor população —, mas, quando encostou um lápis metálico na tela, abriu uma nova camada de informações.

Uma linha preta cortava a imagem da esquerda para a direita, dividindo a cidade. A Fenda. Não exatamente reta, mas sólida, cortando a Cidade V em duas. Ao norte, o território de Callum Harker. Ao sul, o de Henry Flynn. Uma solução simplista para seis anos turbulentos e brutais de luta, sabotagem, assassinato e monstros. Traçar uma linha na areia. Não era nenhuma surpresa estar ruindo.

Flynn era um idealista, e era muito bonito falar de justiça, defender uma "causa", mas seu povo estava morrendo. Carne e osso contra dentes e garras.

A Cidade V não precisava de um código moral. Precisava de alguém disposto a assumir o comando. A sujar as mãos. Precisava de Harker. Kate não escondia a verdade de si mesma — ela sabia que seu pai era um homem mau —, mas eles não precisavam de um homem bom.

Bom e *mau* eram palavras frágeis. Os monstros não ligavam para intenções ou ideais. Os fatos eram simples. O Sul era o caos. O Norte, a ordem. Era uma ordem comprada e paga com sangue e medo, mas ainda assim ordem.

Kate passou o dedo pela Fenda, sobre o quadrado cinza que marcava o Árido.

Por que seu pai havia se conformado com apenas metade da cidade? Por que deixava Flynn se esconder atrás de sua muralha? Só porque tinha alguns monstros na coleira?

Ela mordeu o lábio. Tocou no mapa novamente e uma terceira camada de informações surgiu.

Três círculos concêntricos — como um alvo — pairavam sobre o topo do mapa. Era a matriz de risco, projetada para mostrar o aumento de monstros e a necessidade de vigilância conforme se avançava rumo ao centro da cidade. Um aro verde formava o anel externo, seguido por um amarelo e um vermelho no centro. A maioria das pessoas não prestava atenção nas zonas durante o dia, mas todos conheciam as fronteiras, o lugar onde o vermelho furioso cedia à vigilância do amarelo antes de entrar na relativa segurança do verde. Claro, para aqueles com a proteção de seu pai, o risco despencava a quase zero... desde que permanecessem dentro dos limites da Cidade Norte. Quem ultrapassasse o verde chegaria ao Ermo, onde Norte e Sul não importavam, porque era cada um por si.

Quem avançasse o bastante voltaria a entrar em terreno seguro; do lado de fora, perto das fronteiras, onde os monstros ainda eram raros e a população era baixa. A gente da metrópole não era bem-vinda lá, pois carregava as trevas consigo, como uma praga. Lá, uma menina poderia incendiar uma igreja ou deitar no gramado ao lado da mãe e aprender sobre as estrelas...

Kate ouviu uma buzina e ergueu os olhos; a casa no campo se dissolveu, dando lugar às ruas da cidade. Ela fitou além da divisória do motorista e da janela dianteira, para a gárgula de prata no capô. Originalmente, o carro tinha vindo com um ornamento de anjo, com braços e asas para trás como que soprados pelo vento, mas Harker o havia arrancado e substituído pela fera, agachada para a frente, com garras minúsculas.

— Esta é uma cidade de monstros — ele havia dito ao jogar o anjo no lixo.

Seu pai estava certo. Mas os monstros — os monstros *de verdade* — não pareciam um ornamento de capô idiota. Eles eram *muito* piores.

August voltou o rosto para o sol, saboreando a manhã de fim de verão enquanto caminhava, deixando seu corpo se mover e sua mente mergulhar numa doce tranquilidade. Era incrivelmente fácil pensar com clareza enquanto estava em movimento, mesmo sem o violino. Ele desceu pelas calçadas rachadas, passando por prédios com janelas cobertas com tábuas. Metade das estruturas não passava de cascos chamuscados, abandonados e devastados, dos quais tinham sido extraídos os materiais úteis para fortificar outros prédios. A Cidade V ainda parecia um cadáver assolado, mas estava se reconstruindo. A FTF estava por toda parte: em cima dos terraços e patrulhando as ruas ao som do crepitar dos sinais dos rádios. À noite, caçavam monstros, e, durante o dia, tentavam impedir que novos fossem criados. Crime. Aquela era a causa. Corsais, malchais, sunais… eles eram a consequência.

August se misturou ao enorme número de transeuntes enquanto seguia seu caminho para o Norte. O barulho da cidade era como música, cheio de harmonia e dissonância, ritmo e estrondo. Os sons se sobrepunham até a melodia mergulhar em desacorde, o deslumbre se transformar em aflição. Ele precisou se esforçar para se concentrar no trajeto, e não em tudo que havia ao redor. Mas o caminho em si era fácil — quatro quarteirões até a avenida central.

Uma linha reta até a Fenda.

Seus passos ficaram mais lentos quando a viu.

A barreira era enorme, uma barricada de três andares cortando o centro de leste a oeste, protegida por tiras de metal puro e vigiada por câmeras. A muralha era o resultado de seis anos de guerra territorial. Cada ato de violência, cada morte humana, trouxe mais corsais e malchais para o mundo, tudo porque Harker queria a cidade inteira para ele.

Dois quarteirões a oeste, ficava o Árido — um quarteirão de terra ressecada, um lembrete para ambos os lados. No passado tinha sido uma praça, um pouco de verde no coração da cidade, mas agora não era nada. Alguns diziam que ainda dava para ver as silhuetas dos mortos assombrando a calçada. A maior parte da FTF afirmava que Henry Flynn tinha descarregado uma arma lá no último dia das guerras territoriais, algo terrível o bastante para erradicar todo sinal de vida. August não acreditava naquilo — não *queria* acreditar — mas, o que quer que tivesse acontecido naquele dia, bastou para fazer Harker temer uma ameaça de repetição e pedir trégua, aceitando dividir a Cidade V.

De dia, a capital ainda era unificada, pelo menos em tese. Três portões foram abertos na Fenda para deixar as pessoas passarem, mas eram monitorados por homens armados e pelos olhos vermelhos sempre atentos das câmeras. Todos que passavam tinham de mostrar a identificação enquanto câmeras de varredura confirmavam que eram humanos.

O que seria um problema para August.

Ele virou numa rua estreita semidestruída que seguia paralelamente à Fenda até chegar a um prédio comercial cujas janelas haviam sido substituídas por placas de aço e cujas portas eram guardadas por dois soldados da FTF. A mulher na recepção lhe fez um rápido aceno de cabeça enquanto ele passava pela segurança e descia por um elevador até o porão. Pequenos pontos de tinta neon na parede marcavam o caminho, e ele os seguiu por uma rede de corredores abafados até uma parede. Ou o que *parecia* uma parede. As chapas metálicas podiam ser afastadas para o lado para revelar um túnel, e August seguiu pelo novo caminho até chegar a mais uma parede falsa. Ele a abriu e saiu no porão de um apartamento térreo.

Estava silencioso ali. Ele parou, odiando como se sentia aliviado por estar sozinho depois de tão pouco tempo. Permitiu-se dez segundos de repouso para o coração desacelerar e os nervos se acalmarem, antes de ter de sacudir a poeira do corpo e subir a escada.

Paris estava fumando um cigarro atrás do outro enquanto fazia o café da manhã.

Ela nem se assustou quando August surgiu atrás dela.

— Bom dia, coração — Paris cumprimentou, com seu medalhão de ferro pendendo tão perto do omelete que chegava a ser perigoso. Os aliados no lado Norte eram raros e caríssimos e, mesmo assim, um risco, mas Henry e Paris eram amigos de longa data, e ela havia passado pela inspeção de Leo. August observou ao redor. O apartamento era… acolhedor, como os nas fotos em revistas que ele tinha visto antes do Fenômeno. Ladrilhos, madeira e janelas de vidro. — O bilhete de metrô está em cima da mesa.

— Obrigado, Paris — ele disse, tirando a jaqueta da FTF e pendurando-a num gancho ao lado da porta. As mangas da camisa tinham subido de novo e duas fileiras de linhas pretas estavam à mostra. August puxou o tecido para baixo, embora Paris não pudesse ver as marcas. Não podia ver nada, na verdade.

Ela era cega, mas seus outros sentidos eram aguçados. O bastante para notar a ausência do violino, a vibração quase audível das cordas dentro do estojo. Paris soprou uma baforada pensativa.

— Não vai ter concerto hoje? — perguntou, derrubando cinzas nos ovos.

Os dedos de August se curvaram como sempre faziam em volta da alça do estojo, mas não encontraram nada além de ar.

— Não — ele disse, tirando a jaqueta da Academia Colton da mochila e vestindo-a na frente de um espelho no corredor. Ele ficou surpreso ao ver sua testa franzir quase automaticamente.

— Flynn me contou sobre sua música — Paris murmurou, e August soube pelo tom dela que quando dizia "sua" estava se referindo à música dos três. — Sempre me perguntei como seria...

August fechou a jaqueta.

— Espero que nunca saiba — ele disse, seguindo para a porta. —Volto antes de escurecer.

—Tenha um bom dia na escola — ela gritou enquanto a porta se fechava, aparentemente sendo sincera.

August pisou na rua e soltou um suspiro de alívio quando viu que havia atravessado a Fenda com segurança. Então seus olhos se arregalaram. Ele havia se preparado, mas a diferença entre os dois lados da Cidade V o surpreendeu mesmo assim. A Cidade Norte não era um casco em ruínas. Todas as cicatrizes que sofrera tinham sido cobertas, pintadas. Ali, os prédios de metal, pedra e vidro cintilavam, as ruas eram pontilhadas de carros e pessoas em roupas bonitas — se Harker tinha agentes na rua, estavam todos camuflados. A vitrine de uma loja estava repleta de frutas tão coloridas que faziam August querer experimentá-las, mesmo sabendo que teriam gosto de cinzas.

A raiva se inflamou dentro dele diante da visão — da *ilusão* — dessa cidade segura e limpa. As linhas em sua pele arderam em aviso, mas o calor foi rebatido pelo peso frio e nauseante do medalhão contra seu peito. Foco, foco.

A estação de metrô mais próxima ficava a um quarteirão de distância. A Cidade Sul tinha fechado os metrôs — eram perigosos demais com os corsais afluindo em bando para a escuridão

— e selado as passagens com tábuas da melhor maneira possível, embora August soubesse que a FTF ainda usava os túneis quando precisava.

Ele desceu a escada dois degraus de cada vez. Havia lido em algum lugar que a Cidade V crescera para cima, de modo que os prédios foram construídos em *cima* da antiga estrutura, o metrô passando onde ficavam as ruas originais. Ele não sabia se era verdade, mas a estação era tão limpa quanto as ruas, com pedras brancas polidas e, em algum lugar em meio aos sons dos transeuntes, ouvia-se uma música clássica. Um concerto de piano. Nenhum sinal de luta ou sofrimento, nenhum resquício dos terrores que surgiam à noite. Era um truque, feito para atrair os moradores do lado sul e justificar o preço que os do lado norte pagavam.

August chegou à plataforma bem a tempo de ver o metrô partindo. Ele se recostou em uma coluna para esperar o próximo e sua atenção vagou de um casal que se beijava do outro lado da linha para um artista de rua que tocava violão antes de finalmente se fixar em uma menininha à sua frente, segurando a mão de uma mulher. Ela o observava. August olhou de volta, fascinado com a visão de alguém tão pequeno. Havia poucas crianças no complexo e em toda a Cidade Sul, na verdade. A menina abriu um sorriso, e August se pegou retribuindo.

E então ela começou a cantar alegremente.

Monstros grandes e pequenos, cadê?
Eles virão para comer você.

Um calafrio percorreu o corpo dele.

Corsais, corsais, dentes e garras,
sombras e ossos abrirão as bocarras.

Malchais, malchais, cadavéricos e sagazes,
bebem seu sangue com mordidas vorazes.

August engoliu em seco, sabendo o que vinha em seguida.

Sunais, sunais, olhos de carvão,
com uma melodia sua alma sugarão.

O sorriso da menininha se abriu ainda mais.

Monstros grandes e pequenos, cadê?
Eles virão para comer você!

Ela soltou um gritinho agudo e alegre. August ficou enjoado e se afastou.

Quando o trem parou na plataforma, ele entrou em outro vagão.

||||

MONSTROS GRANDES E PEQUENOS, CADÊ?

Kate cantarolava enquanto o carro seguia em frente. Tocou a tela do tablet, fechou o mapa e começou a passar pelas pastas secretas do pai — ela havia roubado os códigos de acesso no seu primeiro dia em casa — até encontrar o que procurava. Harker tinha câmeras de vigilância por toda a Cidade Norte — não apenas na Fenda, mas em praticamente todos os quarteirões da zona vermelha. Todos os dias, as imagens eram checadas e depois apagadas, exceto no caso de "incidentes", quando eram armazenadas para que pudessem agir, se necessário. Esses "incidentes" nunca chegavam aos noticiários, claro. Era melhor não mostrar coisas do tipo na TV. Perturbariam a ilusão de normalidade e segurança pela qual as pessoas pagavam.

Mas Harker precisava ficar de olho em seus monstros. Tinha que saber quando surgiam novos e quando os antigos se comportavam mal. As imagens selecionadas tinham sido filtradas em categorias. *Monstros. Humanos. Gêneses.*

Kate vinha assistindo às filmagens desde o momento em que chegara, tentando aprender o máximo possível sobre os monstros *reais* de Veracidade. Ela clicou em *Gêneses* e duas opções se abriram: corsais e malchais. A criação de um sunai nunca havia sido registrada em vídeo. Kate sentiu que estava mergulhando no desconhecido ao clicar em "corsais". A tela mostrou tantos arquivos de vídeo que mal dava para distinguir os ícones. Seus dedos pairaram sobre as opções e então ela clicou em um. A imagem se expandiu para tomar conta de toda a tela.

A filmagem tinha sido cortada, e sobrara apenas o cerne violento do incidente. O ângulo da câmera não era bom, mas ainda assim Kate conseguiu distinguir dois homens na entrada de um beco, sob a luz de um poste. Demorou um pouco para a garota perceber que estava assistindo a uma briga. Começou do nada, com uma conversa que correu mal, e evoluiu para um empurrão contra a parede, um soco desajeitado. Um dos homens caiu no chão e o outro começou a chutar e chutar e chutar até o outro não ser mais um homem, mas um emaranhado de membros se contorcendo, o rosto uma confusão ensanguentada.

O agressor foi embora e o outro ficou caído, com o peito subindo e descendo de forma irregular. Então, quando ele tentou se levantar, as sombras em volta começaram a se mover. O homem não percebeu, estava ocupado demais tentando se erguer, mas Kate observou, hipnotizada, enquanto a escuridão se estendia e se contraía, saindo das paredes e da rua, juntando forças para criar uma forma fumacenta, um rosto com olhos fantasmagóricos que fizeram a câmera perder o foco, então o cintilar de dentes. Sua boca larga se abriu e seu corpo estremeceu, lustroso e cintilante, com membros que terminavam em garras.

Ainda no chão, o homem cometeu o erro de se arrastar para a frente, abandonando a segurança da luz do poste.

Então veio a rajada de dentes e garras que afundaram em sua carne e começaram a rasgá-la.

Violência gera violência. Uma das professoras na St. Agnes havia dito isso depois que Nicole Teak fizera Kate tropeçar e ela retribuíra quebrando o nariz da outra. A professora continuou argumentando que, dessa forma, ela estava apenas perpetuando o problema, mas Kate já havia parado de prestar atenção. Para ela, Nicole tinha merecido.

A professora estava certa sobre uma coisa, no entanto: a violência *gera*.

Quando alguém aperta um gatilho, dispara uma bomba, faz um ônibus cheio de turistas cair da ponte, o resultado não são apenas escombros ou cadáveres. Existe outra coisa. Algo *mau*. Uma consequência. Uma *repercussão*. Uma reação a todo o ódio, dor e morte. O Fenômeno era isso na verdade: um ponto crítico. Veracidade sempre tinha sido violenta — o pior dos dez territórios —, era apenas uma questão de tempo até todo esse *mal* começar a tomar forma.

Kate passou o polegar sobre o medalhão fixado na parte da frente do uniforme, uma proteção contra as criaturas que corriam à solta. Na tela, o corsai continuava o banquete. A maior parte do frenesi ficava perdida nas sombras, mas, aqui e ali, um lampejo afiado de dentes ou garras reluzia na tela. Kate viu o sangue se esparramar pelo círculo de luz. Soltou um pequeno gemido de nojo, grata pela filmagem não ter som.

Marcus acenou do outro lado da divisória e ela tirou o fone de ouvido, mergulhando de novo em um mundo de preto e branco, luz matinal e o trinado suave de teclas de piano.

— O que foi? — ela perguntou, irritada.

— Desculpe, srta. Harker — disse Marcus pela divisória. — Chegamos.

A Academia Colton ficava no lugar onde o amarelo e o verde se encontravam no mapa, e as ruas da cidade davam lugar a bairros nobres. Era a região mais segura, onde os ricos podiam construir suas pequenas bolhas e fingir que Veracidade não estava sendo devorada viva. Parecia uma fotografia, prédios de pedra clara sobre um gramado verde vivo, tudo banhado pela luz fresca da manhã. Um trajeto de apenas quinze minutos de carro partindo do coração sombrio da Cidade Norte, mas ninguém diria isso ao olhar para aquele lugar. Kate imaginou que aquele era mesmo o objetivo. Ela teria preferido uma instituição no centro da cidade, no coração da zona vermelha, mas a maioria havia sido fechada e, mesmo se fosse uma opção, seu pai não ia deixar. Se ela ia ficar na Cidade V, Harker estava decidido a mantê-la em "segurança". O que significava fora do caminho, já que não existia segurança naquele lugar, não importava em que metade se vivesse.

Marcus abriu a porta do carro e ela saiu, tentando esquecer a imagem do corsai e recompondo sua expressão. Kate ajeitou a gola polo do uniforme e passou a mão no cabelo claro. Estava solto, dividido ao meio para cobrir as cicatrizes onde sua cabeça havia batido no vidro. Poderia ter sido pior — a perda da audição era parcial —, mas ela sabia que era melhor esconder. Tratava-se de uma fraqueza, e fraquezas não deviam ser mostradas — foi o que Harker havia lhe falado quando tinha doze anos e as cicatrizes ainda eram recentes.

"Por quê?", ela havia perguntado, em sua inocência.

"Toda fraqueza expõe a carne", ele havia dito. "E a carne atrai a faca."

"Qual é sua fraqueza?", Kate havia perguntado, e a boca de Harker se abrira no que *quase* parecia um sorriso, mas não era.

Até hoje, ele nunca havia respondido à pergunta. Kate não sabia se era porque não confiaria suas fraquezas a ela ou porque não tinha nenhuma. Não mais. Ela se questionava se havia outra versão de Callum Harker em um daqueles outros mundos, e se aquela versão teria segredos, fraquezas e lugares onde a faca pudesse cortar.

— Srta. Harker — disse o motorista. — Seu pai gostaria que eu passasse uma mensagem a você.

Ela discretamente guardou o isqueiro prateado no bolso da camisa.

— Pode dizer — ela mandou, com um tom brando.

— Se você for expulsa, vai ser mandada para fora de Veracidade. Com uma passagem só de ida. De uma vez por todas.

Kate abriu um sorriso frio.

— Por que eu seria expulsa? — ela perguntou, erguendo os olhos para a escola. — Finalmente estou onde queria.

— Park Station — anunciou uma voz calma e metálica.

August voltou a afundar no banco do trem e tirou da mochila uma cópia muito gasta de *A república*, abrindo-a no meio. Ele sabia a maior parte do texto de cor, então não importava em que página abrisse. Só queria uma desculpa para olhar para baixo. Escutou as estações sendo anunciadas, sem querer arriscar chamar a atenção das câmeras levantando o olhar. Mais olhinhos vermelhos em busca de monstros, embora todo mundo soubesse que todos eles só saíam à noite.

Ou quase todos, pensou August.

— *Martin Center.*

Faltavam três estações para Colton. O vagão estava lotando e August se levantou, oferecendo o lugar para uma senhora. Ele continuou com a cabeça voltada para o livro, mas seus olhos passeavam pelos passageiros, em seus vestidos elegantes e calças sociais, saltos e ternos, nenhuma arma à vista.

Um homem esbarrou em seu ombro ao passar e August ficou tenso.

Não havia nada de estranho no homem em si — terno e gravata, uma barriga saliente —, mas a *sombra* dele chamou a atenção de August. Não se comportava como uma sombra normal — num lugar tão iluminado, não era nem para ele ter uma. Quando o homem parou, a sombra continuou se mexendo, contorcendo-se inquieta ao redor dele como um passageiro agitado. Ninguém mais conseguia ver, mas, aos olhos de August, ela se assomava no ar, fantasmagórica, com traços demais para uma sombra e de menos para uma pessoa. August sabia o que era, um eco da violência, uma marca do pecado. Em algum lugar da cidade, um monstro vivia e matava por causa daquele homem, por causa de algo que ele havia feito.

Os dedos de August apertaram a barra em que se segurava no vagão.

Se eles estivessem na Cidade Sul, descobriria o nome daquele homem. Seria entregue para ele — ou Leo — numa folha de papel com um endereço, e ele o encontraria à noite, tomaria sua vida e silenciaria o eco.

Mas aquela era a Cidade Norte.

Onde as pessoas más saíam impunes se tivessem dinheiro.

August tirou os olhos dele quando a senhora sentada se inclinou para a frente.

— Sempre quis ser atriz — ela lhe confidenciou. — Não sei por que nunca fiz isso. Acho que agora é tarde demais.

August fechou os olhos.

— *Union Plaza*.

Duas estações.

— Sei que agora é tarde — a mulher continuou tagarelando —, mas ainda sonho com isso...

Ela nem estava falando com ele, não de verdade. Sunais não sabiam identificar mentiras, mas, quando os humanos ficavam perto deles, tornavam-se... sinceros. August não precisava obrigá-los — se pudesse obrigá-los a *não* se abrir, faria isso —, eles simplesmente começavam a desabafar. Na maior parte do tempo, nem percebiam o que estavam fazendo.

Henry chamava aquilo de "influência", mas Leo tinha uma palavra melhor: "confissão".

— *Lyle Crossing.*

Uma estação.

—Ainda sonho...

Aquele era sem dúvida o dom de que menos gostava. Leo adorava fazer com que todos à sua volta expressassem inseguranças, medos e fraquezas, mas August só ficava constrangido com a situação.

—Você sonha?

— *Colton* — anunciou a voz no vagão.

O trem parou e August fez uma oração silenciosa enquanto saía do vagão, seguido pela confissão daquela mulher.

Se a Cidade Norte era surreal, Colton era outro mundo. August nunca tinha estado tão longe da zona vermelha antes. A escola era cercada, mas, ao contrário da Fenda, seus muros pareciam mais estéticos do que funcionais. Depois do portão de ferro fundido, a Academia Colton ficava em um enorme gramado, com um bosque atrás dela. August já tinha visto árvores antes, num parque destruído três quarteirões ao sul do complexo Flynn, mas aquelas eram diferentes. Havia o suficiente para fazer uma muralha. Não, uma *floresta*. Aquela era a palavra certa.

Mas as árvores não o distraíram tanto quanto as pessoas.

Para qualquer lugar que olhasse, August via não cadetes da FTF ou civis do Norte, mas adolescentes vestindo uniforme azul. Meninos e meninas entrando pelos portões ou sentados em grupos na grama. Ele se admirou com a tranquilidade com que conversavam e se tocavam, cotovelos se encostando, braços em volta de ombros, cabeças próximas de cabeças, quadris de quadris. A maneira como os rostos se abriam em enormes sorrisos ou gargalhadas, ou se fechavam em irritação. Tudo parecia tão... natural.

O que ele estava fazendo ali?

Talvez Leo tivesse razão; August deveria ter se alimentado antes. Mas agora era tarde demais. Ele resistiu ao impulso de fugir, tentando lembrar que queria sair do complexo, que *Leo*, mais que qualquer outro, havia confiado nele, que tinha uma *missão* tão importante quanto qualquer outra da FTF. Obrigou seus pés a seguirem em frente, cada vez mais certo de que alguém veria por trás do uniforme e do sorriso forjado e notaria que ele não era humano. Como se estivesse escrito em sua testa, tão claramente quanto as marcas em seu braço. De repente, as horas passadas diante do espelho pareceram ridículas. Como conseguiria imitar aquilo? Como pensara que seria capaz de se passar por um deles, só porque tinham a mesma idade? Aquele pensamento o deteve. Eles *nem tinham* a mesma idade. Apenas *pareciam* ter. Todos aqueles adolescentes haviam nascido, enquanto ele simplesmente acordara na forma de um menino de doze anos porque era essa a idade que os corpos nos sacos pretos tinham quando *tudo começou com uma explosão* — não o universo, mas as rajadas destacadas de tiros e…

August parou de repente, tentando recuperar o fôlego.

Alguém bateu em seu ombro. Não foi um empurrãozinho amigável, mas uma colisão hostil. Ele cambaleou para a frente, recuperando o equilíbrio a tempo de ver um garoto loiro de ombros largos lançar um olhar agressivo para trás.

— Qual é o seu problema? — August disparou, antes que pudesse se conter.

O menino foi para cima dele.

—Você estava na minha frente — ele resmungou, pegando August pelo colarinho. — Acha que vou deixar um novato de merda estragar isto? É o meu ano, idiota. *Minha* escola. — E então, para terror de August, o menino *continuou falando*. — Acha que pode me assustar com esse olhar? Não tenho medo de você. Não tenho medo de ninguém. Eu... — Um calafrio percorreu seu corpo, e ele puxou August para mais perto. — Não consigo dormir. Toda vez que fecho os olhos eu os vejo.

— Ei — chamou outro aluno por cima do ombro de August. — Algum problema aí, Jack?

O menino loiro, Jack, piscou algumas vezes, voltando a lançar um olhar cortante, então empurrou August. O outro garoto o pegou pelo ombro.

— Qual é? Não tem necessidade disso. Meu amigo aqui está arrependido. Ele não queria encher seu saco. — Sua voz era amigável, descontraída.

— Deixa esse moleque longe de mim, Colin — Jack retrucou, com o tom de voz normal novamente. — Antes que eu quebre a cara dele.

— Pode deixar. — Colin balançou a cabeça. — Escroto — murmurou, enquanto Jack saía pisando firme. Ele se virou para August. Era um menino baixo, magro, com uma franja que formava um bico no meio da testa e olhos afetuosos no rosto expressivo. — Fazendo amigos no primeiro dia, hein?

August se empertigou, ajeitando a jaqueta.

— Quem disse que é meu primeiro dia?

Colin soltou uma risada tranquila, tão natural quanto respirar.

— É uma escola pequena, cara — ele disse com um sorriso largo. — Nunca vi você por aqui antes. Como se chama?

August engoliu em seco.

— Frederick — disse.

— *Frederick?* — Colin repetiu, erguendo uma sobrancelha. August se perguntou se escolhera o nome errado.

— Sim — ele disse, devagar —, mas pode me chamar de Freddie.

Ninguém nunca o tinha chamado de Frederick *nem* de Freddie, mas foi a coisa certa a dizer. O rosto de Colin se transformou novamente, passando em um segundo do ceticismo à simpatia.

— Ah, ainda bem — ele disse. — Frederick é um nome muito pretensioso. Sem querer ofender. Não é culpa sua.

Eles começaram a caminhar lado a lado rumo ao prédio principal, até que alguns alunos chamaram Colin.

— Vejo você lá dentro — ele disse, enquanto apertava o passo para encontrar seus amigos. No meio do caminho, virou com um sorriso no rosto. — Tente não arranjar briga com mais ninguém até o começo da aula.

August se esforçou para imitar o sorriso do garoto.

— Vou tentar.

— Nome? — perguntou a mulher na secretaria.

— Frederick Gallagher — August disse, abrindo o que esperava ser um sorriso constrangido enquanto tirava um fio de cabelo da frente dos olhos. — Mas me chamam de Freddie.

— Ah — disse a mulher, tirando uma pasta com uma etiqueta amarela. — Você deve ser um dos alunos novos.

Ele assentiu, abrindo um sorriso rápido. Dessa vez, ela retribuiu.

— Olhe só para você — ela disse. — Cabelo escuro. Olhar doce. Covinhas. Vai ser massacrado.

August não soube ao certo o que ela queria dizer com aquilo.

— Tomara que não — respondeu.

Ela riu. Todo mundo ria muito facilmente ali.

— Você ainda precisa da sua carteirinha de identificação — ela disse. — Vá até a sala ao lado e entregue a primeira página da sua pasta. Eles vão cuidar disso. — Ela hesitou, parecendo prestes a dizer alguma outra coisa, algo pessoal. August recuou antes que tivesse a chance.

Na sala ao lado, uma pequena fila saía de uma porta marcada como CARTEIRINHAS. August observou enquanto o aluno na frente da fila entregava seu papel para o homem atrás do balcão, depois entrava na frente de um fundo verde. Ele sorriu e, um instante depois, houve um flash. August se encolheu. O processo se repetiu com o estudante seguinte. E o próximo. August se afastou.

Os outros alunos pareciam seguir rumo a uma grande porta dupla ao fim do saguão. Ele os seguiu até a entrada de um auditório. Havia um sistema tácito, uma ordem natural que todos pareciam entender. Eles se enfileiraram na direção das cadeiras. August ficou para trás, tentando não interromper o fluxo.

— Ano? — perguntou uma mulher. August se virou e deu de cara com uma professora de saia, segurando uma pilha de pastas.

— Terceiro — ele disse.

Ela assentiu.

— Lá na frente, à esquerda.

O auditório se enchia de corpos e sons enquanto ele procurava um lugar, e a quantidade de pessoas e barulhos o deixou zonzo, entorpecido. À sua volta, centenas de vozes falavam mais alto e mais baixo e interrompiam umas às outras, sobrepondo-se como música, mas com uma cadência toda errada, menos erudita e mais jazz. Quando ele tentou decompor as notas, não encontrou acordes, apenas sílabas, risos e sons sem sentido. E então, felizmente, fez-se silêncio e August direcionou o olhar para um homem de terno azul entrando no palco.

— Olá — ele disse, dando uma batida no microfone sobre o palanque. — Sou o sr. Dean, diretor da Colton. Queria dar as boas-vindas aos calouros e aos alunos antigos. Vocês podem não ter notado, mas temos muita gente nova se juntando a nós. E, como a Colton é uma comunidade, vou pedir que cada um se levante quando eu chamar seu nome, para garantir que se sintam bem-vindos aqui.

August sentiu um frio na barriga.

— Temos dois alunos novos no segundo ano. Marjorie Tan… — Uma menina se levantou umas dez fileiras atrás de August, corando com o olhar coletivo. Ela fez menção de voltar a se sentar, mas o diretor fez um sinal com a mão. — Por favor, continue em pé — ele insistiu. — Agora… Ellis Casterfeld?

Um garoto magricela levantou e acenou para o auditório.

— No terceiro ano, temos dois alunos se juntando a nós. — O coração de August bateu mais forte. — Sr. Frederick Gallagher. — Ele expirou fundo, aliviado por não ouvir seu nome. E então lembrou que Frederick *era* seu nome. August engoliu em seco e levantou. Os alunos do terceiro ano se viraram para observá-lo melhor. Seu rosto ficou quente e, pela primeira vez, August desejou que pudesse ser *menos* real. Talvez até desaparecer.

Então, o diretor disse o nome dela e, de certa forma, August desapareceu.

— E, finalmente, a srta. Katherine Harker.

O auditório ficou em silêncio. Todos os outros foram esquecidos enquanto, na primeira fileira, uma menina levantava. Todos os rostos do auditório se voltaram para ela.

Katherine Harker.

A única filha de Callum Harker, o "governador" da Cidade Norte, um homem conhecido por colecionar monstros como armas, e o motivo por que August havia sido mandado para Colton.

Ele se lembrou da conversa que tivera com Henry e Leo.

— *Não estou entendendo. Vocês querem que eu… vá para a escola? Com ela?* — Ele torceu o nariz com a ideia. *Harker era o inimigo. Um assassino. Katherine era um mistério, mas se tivesse puxado ao pai…* — *E fazer o que exatamente?*

— *Seguir a garota* — *Leo respondeu.*

— *Colton é muito pequena. Ela vai me notar.*

— Você não vai ser você — Leo disse. — E queremos que ela note. Queremos que fique por perto.

— Não perto demais — interrompeu Henry. — Só queremos que mantenha o olho nela. Caso precisemos de algo para barganhar...

— É o mesmo motivo por que os soldados dela estão procurando você — Leo explicou. — Quando a trégua acabar...

— Se acabar... — Henry disse.

— Ela pode ser útil.

— Não sabemos nada sobre a garota — August disse.

— Ela é filha do Harker. Se há alguma coisa com que ele se importa, é ela.

August fitou a menina na primeira fileira. Katherine era parecida com o pai: magra, astuta e angulosa. Seu cabelo estava diferente das fotos que ele tinha visto. Ainda loiro, mas na altura do ombro, muito liso, dividido ao meio cobrindo parte do rosto. A maioria das meninas de Colton havia optado por saias, mas ela estava usando uma calça de corte elegante, as mãos enfiadas casualmente no bolso. Ao redor de August, as pessoas começaram a sussurrar. E, então, Katherine, que vinha mantendo o olhar frio e vazio para a frente, virou-se e olhou por cima do ombro.

Para ele.

Ela não sabia — não tinha como saber — quem August era, mas seus olhos escuros passaram por ele de maneira lenta e avaliadora, o canto do lábio se abrindo em um leve sorriso. Então o diretor mandou que se sentassem. August afundou na cadeira, sentindo que havia acabado de escapar de um encontro com a morte.

— Agora — o sr. Dean continuou —, se ainda não pegaram sua carteirinha de identificação, não se esqueçam de fazer isso até o fim do dia. Vocês vão precisar dela para comprar comida e material escolar, e para acessar certas partes do campus, como o teatro, as instalações esportivas e as salas de música.

August ergueu a cabeça bruscamente. Ele não se importava com o refeitório, não se interessava por teatro nem por esportes, mas um lugar onde pudesse tocar em paz? Aquilo valia uma carteirinha.

— Um atendente vai ficar na sala de identificação durante o horário de almoço e também uma hora depois da aula...

O diretor continuou falando por alguns minutos, mas August havia parado de prestar atenção. Quando acabou, a multidão de estudantes guiou o garoto para fora do auditório até o saguão. Ele demorou uns trinta segundos para se dar conta de que não fazia ideia de para onde tinha de ir em seguida. O corredor era um emaranhado de corpos uniformizados; August tentou sair do caminho enquanto pegava seus horários na mochila.

— Ei, *Frederick*.

Ele ergueu os olhos e encontrou Colin atravessando a multidão às cotoveladas. O garoto segurou a manga de August e o puxou para fora da correnteza.

— Peguei você. — Colin abaixou os olhos e viu o antebraço do garoto, onde a manga tinha subido. Seus olhos expressivos se arregalaram. — Ah, que tatuagens incríveis! Mas não deixa o diretor ver. Ele é muito rígido. Uma vez fiz uma de mentira no rosto... Acho que foi uma abelha, nem lembro o motivo... Ele me fez esfregar até tirar. Regras da escola.

August puxou a manga para baixo e Colin lançou um olhar para os horários em sua mão.

— Ah, perfeito. A gente tem inglês junto. Acho que vi seu nome na lista. Dou uma olhada em todas antes, só para saber quem vou ter que enfrentar, entende? — August não entendia e não sabia dizer se era sua influência que estava deixando Colin tão tagarela ou se o menino era assim mesmo. Desconfiava da segunda opção. — Enfim, vamos lá! — Colin o puxou na direção da porta de uma escada. — Conheço um atalho.

— Para onde?

— Para a aula, óbvio. A gente poderia usar o corredor se não estivesse *lotado de calouros!* — ele berrou. Vários alunos menores voltaram os olhos arregalados para ele, que recebeu um olhar sisudo da professora de saia.

—Vá para a sala, sr. Stevenson.

Colin apenas piscou para ela e abriu a porta que levava para a escada, segurando-a para August, que não sabia se estava sendo ajudado ou raptado. Ele não queria chegar atrasado à primeira aula de sua vida, então entrou. Logo antes de a porta se fechar, pensou ver Katherine Harker passando em meio aos outros alunos, que abriam espaço para ela.

Quando as pessoas falavam sobre o primeiro dia de aula, usavam expressões como "recomeço" e "página em branco", e sempre faziam questão de dizer que era uma chance de se definir — ou redefinir.

Aos olhos de Kate, o primeiro dia era uma oportunidade, que ela havia aproveitado muito bem nas instituições anteriores. E todos aqueles primeiros dias pareciam ter sido uma preparação para *aquele*. Era sua chance de definir o tom. De causar uma *primeira impressão*. Ela tinha a vantagem de estar em casa; as pessoas ali poderiam não conhecê-la, mas todos *sabiam* quem ela era, e aquilo era melhor ainda. Era um alicerce sobre o qual construir. Até o final daquela semana, Colton seria dela. Se não pudesse dominar uma escola, não era digna de governar uma cidade.

Na verdade, Kate não se importava tanto em controlar a escola *nem* a cidade. Só não queria que Harker a enxergasse como fraca, desamparada, uma menina que não tinha nada em comum com ele além de alguns traços e o mesmo tom de cabelo. Kate queria que ele olhasse para ela e visse alguém que merecia estar lá. Porque nunca deixaria que a mandasse para longe, não de novo.

Ela havia batalhado para chegar ali e batalharia para permanecer nesse lugar.

Tal pai, tal filha, Kate pensou enquanto andava pelo corredor, os braços ao lado do corpo, a cabeça erguida, o medalhão e as unhas metalizadas cintilando sob as luzes. Ela pensou nos dentes monstruosos brilhando na filmagem, e isso lhe deu forças. Olhares dos alunos a seguiam pelos corredores. Mãos tapavam bocas surpresas. Por todos os lados, os estudantes se aglomeravam e se dividiam, avançavam e recuavam como uma onda, como uma revoada de estorninhos. Todos unidos. Todos separados.

"Você precisa acabar com eles logo de cara", seu pai havia dito certa vez. Claro, ele estava falando de monstros, não adolescentes, mas ambos tinham muito em comum. Obedeciam a uma mentalidade de colmeia; pensavam e agiam em grupos. Tanto cidades como escolas eram microcosmos, e escolas *pequenas* tinham seu próprio e delicado ecossistema.

St. Agnes tinha sido a menor de todas, com apenas cem garotas; enquanto Fischer, sua primeira escola particular, abrigava seiscentos e cinco alunos. A Academia Colton tinha quatrocentos, o que era pequeno o bastante para parecer intimista, mas grande o suficiente para assegurar uma resistência razoável, no mínimo.

Era natural — sempre havia quem quisesse desafiar o poder vigente, reivindicar sua própria autoridade, popularidade ou o que quer que viesse depois. Normalmente, Kate conseguia identificá-los nos primeiros dias. Essa minoria era uma perturbação na mentalidade de colmeia, e ela sabia que precisava lidar com eles o quanto antes.

Só precisava de uma oportunidade para se firmar.

E, para sua surpresa, ela se apresentou imediatamente.

Kate sabia que haveria boatos sobre ela. Rumores. Não necessariamente ruins. Na verdade, alguns eram uma espécie de propaganda. Enquanto andava pelos corredores, virou a cabeça e escutou alguns.

— Ouvi dizer que ela botou fogo na última escola.

— Ouvi dizer que já esteve na cadeia.

— Ouvi dizer que bebe sangue como os malchais.

— Sabia que ela deu uma machadada em um colega de classe?

— Psicopata.

— Assassina.

E então, quando entrou na sala da próxima aula, Kate ouviu:

— Ouvi dizer que a mãe dela enlouqueceu.

Seus passos ficaram mais lentos.

— Pois é — a menina continuou, alto o bastante para ela ouvir. — Pirou e tentou jogar o carro de cima de uma ponte. — Kate deixou a mochila em uma carteira. Remexeu distraidamente em seu conteúdo, virando o ouvido bom na direção da garota. — Parece que Harker mandou a filha para longe porque não suporta olhar para ela. Faz com que se lembre da mulher morta.

— Charlotte — sussurrou outra garota. — Cala a boca.

Sim, Charlotte, Kate pensou. *Cala a boca.*

Mas Charlotte não calou.

— Talvez ele a tenha mandado embora porque ela também é louca.

Louca, não, Kate sentiu vontade de dizer. Seu pai pensou que ela era jovem demais, que era fraca como a mãe. Mas ele estava *errado*.

Ela cravou as unhas brutalmente na palma das mãos e sentou, mantendo o olhar fixo na lousa. Continuou na mesma posição durante a aula toda, com a cabeça erguida, mas não estava prestando atenção nem anotando nada. Não ouviu uma palavra do que o professor disse; não deu a mínima. Ficou imóvel e esperou o sinal tocar. Então seguiu Charlotte pelo corredor até a saída. Qualquer que fosse a aula que tivesse depois não era tão importante quanto aquilo.

Kate seguiu a menina até o banheiro mais próximo, então fechou o trinco da porta atrás de si.

Charlotte, com uma beleza óbvia, estava diante da pia, retocando a maquiagem. Kate parou ao lado dela e começou a lavar o sangue em suas mãos. Depois, ajeitou o cabelo atrás da orelha, exibindo a cicatriz que cortava seu rosto da têmpora até o queixo. A outra menina ergueu os olhos, então encontrou o olhar de Kate no reflexo do espelho e teve a audácia de sorrir.

— Posso ajudar?

— Como você se chama? — Kate perguntou.

A menina ergueu a sobrancelha oxigenada enquanto secava as mãos.

— Charlotte — ela disse, já virando para ir embora.

— Não — Kate disse devagar. — Seu nome completo.

Ela parou, desconfiada.

— Charlotte Chapel.

Kate deu uma risadinha.

— Qual é a graça? — perguntou a garota.

Kate deu de ombros.

— Botei fogo numa capela outro dia.

O rosto de Charlotte se contorceu em repúdio.

— Doida — ela murmurou, já se afastando.

Mas não conseguiu ir muito longe.

Num instante, Kate a encurralou contra a parede, os cinco dedos com pontas metálicas em volta da garganta dela. Com a mão livre, tirou o isqueiro do bolso. Apertou um botão na lateral e um canivete prateado se abriu com um som abafado de corte.

Charlotte arregalou os olhos.

—Você é ainda mais maluca do que pensei.

Por um momento, Kate pensou em machucar a garota. Machucar de verdade. Não com algum propósito, só pela sensação boa. Mas ser expulsa anularia tudo o que ela havia feito para chegar até ali.

Se você for expulsa, vai ser mandada para fora de Veracidade. Com uma passagem só de ida. De uma vez por todas.

— Quando o diretor ficar sabendo...

— Ele não vai saber — Kate disse, encostando o canivete na bochecha de Charlotte. — Porque você não vai contar. — Ela falou isso do mesmo jeito que dizia tudo: com uma voz baixa, impassível.

Ela tinha visto um documentário certa vez sobre líderes de cultos e o que os tornava tão convincentes. Uma das características mais importantes era a presença imponente. Muita gente achava que significava falar alto, mas, na verdade, significava *não precisar* falar alto. Alguém capaz de comandar uma multidão sem sequer levantar a voz. O pai de Kate era daquele jeito. Ela o havia estudado nos poucos momentos que tiveram juntos, e Callum Harker nunca gritava.

Por isso, Kate também não.

Ela afrouxou os dedos na garganta de Charlotte apenas um pouco e levou a lâmina ao medalhão pendurado na camisa do uniforme da menina, batendo casualmente no V gravado.

— Quero que se lembre de uma coisa, Charlotte Chapel. — Ela se aproximou. — Esse pingente pode proteger você dos monstros, mas não de mim.

O sinal tocou e Kate deu um passo para trás, dando seu melhor sorriso. A lâmina desapareceu dentro do isqueiro e sua mão soltou a garganta da garota.

— Agora corre — ela disse, com frieza. — É melhor não se atrasar.

Charlotte tocou a garganta machucada e saiu correndo do banheiro.

Kate não a seguiu. Foi até a pia, lavou as mãos novamente e arrumou o cabelo. Encarou seu reflexo por um momento e viu outra versão de si mesma por trás do azul-escuro, uma versão que pertencia a outra vida, a um mundo mais tranquilo. Mas aquela Kate não tinha espaço ali.

Ela respirou fundo, estalou o pescoço e foi para a aula, confiante que havia causado uma boa primeira impressão.

Era para August estar na educação física.

Ou, pelo menos, era para todos os alunos do terceiro ano estarem no ginásio, e eles provavelmente estavam, mas, graças à sua doença — asma, segundo seu arquivo —, August podia ficar na sala de estudos.

Ele não tinha asma. Mas tinha quatrocentas e dezoito linhas que corriam por todo o seu braço e começavam a dar a volta pelas costas e pelo peito. Henry tinha medo de que chamassem a atenção.

Então August ficou na sala de estudos. Pelo menos por um tempo. Imaginou que aquele lugar viria a ser útil, mas, como era seu primeiro dia de aula, não tinha nada para estudar, então perguntou ao monitor se podia ir ao banheiro e não voltou mais.

Agora estava na frente da sala da carteirinha.

No caminho, havia tentado criar uma desculpa para não tirar a foto — ele havia lido sobre uma tribo que acreditava que quem se deixava fotografar perdia a alma —, mas, no fim, não precisou de uma.

A sala parecia vazia. Quando tentou abrir a porta, constatou que estava destrancada. August olhou em volta nervoso e depois entrou, fechando a porta atrás de si. Ele digitou seus dados: Frederick Gallagher, dezesseis anos, um metro e setenta e oito de altura, cabelo preto, olhos cinza, terceiro ano.

Havia um retângulo vazio à direita das informações. August sabia o que ele esperava. Engoliu em seco e apertou o botão do timer, depois entrou na frente do fundo claro, como tinha visto os outros alunos fazerem mais cedo. Encarou bem a lente da câmera e veio o flash. A luz fez August piscar. Ele prendeu a respiração enquanto dava a volta no balcão, mas seu peito se apertou quando viu a foto na tela. Sua expressão era um pouco vaga demais, mas seu rosto tinha quase todos os componentes certos — queixo, boca, nariz, maxilar, cabelo. Um menino comum... exceto pelos olhos. No lugar onde deveriam estar, havia apenas uma mancha preta. Como se alguém os tivesse desenhado em carvão e depois borrado.

Sunais, sunais, olhos de carvão, cantou uma voz em sua cabeça. Seu estômago se revirou.

TENTAR NOVAMENTE?, sugeriu o computador.

Ele clicou em SIM. Daquela vez, não olhou diretamente para a câmera, mas logo acima dela. Não adiantou. A mesma mancha escura cobria seus olhos. August tentou de novo e de novo, cada vez virando os olhos um pouco para a esquerda ou para direita, para cima ou para baixo, mas a mancha preta só mudava de lugar, às vezes diminuindo, mas sempre lá. Sua visão estava cheia de pontos de luz, via uma dezena de flashes toda vez que piscava. A última foto o encarou de volta pela tela, os olhos obscurecidos pela mesma risca preta, mas uma pequena ruga de frustração visível entre as sobrancelhas. Ele não deveria ligar, sabia que não daria certo, mas reunira esperanças... *de quê?*

De conseguir se passar por humano?, ouviu o irmão dizer.

Com uma melodia sua alma sugarão.

Ele balançou a cabeça.

Explosão.

Vozes demais.

TENTAR NOVAMENTE?, sugeriu o computador.

O dedo de August parou sobre NÃO, mas, depois de um momento, ele voltou atrás e clicou em SIM. Uma última vez. Entrou na frente da câmera, respirou fundo e se preparou para o flash, pronto para a decepção de mais uma tentativa fracassada. Mas o flash não veio. Ele ouviu o clique da câmera, mas a luz devia ter falhado. Foi até a tela, com o coração palpitante, e olhou.

Então perdeu o ar.

O menino na tela estava parado, com as mãos nos bolsos. Não estava olhando para a câmera. Seus olhos estavam semicerrados, sua cabeça virada para o lado, levemente fora de foco, numa foto tirada no meio de um movimento. Mas era ele. Sem risca preta. Sem olhar vazio.

August soltou um suspiro trêmulo e clicou em IMPRIMIR. Um minuto depois, a máquina emitiu sua carteirinha. Ele encarou a foto por vários segundos, hipnotizado, depois guardou o documento no bolso e saiu discretamente da sala na mesma hora que tocou o sinal para o almoço. Ele estava no meio do caminho para o armário quando chamaram seu nome. Na verdade, *Freddie*.

Ele virou e encontrou Colin, acompanhado por um menino e uma menina.

— Alex e Sam, esse é o Freddie — ele disse a título de apresentação. — Freddie, Alex e Sam.

August não soube dizer quem era Alex e quem era Sam.

— E aí? — perguntou o garoto.

— E aí? — ecoou a garota.

— Oi — ele cumprimentou.

Colin envolveu o braço em seu ombro, o que era difícil considerando que era uns quinze centímetros mais baixo. August ficou tenso com o contato inesperado, mas não recuou.

—Você parece perdido.

August começou a balançar a cabeça, mas Colin o interrompeu.

— Está com fome? — ele perguntou, simpático. — Estou morrendo! Vamos almoçar.

— ... me dá medo.

— ... festa neste fim de semana...

— ... tão babaca.

— ... uma coisinha pro Jack e pra Charlotte?

August ficou encarando seu almoço pela metade.

O refeitório era barulhento — muito mais do que ele imaginava. O tinido constante de bandejas, risadas e gritos se destacava como tiros, mas ele tentou não pensar sobre isso e se concentrar na maçã verde que girava em sua mão. Era sua comida favorita, não pelo gosto, mas pelo tato. A casca fria e suave, o peso sólido. Ele conseguia perceber Sam — a garota — observando-o, então levou a fruta à boca e mordeu, contendo uma careta.

August *podia* comer, mas não gostava daquilo. Não chegava a sentir repulsa, mas... as pessoas falavam sobre o sabor do bolo de chocolate, a doçura dos pêssegos, o prazer delirante de um bom bife. Para elas, toda comida era uma *experiência*.

Para August, todas tinham o mesmo gosto. De nada.

"É porque isso é comida de *gente*", Leo diria.

"Eu sou gente", August responderia, tenso.

"Não." Seu irmão balançaria a cabeça. "Não é."

August sabia o que ele estaria querendo dizer: "Você é mais do que isso". Mas nunca fazia com que se sentisse melhor. Só um impostor.

No entanto, o que as outras pessoas sentiam em relação à comida era comparado ao que August sentia em relação à música. Ele conseguia saborear cada nota, degustar a melodia. Pensar naquilo fez suas marcas formigarem, seus dedos queimarem em busca do violino. Do outro lado da mesa, Colin contava uma história. August não estava ouvindo, mas *observava*. Enquanto o garoto falava, seu rosto percorria um cortejo acrobático de expressões, uma se desdobrando atrás da outra.

August deu uma segunda mordida, mastigou, engoliu e colocou a maçã na mesa.

Sam se debruçou.

— Está sem fome?

Antes que ele pudesse mostrar o saco com apenas metade de sua comida, Colin interrompeu.

— Estou sempre com fome — ele disse de boca cheia. — Tipo, sempre mesmo.

Sam revirou os olhos.

— Já notei.

— Então, *Frederick* — Alex disse com uma fruta na mão, enfatizando cada sílaba no nome. — Colton não costuma receber muita gente nova. Você foi expulso de outro colégio?

— Fiquei sabendo que *ela* foi expulsa — Colin sussurrou. Não era preciso dizer quem.

— Esse não é o único motivo por que as pessoas mudam de escola — Sam disse, voltando-se para Alex. — Só porque *você* foi…

— Eu fui *transferido*! — Alex disse, voltando a atenção para August. — E aí? Expulsão? Transferência? Pegou uma professora?

— Não — ele respondeu automaticamente. Depois explicou, mais devagar: — Eu estudava em casa.

— Ah, é por isso que você é tão quieto.

— *Alex* — Sam disse, dando um chute nele por baixo da mesa. — Que falta de educação!

— Que foi? Eu poderia ter dito "esquisito".

Outro chute.

— Tudo bem — August disse, esboçando um sorriso. — Só não estou acostumado com tanta gente.

— Onde você mora? — Colin perguntou, com a boca cheia de macarrão.

August deu outra mordida na maçã, usando-a para engolir as palavras que subiam por sua garganta. Nesses segundos ganhos, vasculhou suas falas, tentando encontrar a verdade certa.

— Perto da Fenda — ele respondeu.

— Caramba — Alex disse, assobiando. — Na zona vermelha?

— Sim — August disse, devagar. — Mas é a Cidade Norte, então...

— Só dá medo se você não tiver um medalhão — Colin acrescentou, batendo no próprio pingente.

Sam balançava a cabeça.

— Sei não. Já ouvi falar de coisas muito ruins acontecendo na zona vermelha. Mesmo para pessoas protegidas por Harker.

Alex lançou um olhar para o outro lado do refeitório.

— Não deixe que *ela* ouça você dizer isso. Senão conta pro pai.

Colin deu de ombros e começou a falar sobre um show — a mente daquele garoto parecia dar saltos ainda maiores que a de August, que seguiu o olhar de Alex. Katherine estava sentada sozinha em uma mesa, mas não parecia solitária. Na verdade, havia um sorriso desafiador em seu rosto. Como se *quisesse* ficar sozinha. Como se o fato de as pessoas a evitarem fosse um trunfo. August não compreendia.

— Quer vir com a gente, Freddie?

Ele a observou pegando sua comida de maneira lenta e desinteressada, passando a unha metalizada em volta do pingente, levantando-se.

— Freddie?

O fluxo do refeitório mudou com o movimento: todos os olhos

se voltaram para ela. Mas Kate não parecia se importar. Manteve a cabeça erguida enquanto limpava a bandeja e saía andando.

— Ele nem está ouvindo.

A atenção de August voltou de repente.

— Desculpa, o que foi?

— Show no sábado. Quer vir?

— *Nenhum de nós* vai — Sam interrompeu, livrando August de ter que responder. — Porque tem um *toque de recolher*, Colin. E é quase no *Ermo*!

— E a gente não está a fim de *morrer* — Alex acrescentou com uma imitação exagerada de Sam, balançando os braços enquanto falava.

— Minha mãe ia me esfolar viva — Sam disse, ignorando a imitação.

— Não se um corsai fizer isso primeiro — Alex ironizou. Sam lhe lançou um olhar horrorizado e deu um soco no ombro dele.

— Ai!

— Só acho que a vida é curta, sabe? — Colin disse, debruçando-se na mesa. Sua voz era baixa, conspiratória. Ele fazia August sentir como se não fosse novato, como se estivesse lá desde o começo. — Não dá para perder tempo com medo.

August assentiu, embora passasse *quase todo* o seu tempo com medo. Medo do que era, medo do que não era, medo de se revelar, medo de se tornar outra coisa, medo de se tornar nada.

— Sim — Alex interrompeu —, e vai ficar bem mais curta se sairmos por aí à noite...

A boca de Colin se contorceu.

— Freddie não tem medo de monstros, tem?

August não soube como responder. E nem precisou.

— Eu já vi um — Colin acrescentou.

—Você é cheio das histórias...

— O que você fez?

— Saí correndo, óbvio.

August deu risada. A sensação era boa.

E então, entre uma mordida e outra na maçã, a fome veio.

Do nada.

Ou *quase* nada, como quando pressentimos que um resfriado vai começar, aquela fração de segundo de tontura que avisa que a febre está por vir. Pensar no assunto — *Será uma coceira? Minha garganta está ficando seca? Faz muito tempo que estou fungando?* — só fazia com que piorasse. Ele tentou conter o pânico que disparava pelo seu corpo.

Ignore, August disse a si mesmo. *A mente controla o corpo.* Isso seria o bastante até o momento em que a fome se espalhasse do corpo para a mente. Aí ele estaria perdido. August se concentrou na respiração, obrigando o ar a descer pela garganta até os pulmões.

— Ei, Freddie, você está bem? — Colin perguntou, e August percebeu que estava se segurando à mesa. — Parece meio enjoado.

— Sim — ele disse, levantando e quase tropeçando na cadeira. — Só… preciso tomar um pouco de ar.

August ajeitou a mochila nas costas, jogou fora os restos do almoço e saiu pelas portas do refeitório, sem se importar aonde levavam, desde que fosse para *fora dali.*

Encontrou-se atrás da escola, vendo a linha verde de árvores à distância. O ar estava fresco e ele o inspirou, murmurando "*Está tudo bem, está tudo bem, está tudo bem*" para si mesmo até perceber que não estava sozinho.

Alguém pigarreou e August virou, dando de cara com Katherine Harker recostada no prédio, com um cigarro entre os dedos.

— Dia ruim?

Kate só queria um momento de paz. Um momento para respirar e pensar, sem todos os olhares sobre ela. As palavras de Charlotte ainda estavam grudadas sob sua pele.

Ouvi dizer que a mãe dela enlouqueceu. Pirou e tentou jogar o carro de cima de uma ponte.

As palavras não trouxeram apenas uma memória, mas duas. Dois mundos diferentes. Duas Kates diferentes. Uma deitada na grama. A outra estirada na calçada. Uma cercada pelo farfalhar tranquilo do campo. A outra, por um silêncio ressoante.

Ela levou os dedos distraidamente à cicatriz sob o cabelo, passando a unha metalizada em volta da curva da orelha. Era desconcertante ser capaz de sentir mas não de ouvir o arranhar da carne.

Bem nesse momento, as portas se abriram e um menino saiu cambaleando. Kate tirou a mão da orelha. Ele parecia perdido e passando um pouco mal, o que ela achava compreensível. O garoto tinha acabado de sair do refeitório, um lugar que era suficientemente capaz de desequilibrar qualquer um.

— Dia ruim?

Ele ergueu os olhos e ela o reconheceu.

Frederick Gallagher. O aluno novo do terceiro ano. De perto, parecia mais um cachorrinho perdido. Tinha olhos cinza arregalados sob um punhado de cabelo preto desgrenhado, e era bem magro.

Ela o observou abrir a boca, fechar e abrir de novo, apenas para dizer:

— Pois é.

Kate bateu as cinzas do cigarro e ajeitou a postura, desencostando da parede.

—Você é novo, certo?

Ele ergueu um pouco a sobrancelha preta.

—Você também — retrucou.

A resposta a pegou de surpresa. Tinha imaginado que ele fosse do tipo que murmura ou se rebaixa. Em vez disso, encarava os olhos dela ao falar. Sua voz, ainda que baixa, era firme. Talvez não fosse um cachorrinho perdido no fim das contas.

— É Katherine, certo?

— Kate — ela disse. — Frederick?

— Freddie — ele falou.

Ela deu um trago no cigarro e franziu a testa.

—Você não tem cara de Freddie.

Ele deu de ombros e, por um longo momento, ficaram ali, medindo um ao outro. A situação foi ficando cada vez mais constrangedora, até que ele finalmente desviou os olhos para o chão. Kate sorriu, vitoriosa. Apontou para onde o pavimento encontrava a grama.

— O que traz você ao meu escritório?

Ele observou ao redor, confuso, como se realmente tivesse invadido um lugar. Então ergueu os olhos e disse:

— A vista.

Kate abriu um sorriso irônico.

— Ah, jura?

O rosto dele ficou vermelho.

— Não estava falando de você — ele disse rápido. — Era das árvores.

— Nossa — ela exclamou, seca. —Valeu. Como competir com pinheiros e carvalhos?

— Não sei — Freddie disse, inclinando a cabeça. Cachorrinho de novo. — Elas são lindas.

Kate ajeitou o cabelo atrás da orelha e pegou o olhar de canto de Freddie. Não durou. Um rubor tomou conta das bochechas dele, mas nem tudo era constrangimento. Ele realmente parecia enjoado.

— Pena que não tem uma cadeira — ela disse, batendo as cinzas.

— Não tem problema — ele disse, recostando-se na parede ao lado. — Só precisava tomar um ar.

Kate observou o peito dele subir e descer e então subir de novo, seus olhos fixados em um conjunto baixo de nuvens. Havia algo em seu olhar, algo ao mesmo tempo presente e distante.

Onde você está?, ela pensou, com a pergunta na ponta da língua.

— Toma. — Kate ofereceu o cigarro. — Acho que vai fazer bem a você.

— Não, obrigado — ele recusou. — Isso mata.

Kate soltou um riso baixo, sem som.

— Muitas coisas matam por aqui.

Um sorriso melancólico.

—Verdade.

O sinal tocou e ela se afastou da parede.

—Vejo você por aí, Freddie.

— Preciso marcar horário para aparecer? — ele perguntou.

Ela fez que não.

— Meu escritório está sempre aberto.

Então apagou o cigarro e entrou.

★

Ao fim do dia, Kate já era intocável.

Era óbvio que a notícia de seu confronto com Charlotte no banheiro feminino havia se espalhado — pelo menos entre os alunos do último ano. A maioria se mantinha longe, ficando em silêncio ao passar por ela, mas alguns empregavam uma tática diferente.

— Adorei seu cabelo.

— Sua pele é linda.

— Suas unhas são incríveis. Isso é *ferro*?

Kate tinha ainda menos paciência para os puxa-sacos do que para as Charlottes. Já tinha visto pessoas se humilharem diante de seu pai, suplicando ou se utilizando de truques e ardis para cair em suas graças. Certa vez, ele disse que aquele era o motivo de preferir os monstros aos homens. Eles eram seres primitivos, repulsivos, mas não tinham interesse em receber favores e mentir — sequer tinham talento para isso. Tinham fome, mas ela nada tinha a ver com ambição.

"Nunca preciso duvidar do que eles querem", ele havia dito. "Eu já sei."

Kate sempre odiara os monstros, mas, enquanto metade da escola se afastava e a outra metade tentava se aproximar, começou a entender seus encantos. Aquilo era exaustivo, e ela ficou aliviada quando o sinal tocou pela última vez.

— Olha só! — ela disse a Marcus quando chegou ao sedã preto. — Não fui expulsa.

— É um milagre — o motorista disse, inexpressivo, segurando a porta do carro aberta.

Protegida pelas janelas fumê, Kate finalmente tirou o sorriso frio do rosto enquanto o carro deixava Colton e partia para casa.

Casa… Uma palavra com a qual ela precisava se acostumar.

Os Harker viviam no último andar de um prédio que costuma ser conhecido como Allsway, mas agora tinha o nome ostensivo de Harker Hall, visto que seu pai era proprietário de tudo, desde a calçada até o topo. Marcus ficou ao lado do carro enquanto dois homens de terno escuro abriam a porta de vidro e conduziam Kate para dentro. Música clássica pairava no ar como um perfume, aceitável em pequenas doses, mas se tornando nociva com o tempo. O lugar em si parecia decadente: o saguão abobadado, o piso de mármore escuro, as paredes de pedra branca com ornamentos dourados, os lustres de cristal.

Certa vez, Kate havia lido um romance de ficção científica sobre uma cidade cintilante do futuro onde tudo era glamoroso por fora mas podre por dentro. Como uma maçã estragada. Às vezes ela se perguntava se seu pai também o lera (se sim, era óbvio que não tinha ido até o final).

Um segurança a seguia de perto enquanto ela atravessava o saguão, que estava repleto de homens e mulheres com roupas exuberantes, muitos claramente esperando uma audiência com Harker. Uma mulher linda com um casaco creme tentou dar um envelope de dinheiro a Kate, mas não conseguiu passar pelo segurança. (O que era uma pena. Ela poderia ter aceitado o suborno. Não que fosse dizer qualquer coisa ao seu pai.) Em vez disso, manteve os olhos à frente até chegar ao elevador dourado. Só então virou, avaliou a sala e deu um sorriso de lado.

As pessoas estão aqui para serem usadas. Essa é uma verdade universal. Então use-as, ou elas vão usar você.

Outra frase do manual de Callum Harker para se manter no topo.

E seu pai *estava* no topo — ou, pelo menos, a caminho do topo, havia *muito* tempo. Ele era bom em fazer três coisas: amigos, inimigos e dinheiro (a maior parte ilegal). Muito antes do Fenômeno e do caos, das guerras territoriais e da trégua, Callum Harker já estava se tornando uma espécie de rei. Não na superfície, claro, porque esse título pertencia aos Flynn, mas todas as cidades eram icebergs, cujo verdadeiro poder jazia no fundo. Mesmo naquela época, Harker dominava metade da Cidade V. Quando as sombras começaram a criar dentes, quando os territórios vizinhos fecharam as fronteiras, quando o pânico levou as pessoas para fora da cidade e as pessoas de fora as mandaram de volta, quando todos estavam aterrorizados, Harker estava lá.

Ele tinha visão — *sempre* teve — e, de repente, tinha o controle dos monstros também. Parecia muito simples: fique ao lado de Flynn e viva com medo ou fique ao lado de Harker e pague por sua segurança.

Pelo visto, as pessoas estavam dispostas a pagar *muito*.

A cobertura de Harker era minimalista e elegante: mármore e vidro em meio a madeira escura e aço. Não havia empregados ali. Nenhum segurança. Tudo no apartamento era frio e anguloso, sem ser minimamente familiar. E, no entanto, eles tinham sido uma família. Os três viveram na cobertura durante os poucos meses depois da trégua e antes do acidente. Mas, quando Kate percorria suas memórias em busca de "casa", as imagens estavam todas misturadas: campos abertos e árvores distantes, vidro quebrado e metal retorcido.

Não importava.

Ela estava ali agora. Faria daquilo seu lar.

— Alguém em casa? — Kate chamou.

Ninguém respondeu. Ela não estava esperando uma festa de boas-vindas, um "Como foi seu dia, minha querida?". Nunca tinham sido *esse* tipo de família. O escritório particular de seu pai ficava anexo à cobertura, mas parecia um apartamento separado, seu próprio universo. As portas maciças estavam fechadas. Quando encostou o ouvido bom na madeira, escutou apenas um zumbido baixo e constante. Eram à prova de som. Ela desencostou e virou para o resto do apartamento.

Do outro lado das paredes de vidro, o sol estava começando a se pôr atrás dos prédios mais altos. Ela clicou num painel na parede e a luz acendeu, inundando o espaço com uma luminosidade artificial branca. Mais um clique e o silêncio pesado foi cortado pela música saindo dos alto-falantes por todo o apartamento. Kate manteve os olhos fixos no escritório do pai e continuou clicando; o volume subiu e subiu até seu peito vibrar e o espaço vazio parecer cheio. Seus passos se perderam sob a batida quando ela foi até a cozinha, sentou em uma banqueta diante do balcão e tirou as coisas da mochila. A quantidade de lição de casa de Colton era colossal, mas Kate tinha passado anos em internatos que pareciam não ter nada melhor para oferecer além disso. Entre a papelada havia um folheto intitulado "A vida depois de Colton", repleto de informações sobre universidades, a maioria dentro de Veracidade, mas algumas fora. As fronteiras haviam sido reabertas dois anos antes de forma restrita — o território ainda era uma zona fechada sob o Código de Quarentena 53 —, mas Kate imaginava que alguns alunos tinham contatos suficientes para conseguir documentos de transporte junto com uma aprovação da universidade.

Afinal, os outros territórios *queriam* as mentes brilhantes de Veracidade.

Só não queriam seus monstros.

Ela jogou o folheto de lado.

Uma pilha de medalhões novos repousava no balcão de mármore, pesados discos de ferro com um V gravado na frente. Distraidamente, Kate virou um entre os dedos. Ferro. Era verdade que os monstros odiavam aquele material, mas não era aquilo que trazia segurança. Era Harker. Algumas pessoas poderiam pendurar qualquer pedaço de metal no pescoço e torcer para dar certo, mas aqueles pingentes eram especiais.

Havia um número gravado na parte de trás, e cada número era — ou seria — concedido a uma pessoa; um livro de registros no escritório de seu pai controlava todas as almas que compravam proteção dos seres das trevas. Não porque o metal dava medo nos monstros. Mas porque *Harker* dava.

Ela ficou girando o medalhão entre os dedos, observando os dois lados passarem rapidamente.

Sem pingente não há proteção. Aquela era a lei de Harker.

Ainda girando o medalhão, Kate sentiu algo se mover atrás de si. Ela não conseguia ouvir, não com a batida palpitante da música, mas soube, no mesmo instante, pelo eriçar dos fios na sua nuca, que não estava mais sozinha.

Deslizou a mão sob a beira do balcão e a fechou em volta da arma presa ao granito. Quando o medalhão caiu, já estava em pé, com a pistola erguida e a trava de segurança solta. Ela abaixou os olhos para a aparição e encontrou um par de olhos vermelhos a encarando.

Sloan.

Seis anos antes, Kate tinha voltado para a Cidade V e encontrara Sloan ao lado de seu pai. De terno preto, o malchai favorito de Harker quase parecia humano. Ele tinha a mesma altura dele, se não a mesma largura, e os mesmos olhos profundos, embora os de Sloan cintilassem num tom rubro enquanto os de Harker eram azuis. Mas, enquanto seu pai tinha a constituição de um touro, o malchai era uma alma penada; seus ossos escuros eram visíveis por baixo da pele fina. Com sua palidez, ele parecia doente. *Não*, Kate pensou. *Parecia morto*. Um cadáver num dia frio.

Um H estava gravado na bochecha do monstro, logo abaixo de seu olho esquerdo; a letra tinha o tamanho e o formato de um anel de sinete. (Seu pai o usava na mão esquerda, sobre a aliança de casamento.)

Sloan abriu os lábios finos, revelando dentes vorazes e afiados como os de um tubarão.

Malchais, malchais, cadavéricos e sagazes,
bebem seu sangue com mordidas vorazes.

Sloan estava dizendo alguma coisa, mas a garota não conseguia ouvir por causa da música ensurdecedora. Não que quisesse. A voz dele era estranha, não um guizo ou um grunhido, mas suave e nauseante. Kate nunca tinha visto o malchai se alimentar, mas conseguia imaginá-lo coberto de sangue, com a mesma doçura repugnante na voz.

Não consigo ouvir você, ela disse sem reproduzir nenhum som, torcendo para que o monstro fosse embora. Mas ele era paciente demais. Estendeu o braço e tocou o painel com uma única unha afiada. A batida despencou, mergulhando-os de volta no silêncio.

Kate não abaixou a arma. Perguntou-se com que tipo de balas estava carregada. Prata? Ferro? Chumbo? Algo poderoso.

— Está em casa há menos de uma semana e já encontrou as armas — ele disse, com a voz tão baixa que mesmo sem a música ela precisava se esforçar para ouvir.

Kate abriu um sorriso frio.

— Sou assim.

— Você pretende atirar em mim? — Sloan perguntou, dando um passo à espreita, com os olhos vermelhos brilhando interessados, como se aquilo fosse um jogo.

— Considerei a possibilidade — ela disse. Sentiu o peso sobre a arma e encontrou a mão de Sloan pousando casualmente sobre o cano. Ela nem o viu se mover. Os malchais eram assim: lentos até atacar.

Sloan estalou a língua contra os dentes afiados.

— Minha querida Kate — ele disse. — Não sou seu inimigo.

Os dedos dele deslizaram para tocar os dela, frios e esguios, quase *reptilianos*. Ela recuou, soltando a arma. Ele a deixou entre os dois no balcão.

— Nenhum problema hoje, imagino.

Kate apontou para si mesma.

— Cheguei inteira em casa.

— E a escola? — Sloan perguntou, como se ele se importasse.

— Ainda de pé. — A temperatura na cozinha estava caindo. Parecia que Sloan sugava todo o calor do cômodo. Kate cruzou os braços. — Achei que você dormisse o dia todo.

— Uma piada de vampiro. Que original. — Ele nunca sorria, mas tinha o mesmo humor seco do pai de Kate. Só os corsais eram realmente noturnos, alérgicos à luz do dia. Os malchais bebiam sangue e tiravam sua força da noite, mas não se encolhiam diante de cruzes e não pegavam fogo no sol. No entanto, se um pedaço de metal puro atravessasse seu coração, acabaria com eles.

Kate observou Sloan olhar para a pilha de medalhões sobre o balcão e se encolher muito discretamente antes de virar para a parede de vidro e para a luz que diminuía.

Ela tinha uma teoria de que ele não era apenas um empregado de Harker, mas *seu* malchai. O resultado de algum crime terrível, uma consequência, assim como aqueles corsais no vídeo a que havia assistido. Algo que surgiu serpenteando à sombra de Harker. Mas quem ele havia matado para ganhar uma criatura como Sloan? E quanto tempo o malchai ficara ao lado do seu pai enquanto Kate não estava? Aquilo a fazia querer meter uma bala de prata na cara do monstro.

O olhar dela passou pela marca na bochecha dele.

— Me conta uma coisa, Sloan.

— Hum?

— O que você fez para virar o bichinho de estimação preferido do meu pai? — A expressão do malchai ficou tensa, como se congelada. — Aprendeu algum truque novo desde que fui embora? Sentar? Rolar? Pegar a bolinha?

— Só tenho um truque — ele disse, levantando a mão esquelética ao lado dela. — Ouvir.

Ele estalou os dedos ao lado do ouvido ruim dela. Kate fez menção de pegar a arma, mas Sloan foi mais rápido.

— Não — ele advertiu, balançando a arma de um lado para o outro. — Vamos jogar limpo.

Kate ergueu as mãos e deu um passo para trás.

— Quem sabe? — Sloan disse, girando a pistola. — Se você se comportar, talvez Harker acabe colocando você debaixo da asa dele também.

O corpo de August estava em chamas.

Todas as suas quatrocentas e dezoito marcas zumbiam difusas enquanto ele afundava no assento do metrô e fechava os olhos. Seu sangue latejava na cabeça junto com o som firme e distante de tiros. Ele tentou não pensar nisso, mas era como não coçar uma ferida.

— Como você *pôde*? — uma mulher vociferou do outro lado do corredor. Ela estava em pé diante de um homem que lia num tablet. Quando ele não levantou o olhar, ela deu um soco na tela. — *Olha para mim!*

— Caramba, Leslie!

— Eu trabalho com ela!

— Você realmente quer fazer isso agora? — o homem resmungou. — Certo, vamos fazer a contagem.

— Você é *muito* cretino.

— Teve o Eric, o Harry e o Joe... mas também podemos incluir aqueles que não quiseram você...

Ela deu um tapa forte na cara dele, e o som foi como uma explosão no crânio de August. Todos os rostos se viraram para a briga. A influência dele estava se difundindo, irradiando feito calor. Dois bancos à frente, um homem começou a chorar.

— Foi tudo culpa minha! Tudo culpa minha... Nunca quis...

—Você é uma *vagabunda* mesmo.

— Não valeu a pena.

— Eu deveria ter ido embora.

— É tudo culpa minha.

O barulho no vagão de metrô ficou mais alto e August segurou-se ao banco, com os dedos brancos, contando as estações até a Fenda.

—Você está bem? — Paris perguntou quando ele chegou ao apartamento. Ela sempre sabia quando havia um problema, como se tivesse um sexto sentido.

— Estou vivo — ele disse, trocando o casaco pela jaqueta da FTF. Paris estendeu o braço e pousou a mão em sua bochecha.

—Você está quente.

Seus ossos estavam se aquecendo, a pele tensa demais sobre eles.

— Eu sei.

O porão era maravilhosamente frio e escuro, e parte dele só queria se deitar no chão úmido e fechar os olhos, mas August seguiu em frente pelo túnel até o prédio do outro lado, então subiu, saiu e atravessou quatro quarteirões pelas ruas em ruínas até chegar em casa. No elevador, viu seu reflexo e fez o possível para arrumar o cabelo e se recompor. Ele parecia exausto, mas nada acusava o enjoo.

Henry estava esperando por ele.

— August? Era para você ter mandado uma mensagem quando saísse da escola — ele repreendeu.

— Desculpa — ele murmurou.

—Você está bem?

August odiava aquela pergunta.

— Vou ficar — conseguiu dizer. Não era mentira. Ele ficaria bem em algum momento.

— Não parece — Henry contestou.

— Dia longo — ele murmurou entredentes.

Seu pai suspirou.

— Então se anime. Emily vai fazer um jantarzinho gostoso para comemorar seu primeiro dia.

— Isso é ridículo — ele disse. — Três de nós nem comem!

— Agrade sua mãe.

August esfregou os olhos.

— Vou tomar um banho.

Ele deixou as luzes do banheiro apagadas e tirou o uniforme no escuro. A água caiu fria, mas ele não ligou a quente. Entrou embaixo dela e ficou sem ar quando atingiu sua pele nua, tremendo sob a corrente gelada. Ficou ali até seus ossos pararem de doer, o frio acalmar a chama em seu peito e ele não sentir mais que estava tragando fumaça a cada respiração. Encostou a testa na parede. *Está tudo bem, está tudo bem, está tudo bem.*

Quando saiu, o sol já havia se posto.

Todos estavam esperando por August na cozinha.

— Aí está você — Emily disse, envolvendo-o num abraço. — A gente estava ficando preocupado. — Sua pele ainda estava fria por causa da ducha, então ela não notou a febre. Mesmo assim, ele se soltou e foi até a mesa.

August se encolheu. As luzes no teto eram brilhantes demais; o raspar das cadeiras, agudo demais. Tudo estava acentuado, como se o volume da sua vida estivesse no máximo, e não de uma forma empolgante. Os barulhos eram altos; os cheiros, fortes; e a dor, cortante. Mas piores dos que os sentidos eram as emoções. Agitação e raiva queimavam sob sua pele e em sua cabeça. Todos os comentários e pensamentos pareciam uma faísca em lenha seca.

A mesa estava posta. Dois pratos tinham comida; nos outros três, apenas um guardanapo. Aquilo era ridículo. Era uma perda de tempo. Por que *tentavam* fingir que...

— Senta do meu lado — disse Ilsa, dando um tapinha na cadeira à sua esquerda.

August se afundou no assento, com os punhos cerrados. Conseguia sentir o olhar fixo de Leo sobre ele, pesado como pedra, mas foi Henry quem falou.

— Então você a viu?

— É claro que sim — August disse.

— E? — Emily pressionou.

— E ela parece uma menina. Não tem exatamente cara de uma rainha do crime homicida. — Kate tentava, claro, mas havia algo em sua atuação que soava falso. Como se fosse uma roupa que vestisse. Como as dele, que ficavam apertadas demais. August fechou os olhos, sentindo uma gota de suor escorrer pelas suas costas. Parecia que era feito de brasas e que alguém soprava suavemente sua...

— Mais alguma coisa?

Olhavam para ele com muita expectativa. August tentou se concentrar.

— Bom, acho que... sem querer... fiz um amigo.

Ilsa sorriu. Leo ergueu a sobrancelha. Henry e Emily trocaram olhares.

— August — Henry disse devagar. — Isso é ótimo. Só tome cuidado.

— Eu *estou* tomando cuidado — ele retrucou. Podia ouvir a irritação em sua voz, mas não conseguiu se acalmar, assim como não conseguia conter a febre. — Vocês querem que eu passe despercebido. Não acham que eu chamaria ainda mais atenção se *não* fizesse amigos?

— Não vejo mal em você fazer *colegas*, August — Henry disse, com calma —, mas não se aproxime demais.

— Acha que não sei disso? — A raiva cresceu dentro dele, depressa. — Acha mesmo que sou tão idiota? Só porque me manteve preso neste lugar por quatro anos, acha que não tenho um pingo de bom senso? O que acha que vou fazer, *pai*? Chamar meus amigos pra *jantar aqui*? — Ele empurrou a mesa e saiu.

— *August* — Ilsa suplicou.

Ele ouviu seus pais levantarem enquanto saía do cômodo, mas foi Leo quem o seguiu até o corredor.

— Quando foi a última vez que você se alimentou? — perguntou.

August hesitou, e Leo pulou em cima dele. August se encolheu, recuando, mas o irmão era grande demais, rápido demais, e ele só conseguiu dar meio passo até ficar preso contra a parede. Leo segurou seu queixo e levantou seu rosto, encarando-o com seus olhos pretos.

— *Quando?*

A influência de Leo exalava de sua voz e de seu toque ao mesmo tempo, e a resposta saiu sozinha.

— Alguns dias atrás.

— Caramba, August — Leo disse, dando um passo para trás.

— E qual é o problema? — ele rebateu, passando a mão no queixo. — Você passa uma semana, às vezes mais... E Ilsa nem parece precisar. Por que eu tenho que...

— Porque sim. É um esforço idiota. Você tem uma chama dentro de si. Precisa aceitar em vez de tentar reprimi-la.

— Eu não quero...

— Não importa o que você *quer* — Leo interrompeu. — Você não tem como criar resistência passando fome. Sabe o que acontece quando não se alimenta. Todas as suas marquinhas preciosas vão desaparecer e você vai ter que começar do zero. — Mas não era daquilo que August tinha medo, e Leo sabia. A questão era o que ele perderia com as marcas. O que Leo já havia perdido. — Com quantas você está agora, irmãozinho?

August engoliu em seco.

— Quatrocentas e dezoito.

— Quatrocentos e dezoito dias — repetiu Leo. — É impressionante. Mas você não pode ter tudo. Ou se alimenta ou se entrega às trevas. Quantos morreram na última vez que sucumbiu? Oito?

O número forçou passagem pela garganta de August.

— Nove — ele sussurrou.

— Nove — repetiu o irmão. — Nove vidas inocentes. Tudo porque você se recusou a se alimentar. — August se abraçou. — O que você quer? — Leo o repreendeu. — Ser normal? Ser *humano*? — Ele pronunciou a palavra como se sujasse sua língua.

— É melhor do que ser um monstro — August murmurou.

O maxilar de Leo ficou tenso.

— Tome cuidado — ele disse. — Não nos ponha na mesma categoria que aquelas criaturas primitivas. Não somos corsais se juntando em enxames feito insetos. Não somos malchais se alimentando feito animais. Sunais são a justiça. São o equilíbrio. São...

— Presunçosos e propensos a falar na terceira pessoa? — August interrompeu antes que pudesse se conter.

Leo semicerrou os olhos pretos, mas continuou tranquilo. Ele *nunca* se exaltava. Pegou o celular do bolso e ligou. Alguém atendeu.

— Mande Harris e Phillip darem uma volta — ele disse, depois desligou. Tirou uma folha de papel do bolso e a deixou na mão de August. — Vai se alimentar antes que perca a calma. — Leo segurou a nuca de August e o puxou para perto. — Finja que é frango — disse baixo. — Finja que você é normal. Finja o quanto quiser. Isso não muda o que você é.

Então ele o soltou e voltou para a cozinha.

August não o seguiu. Continuou no corredor até seu coração voltar ao ritmo normal e foi pegar o violino.

Quando a porta do escritório de Harker finalmente se abriu, o sol já havia se posto e os últimos resquícios de luz trespassavam o céu com violência. Kate ainda estava sentada diante do balcão da cozinha, menos por disciplina estudantil — a lição de casa já estava terminada — e mais por querer estar lá quando seu pai aparecesse. Ele a vinha evitando a semana inteira, desde que o carro preto a deixara ali na madrugada.

Naquele primeiro adeus — quando ela tinha cinco anos e a cidade estava se dividindo, com Harker enfiando filha e esposa às pressas no carro, ela chorando porque não queria ir —, ele segurara seu queixo e dissera: "Filha minha não chora".

Kate havia parado de chorar no mesmo instante. Quando voltara, após a trégua, as primeiras palavras que ele lhe disse foram "Me deixe orgulhoso". De alguma forma, ela o decepcionara. Kate estava ali novamente e, dessa vez, não fracassaria.

As palavras de Charlotte ecoaram em seus ouvidos.

Porque não suporta olhar para ela.

Mas não era verdade. Harker apenas não compreendia ainda — ela não era mais a menininha que ele havia mandado para longe doze anos antes, aquela que soltava os insetos em vez de matá-los e tinha medo do escuro. Não era a garota que havia voltado seis anos depois, que chorava quanto tinha um pesadelo e vomitava ao ver sangue. Não era fraca como a mãe, não perderia o controle ou tentaria desaparecer no meio da noite.

Ela era filha dele.

Kate se manteve imóvel no balcão, com a cabeça virada para poder ouvir o som dos passos pesados de Harker no piso de madeira. Ela esperou e os ouviu se afastando. Ouviu o som do elevador sendo chamado, sua chegada, sua descida. Kate levantou e virou para ir atrás dele, mas encontrou Sloan bloqueando a porta.

Estava escuro agora, e ele parecia mais *real*, sólido de uma maneira que a deixava nervosa. Seu esqueleto se destacava sob a pele como uma ferida, e seus dentes pareciam mais longos, afiados e prateados, como ponta de faca.

— Está com fome?

Kate fez que não.

— Para onde ele foi?

— Quem? — o malchai perguntou, semicerrando os olhos vermelhos. Ele obviamente tinha coisas melhores para fazer do que cuidar dela. Sua expressão deixava isso claro.

— É assim que Harker ocupa seu tempo, Sloan? — ela provocou.

— Vamos jogar um jogo — Sloan disse com um tom de voz amável. — Você pode me mandar sair da sua frente. Pode me chamar de monstro e posso chamar você de garotinha mimada. Podemos até brigar. Vai ser divertido. Talvez, quando acabar, você saia da cozinha com raiva e bata a porta como uma adolescente comum.

Ela abriu um sorriso frio.

— Não sou uma adolescente comum.

Sloan suspirou.

— Eu diria que é.

— Me fala onde ele…

Sloan a prendeu contra o balcão. A força súbita do movimento foi como um golpe nas costelas, tirando o ar de seus pulmões.

— Desce, cachorrinho — ela disse entredentes, tentando não demonstrar medo.

O malchai não se moveu. Seus olhos vermelhos passaram por ela.

— Você não percebe que Harker não quer você aqui? — ele sussurrou.

—Você não tem como saber isso...

— Claro que tenho. — Um dedo frio encostou em sua bochecha; sua unha era pontuda.

Kate engoliu em seco, tentou se manter firme.

— Não sou mais uma criança.

—Você sempre vai ser nossa pequena Katherine — ele murmurou. — Chorando até pegar no sono. Implorando para ser levada embora.

— Era minha mãe quem queria ir, não eu.

—Você pode mentir para si mesma, mas eu não posso.

Uma gota de sangue cobriu a unha de Sloan, mas ela não recuou.

— Sou uma Harker — ela disse, devagar. — Este é meu lugar. Agora me diga onde ele está.

O malchai suspirou e revirou os olhos, então observou a escuridão crescente atrás das janelas.

— No porão — ele disse. Kate engoliu em seco e tomou o caminho do elevador. — Mas você não deveria ir para lá.

As portas abriram. Kate entrou e virou para o malchai.

— Por quê?

Ele abriu um sorriso selvagem.

— Porque lá estão os monstros de verdade — ele disse.

Harris e Phillip encontraram August no caminho.

O elevador parou no décimo quinto andar e os dois rapazes

musculosos de farda preta entraram. Harris tinha dezoito anos e seu cabelo escuro escapava do quepe. Phillip tinha vinte e cabelo raspado. Como a maioria dos jovens da Cidade Sul, não tinham deixado a oportunidade de entrar para a FTF passar. Os dois eram animados, corriam ao primeiro sinal de perigo — e na *direção* do perigo, não para fugir. Eram do tipo que comemorava depois de eliminar um corsai com um raio de UVAD na cabeça ou enfiar uma estaca de metal no coração de um malchai.

— Então, estamos no terceiro nível. Você conhece aquele corredor, onde as câmeras não chegam e... Ah, oi, August!

— Salvo pelo elevador — disse Phillip. Ele abriu um sorriso simpático. — Tudo certo?

August assentiu, tenso. Ele exalava raiva, o que não era um bom sinal. O que viria depois era pior.

— Você está com cara de quem precisa de um gás — Harris disse, tirando o quepe da FTF e ajeitando-o sobre os cachos pretos de August. Eram pouquíssimos os membros da Força-Tarefa que sabiam quem e, mais importante, *o que* August realmente era. — Estava falando agora mesmo pro Phil dessa garota...

— Ela é muita areia pro seu caminhãozinho.

— Idiota.

— Sério — Phillip disse, quando chegaram ao saguão. — Ela está até acima da sua patente. É capitã de equipe de segunda classe, e você? Não acabou de levar uma surra daquele drone?

Harris revirou os olhos.

— E aí, August? Um mons... — Phillip lançou um olhar para ele. — Um cara bonito como você... Tem alguém em vista?

— Acredite se quiser — August disse enquanto saíam na noite —, mas minhas opções são limitadas.

— O que é isso? Você só precisa expandir seus horizontes! Olhar além da sua...

Phillip pigarreou.

— Quem vamos visitar hoje? — perguntou, vistoriando a rua.

August ajeitou a alça do estojo no ombro — ele tinha guardado o violino em um estojo diferente, que parecia feito para uma arma, e não para um instrumento musical — e desdobrou o papel que Leo lhe havia entregado. Era um perfil. Uma vítima. August procurava não usar essa palavra — vítimas eram inocentes, e aquele homem não, mas o termo sempre surgia em sua cabeça.

— Albert Osinger — ele leu em voz alta. — Ferring Pass, 259, apartamento 3B.

— Não é muito longe — Phillip disse. — Podemos ir a pé.

August examinou o papel enquanto os seguia. Uma foto granulada estava impressa sob as palavras, tirada de um vídeo de vigilância.

Às vezes, as pessoas traziam casos a Henry Flynn em busca de justiça, mas a maioria dos alvos era encontrada em filmagens. A Cidade Sul tinha sua própria vigilância e Ilsa passava a maior parte dos dias examinando as imagens, em busca de sombras que outras pessoas não podiam ver, sombras que não deveriam existir. A marca de alguém cuja violência havia tomado forma. Um pecador.

Os corsais se alimentavam de carne e osso; os malchais, de sangue, não importava de quem; mas os sunais só conseguiam se alimentar de pecadores. Era isso que os diferenciava. Seu segredo mais bem guardado. A fonte da presunção de Leo e o motivo de se exigir que todos os membros da FTF estivessem limpos de sombras. Tinha sido por isso que, nos primeiros dias do Fenômeno e do caos crescente, Leo escolhera se aliar a Henry Flynn e não a Callum Harker, um homem com sombras demais para serem contadas.

"Somos os atos mais sombrios transformados em luz", Leo gostava de dizer.

August pensava que eram uma espécie de equipe de limpeza cósmica, criada para resolver a origem do problema monstruoso.

E Albert Osinger tinha sido oficialmente classificado como uma origem.

As botas à frente de August pararam. Ele dobrou o papel e ergueu os olhos. Estavam na esquina de uma rua vazia; a maioria das luzes estava queimada ou bruxuleante. Phillip e Harris estavam com seus UVADS na mão, cortando a calçada de um lado a outro com seus raios. Olhavam para ele com expectativa.

— Que foi?

Phillip inclinou a cabeça. Harris apontou para um prédio.

— Eu disse que a gente chegou.

O edifício parecia destruído, cinco andares de tinta lascada e tijolo rachado. Cacos de vidro de uma janela estavam espalhados pelo meio-fio. Ela tinha sido quebrada e coberta por tábuas com pregos de ferro. Chamavam lugares como aquele de retiro, onde as pessoas se entocavam como se à espera de uma tempestade.

Não havia como saber quantos estavam escondidos lá.

— Quer que a gente entre também? — Harris perguntou.

Eles sempre se ofereciam, mas August sabia que preferiam manter distância. A música não podia *machucá-los*, mas mesmo assim tinha seu preço.

August fez que não.

— Cuidem da entrada. — Ele se virou para Phillip. — E das saídas de incêndio.

Os dois assentiram e se dividiram, e August seguiu seu caminho até os degraus da entrada. Um x de metal havia sido pendurado na porta, mas não era puro e, mesmo se fosse, não teria impedido August. Ele tirou um cartão de acesso do bolso do casaco. Uma ferramenta codificada da FTF. August o passou e, do lado de dentro, uma trava se abriu. Quando virou a maçaneta, no entanto, a porta mal se moveu. Estava emperrada ou com uma barricada, ele não tinha como saber. Empurrou o metal com o ombro, sentindo a parte de baixo da porta arrastar alguns centímetros rangentes pelo chão até finalmente — e de repente — ceder.

Do lado de dentro, a escada era um amontoado de caixas e engradados, qualquer coisa que pudesse ser usada para ajudar a conter a noite se ela encontrasse seu caminho para dentro. Luzes RUV iluminavam o teto, dando ao corredor um brilho fantasmagórico. Havia um único ponto vermelho no canto. As câmeras de segurança na Cidade Sul estavam todas interligadas a uma rede fechada, mas, mesmo assim, August puxou o quepe da FTF sobre os olhos enquanto subia para o terceiro andar, com o violino pendurado no ombro.

Sunais, sunais, olhos de carvão,
com uma melodia sua alma sugarão.

Ele podia ouvir vozes através das paredes, algumas baixas e outras altas, algumas distorcidas — como barulho de televisão ou rádio — e outras claras e reais.

Quando chegou ao 3B, encostou o ouvido na porta. Quanto mais fome sentia, mais aguçados seus sentidos se tornavam. Conseguia ouvir o murmúrio baixo de uma TV, o chão rangendo com o peso dos passos, o borbulhar de algo cozinhando no fogão, o inspirar e expirar de um único corpo. Osinger estava em casa e sozinho. August recuou; não havia olho mágico na porta. Respirou fundo, empertigou-se e bateu.

Os sons no 3B cessaram abruptamente. Os passos se aquietaram. A TV ficou muda. E, então, um ferrolho se soltou, a porta abriu e um homem espiou o corredor, parecendo magro demais numa camisa abotoada pela metade. Às suas costas, uma sombra serpenteava. Atrás dela, o cômodo era um labirinto de papéis e livros empilhados, caixas jogadas, sacos de lixo, roupas e comida — parte dela podre.

— Sr. Osinger — August disse. — Posso entrar?

Quando o homem encarou os olhos de August, ele soube. De alguma forma, eles sempre sabiam. Osinger empalideceu, depois bateu a porta na cara de August. Ou pelo menos tentou. August segurou a madeira, forçando-a para dentro, e o homem, em pânico, virou e correu, desviando de uma prateleira de comida enlatada e derrubando uma pilha de livros em sua fuga. Como se houvesse algum lugar para onde correr.

August suspirou e entrou, fechando a porta atrás de si.

As portas do elevador se abriram e a riqueza desapareceu. Lá no alto, o Harker Hall podia ser todo de mármore raiado e ornamentos de ouro, mas, ali embaixo, no porão, não havia pisos lustrados, candelabros reluzentes ou um Bach relaxante saindo dos alto-falantes. Aquelas eram apenas camadas, a cera sobre a casca da maçã. Ali embaixo era o miolo podre.

O porão do Allsway abrigava um "salão de eventos". Uma década antes, uma bomba havia descascado a tinta e a vida de dezessete pessoas ali, mas deixara o esqueleto de aço e o concreto intactos. Era naquele lugar, onde os ecos do terror ainda assombravam as paredes e impregnavam o piso exposto, que Callum Harker presidia o tribunal. Não com seus cidadãos — ou melhor, seus *súditos* —, mas com seus monstros.

Kate ficou parada, observando do elevador. Todas as luzes do porão tinham sido direcionadas para o centro do enorme salão, longe das paredes, iluminando a plataforma ali. Nos cantos escuros, dezenas de corsais estavam reunidos. Os monstros farfalhavam como folhas, e ouvia-se um estrondo mortal nas sombras, um coro rouco de sussurros, vozes que cresciam uníssonas.

espanca quebra arruína carne sangue osso espanca quebra

Eram criaturas de pesadelo, os monstros das histórias de dormir que deram errado, que rastejavam sob o colchão e se escondiam no guarda-roupa, agora com vida, dentes e garras. "Tome cuidado", os pais diziam aos filhos, "comporte-se ou os corsais vão vir." Mas na verdade os monstros não ligavam se você tomava cuidado ou se comportava. Eles habitavam as trevas e se alimentavam de medo. Seus corpos eram repulsivos, formas distendidas que só pareciam humanas quando se lançava um olhar de canto de olho para eles. E, àquela altura, normalmente já era tarde demais para correr.

Kate olhou diretamente para o corsai mais próximo até que sua vista acostumasse e ela conseguisse distinguir as pupilas esbranquiçadas, os contornos sombreados e os dentes afiados. Quase impossível de matar. Uma explosão de luz do sol na cabeça — qualquer coisa mais fraca do que isso apenas os repelia —, mas era preciso *encontrar* a cabeça, o que ficava mais difícil quando seus contornos corriam juntos, mesclando-se nas sombras.

Os corsais tinham uma mentalidade de colmeia: ou todos eram governados ou nenhum. De alguma forma, Harker os havia submetido à sua vontade. Pelo que se sabia, ele os havia atraído para o subterrâneo e cortado as luzes, mas o que aconteceu depois ficava no campo da lenda. Alguns diziam que sua coragem os acovardou. Outros, que ele havia guarnecido o sistema anti-incêndio com metal líquido e o acionado. Quando os corsais finalmente se recuperaram, dias — semanas — depois, curvaram-se a ele.

Os malchais de Harker estavam mais perto da ação, braços esqueléticos cruzados diante das roupas escuras e olhos ardendo como brasas nos rostos magros. A maioria parecia masculina, alguns vagamente femininos, mas nenhum remotamente humano. Eles irradiavam frio, sugando todo o calor do ar (Kate estremeceu, lembrando-se da mão gelada de Sloan) e todos traziam a mesma marca — um H na face esquerda.

Um corsai se aproximou demais de outro, que rosnou, exibindo fileiras de dentes entalhados. Homens e mulheres humanos pontilhavam a multidão, brutamontes com corpos rígidos e bochechas marcadas, contratados por sua simples presença ser uma demonstração de força — embora os malchais parecessem muito mais monstruosos perto deles.

Os únicos monstros que faltavam na coleção de Harker eram os sunais. Aquelas criaturas raras — as mais sombrias que haviam surgido após o Fenômeno — haviam se aliado a Flynn na Cidade Sul. Alguns diziam que se recusavam a ser controlados; enquanto outros afirmavam que se recusavam apenas a ser controlados por *Harker*. Fosse como fosse, ele tinha muitos monstros, e Flynn, poucos. A ausência dos sunais não lhe fazia falta. Para onde Kate olhasse, o porão fervilhava de monstros, e todos os olhos — brancos, vermelhos ou comuns — estavam focados na plataforma e no círculo de luz no centro dela.

Já Callum Harker tinha um rosto que projetava sombras.

Seus olhos eram profundos e azuis — não azul-claros, celestes ou cinzentos, mas cobaltos, escuros, do tipo que parecia preto à noite. Ele tinha um nariz aquilino e um maxilar marcante. Tatuagens — desenhos tribais — saíam serpenteando da gola e das abotoaduras, a tinta preta escorria para o dorso de suas mãos e subia pelo pescoço, em traços e curvas que terminavam logo abaixo da linha do cabelo. O cabelo de Harker era a única parte dele que não combinava. Era claro, um loiro ardente da cor do sol, como o de Kate, descendo pela testa até as bochechas. Essa característica o fazia combinar com seu apelido "Cal". Mas apenas a mãe de Kate, Alice, o chamava assim. Para todos os outros era "senhor". "Governador". "Chefe". Mesmo Kate pensava nele como Harker, embora se esforçasse para chamá-lo de pai. A maneira como o rosto dele se contorcia ao ouvir — incômodo? desdém? desânimo? — era uma espécie de vitória.

Harker não estava sozinho na plataforma; havia um homem ajoelhado diante dele, implorando por sua vida.

— Por favor, por favor — o homem pedia com a voz trêmula. —Vou arranjar dinheiro. Juro.

Dois malchais esperavam atrás dele. Quando Harker fez um sinal, deixaram-no de pé. As unhas deles afundaram em sua pele e o homem soltou um grito abafado quando Harker estendeu o braço e segurou o pingente de metal que pendia do seu pescoço.

—Você não pode fazer isso — ele implorou. —Vou arranjar o dinheiro.

—Tarde demais. — Harker arrancou o pingente.

— Não! — o homem gritou enquanto um dos malchais que o segurava abriu a boca larga, revelando fileiras de dentes. Ele estava prestes a cravá-los na garganta do humano quando Harker balançou a cabeça.

— Espere.

A vítima soltou um soluço de alívio, mas Kate prendeu o ar. Ela conhecia seu pai, e observou enquanto ele examinava o medalhão e depois o homem.

— Dê uma vantagem a ele — disse, jogando o medalhão de lado. — Cinco minutos.

Os monstros soltaram o homem que caiu no chão, agarrando as pernas de Harker.

— Por favor — ele chorou. — Por favor. *Você não pode fazer isso!*

Harker olhou para baixo com frieza.

— É melhor começar a correr, Peter.

O homem ficou pálido. Levantou com dificuldade e desceu da plataforma aos tropeços, então... *correu.* A multidão de homens e monstros que se mantinha parada pelo comando de Harker agora rebentou em sons, risos, rosnados e zombarias enquanto se repartia para deixar passar o humano marcado para morrer. Alguns se separaram do grupo e o seguiram pelos degraus de concreto que davam para a rua, rumo à escuridão.

Enquanto isso, no palco — era isso, na verdade: um palco, uma apresentação —, Harker ergueu um cajado de ferro com uma cabeça de gárgula na ponta, como a da frente do carro (líderes de culto, Kate tinha aprendido no mesmo documentário, tinham uma tendência ao drama, à pompa e ao espetáculo). Em vez de aumentar a voz para silenciar a multidão, Harker bateu a ponta saliente do cajado na plataforma de concreto. O som reverberou pelo porão e a multidão se aquietou em sussurros, a onda se transformando em uma leve corrente.

— Próximo — ele disse.

Os olhos de Kate se arregalaram enquanto um malchai era arrastado para cima da plataforma. O monstro se contorcia e se debatia, sua força amortecida pelas correntes de ferro que envolviam seus punhos e sua garganta. No lugar onde deveria estar sua marca, faltava um pedaço de pele, como se tivesse sido arrancada com garras.

— Olivier — disse Harker, com uma voz que percorria todo o salão —, você me desapontou.

— Desapontei? — rosnou o monstro, com a voz estridente. — Somos *nós* que estamos desapontados. — Um burburinho percorreu o porão. *Nós.* Os corsais se agitaram e os malchais começaram a sussurrar. — Por que devemos passar fome por acordos que *você* faz, humano? Não somos responsáveis por eles. Não posso falar pelos corsais, mas os malchais não pertencem a você.

— Você está errado — Harker disse, erguendo a gárgula de ferro até o queixo de Olivier, sorrindo quando o monstro recuou diante do toque do metal. — Dou a cada um de vocês uma opção. Ficar na Cidade Norte, sob meu comando, ou ir para o sul e ser massacrado pelo comando de Flynn. Você escolheu ficar na minha cidade, escolheu levar a minha marca, mas, depois, derramou o sangue de uma família sob minha proteção. — Os olhos do malchai ardiam furiosos, mas o sorriso calmo de Harker não vacilou. Ele ergueu os olhos e voltou-se para o espaço cavernoso. — Tenho um sistema. Todos vocês sabem o que acontece com aqueles que não o respeitam. Os que me seguem colhem as recompensas. Os que me desafiam — Harker abaixou os olhos para o malchai — morrem.

A multidão começou a se agitar novamente, gerando uma energia nervosa e um alvoroço agressivo enquanto o malchai se debatia. Até mesmo os monstros temiam a morte. Pelo menos Olivier não implorou. Não suplicou. Ele apenas olhou para Harker, mostrou os dentes afiados e disse:

— Se você chegar perto de mim, vou estraçalhar sua garganta.

Harker deu um passo casual para trás e virou as costas. Havia uma mesa perto da beira da plataforma com uma variedade de armas. Ele passou o dedo por elas, considerando suas opções.

— Preste atenção! — o malchai grunhiu atrás de Harker com uma voz que ecoou pelo salão mesmo com sua garganta queimada pelo ferro. — Não somos servos. Não somos escravos. Somos lobos entre ovelhas. Monstros entre homens. E vamos nos levantar. Seu tempo está acabando, Harker! — ele vociferou. — O nosso está chegando!

— Bom — Harker disse, escolhendo uma arma. — O *seu* tempo acabou.

Ele tirou uma faca da bainha e Kate viu sua chance.

— Deixe que eu faço isso — ela gritou alto o bastante para seu pai ouvir. A multidão se aquietou, em busca de quem dissera as palavras. Uma passarela suspensa ligava os elevadores no fundo do salão à plataforma no centro, e Kate abandonou seu abrigo e ficou sob a luz.

Ela manteve a cabeça erguida, focando no pai em vez da multidão. Notou a sombra fugidia da surpresa perpassando o rosto de seu pai — ela queria que fosse orgulho, mas aquilo bastaria.

Harker a examinou por um momento, claramente analisando sua jogada — ostentosa, pública, corajosa a ponto de ser imprudente. Ambos sabiam que ele teria de aceitar seu envolvimento ou punir sua insolência. Fora uma jogada perigosa, pela qual ela talvez tivesse de pagar depois, mas, para seu alívio imediato, ele sorriu e indicou a mesa de armas como se fosse a de um banquete.

— Fique à vontade.

Kate caminhou devagar, confiante, ciente da importância de manter suas emoções sob controle. Ela imitou o sorriso frio do pai enquanto caminhava na direção dele, com cuidado para não abaixar os olhos para o público. Quando chegou à plataforma, Harker pousou a mão em seu ombro e apertou, um gesto pequeno, tácito, não de carinho, mas de advertência. Em seguida, ele deu um passo para o lado para observar.

— O que é isso? — silvou o malchai acorrentado. —Vai deixar uma criança me executar?

—Vou deixar minha filha executar você — ele respondeu com frieza. — E, se pensa que isso é misericórdia, não a conhece.

Kate sorriu diante do elogio, mesmo sendo parte do espetáculo. Ela ia mostrar para ele. Sabia ser forte. Sabia ser astuta. Sabia ser fria.

— Mande a menina — disse o malchai — e vou lhe devolver um cadáver.

Kate estava com a orelha boa voltada para o monstro, mas fingiu não ouvir. Examinou a mesa, de costas para a multidão. Seus olhos dançaram por ela enquanto imaginava a placa óssea lisa que corria no peito dos malchais no lugar do esterno e da costela. Ela havia feito a lição de casa. Os desavisados tentavam enfiar a arma *através* do escudo ósseo, perfurá-lo com uma bala ou lâmina.

— Quando quiser, pequena Katherine — disse o malchai, e as palavras de Sloan percorreram seu corpo.

Você sempre vai ser nossa pequena Katherine.

As mãos de Kate se fecharam em volta de um pé de cabra. Era preciso força, mas o comprimento a favoreceria. Kate o pegou por uma ponta e puxou casualmente, deixando que raspasse, metal contra metal, aproveitando-se do momento como Harker faria.

Ela pegou uma faca também e se aproximou do monstro.

A quarta escola por que tinha passado, Pennington, tinha uma política de tolerância zero quando o assunto eram lutas, mas as outras haviam compensado aquilo. Na Fischer, ela havia feito caratê; depois kendo na Leighton; esgrima em Dalloway; kickboxing na Wild Prior. A St. Agnes não tinha aulas do tipo, mas era ótima em ensinar a silenciar a mente, deixando espaço para Deus. Ou, no caso de Kate, para o foco.

Ela girou o pé de cabra. O porão ficou em silêncio.

—Vem cá, bonitinha — disse o malchai. — Mostre sua gargan...

Kate enfiou o cabo da faca entre os dentes do monstro, ergueu o pé de cabra e o cravou sob as costelas dele. Houve um som úmido e o ranger de metal entre ossos, e então o malchai estremeceu terrivelmente, vomitando sangue negro na camisa dela e tombando para a frente. Kate o virou para cima. Os olhos pretos dele a encararam, pesados e mortos. Ela arrastou o pé de cabra com um raspar úmido, depois voltou para a mesa e devolveu as armas a seus lugares com cuidado, deixando um rastro de sangue atrás dela.

E, então, encontrou o olhar de seu pai. E sorriu.

— Obrigada — Kate disse. — Estava precisando disso.

Harker arqueou a sobrancelha e a garota pensou ver uma leve centelha de respeito antes de ele apontar para o porão.

— Quer que encontre outro para você?

Kate examinou o salão, ainda tomado de rostos calados e espantados, olhos ardentes, sombras serpenteantes.

— Obrigada — ela disse, limpando as mãos. — Mas tenho lição de casa. — E, dito isso, virou e saiu do porão.

Quando as portas de aço do elevador se fecharam, ela viu seu reflexo. Ainda estava com o uniforme da escola. Seu rosto estava salpicado de sangue escuro, seu peito e mãos, encharcados. Kate encarou os próprios olhos frios e azuis enquanto o elevador subia pelo Harker Hall, andar após andar, até chegar ao topo.

Sloan não estava em nenhum lugar, e ela percorreu o apartamento vazio em silêncio até chegar ao quarto e fechar a porta atrás de si. Suas mãos tremiam enquanto ligava o rádio e aumentava o volume até o som reverberar pelas paredes do cômodo, abafando todo o resto.

E então, só então, segura sob o som, Kate afundou no chão, ofegante.

A primeira vez que August matou um homem foi totalmente acidental.

Ele havia surgido — nascido, manifestado-se — numa escola, em meio a corpos dentro de sacos pretos. Uma mulher, preocupada, tentava bloquear a visão dele enquanto enrolava seu próprio casaco em seus ombros estreitos e depois o deixava no carro. August foi levado até um prédio onde as famílias iam buscar as crianças perdidas. Mas ele não tinha família e, estranhamente, sabia que não deveria estar ali, por isso fugiu pela porta dos fundos.

Foi quando ouviu a música — a primeira coisa bonita em um mundo horrível, como diria Ilsa. Era suave e inconstante, mas alta o bastante para ser seguida, e logo August encontrou sua origem: um homem que parecia exausto sobre um engradado de madeira, enrolado numa coberta imunda, dedilhando um instrumento. August caminhou até ele, pensando na sombra atrás dele, na parede, movendo-se mesmo quando o homem não se mexia.

Eram mãos demais, dentes demais.

E então o homem ergueu o instrumento contra a luz.

— Quem joga um violino fora? — ele murmurou, balançando a cabeça.

No prédio, tinham dado um pacote de biscoitos e uma caixa de suco para August. A comida tinha um gosto estranho na boca, então ele havia enfiado tudo nos bolsos do casaco da mulher. August pegou as sobras e ofereceu para o estranho. Deviam ter um gosto melhor para ele, porque devorou tudo e depois ergueu os olhos para o céu. August fez o mesmo. Estava escurecendo.

— É melhor você ir para casa — disse o homem. — A Cidade Sul não é segura à noite.

— Não posso ir para casa — ele respondeu.

— Nem eu — disse o homem, derrubando o violino. O instrumento fez um som terrível ao cair, mas não quebrou. — Fiz uma coisa ruim — ele murmurou enquanto sua sombra se contorcia. — Uma coisa muito ruim.

August se ajoelhou para pegar o instrumento.

—Vai ficar tudo bem — ele disse, envolvendo o braço de madeira com os dedos.

Ele não se lembrava do que havia acontecido em seguida. Ou melhor, lembrava, mas como uma série de fotos, não um filme — retratos sem espaço entre eles. August estava segurando o violino, passando o polegar por suas costas. Houve luz. Trevas. Música. Paz. Então um corpo. E, algum tempo depois, Leo, que o encontrou sentado de pernas cruzadas sobre o engradado, dedilhando as cordas com o cadáver a seus pés, de boca aberta e olhos negros. August levou um longo tempo para compreender o que havia acontecido.

— Sr. Osinger? — ele chamou agora, entrando no apartamento bagunçado. O estojo de seu violino derrubou uma pilha de papéis, que se esparramaram atrás dele. Do outro lado da sala, Albert Osinger tentava subir um lance de degraus estreitos tão atulhado de tralhas que ele mal conseguia passar. August não se deu ao trabalho de ir atrás. Em vez disso, tirou o estojo do ombro e o abriu. Pegou o violino com uma tranquilidade praticada e o abrigou sob o queixo, enquanto os dedos encontravam suas posições.

Ele expirou, levou o arco às cordas e tocou a primeira nota.

No momento em que começou a tocar, tudo se aquietou. A dor de cabeça e a febre diminuíram, a tensão abandonou seus membros e o som de disparos — que havia se tornado uma estática constante — finalmente cessou com a melodia deslizando e percorrendo o quarto. A música não era alta, mas August sabia que chegaria a seu alvo. Além das notas, ele conseguia ouvir os passos de Osinger pararem lá no alto e mudarem de direção, agora lentos e constantes, em vez de frenéticos. August continuou tocando enquanto Osinger descia a escada com passos ritmados, movido pela música.

Ela se aprofundou, subiu e espiralou para longe. Ele conseguia imaginar as pessoas espalhadas pelo prédio, imobilizadas enquanto ouviam, as almas chegando à superfície, a maioria brilhante mas intocável. Os olhos de August ainda estavam fechados, mas ele conseguia sentir Osinger na sala agora; ainda não queria parar de tocar, pretendia terminar a música — nunca tinha a chance de fazer isso —, mas o enjoo ainda tomava conta de seu estômago, então ele deixou a melodia se perder, o som arrefecer, enquanto erguia a cabeça. Albert Osinger estava diante dele. Sua sombra parecia imóvel e sua alma brilhava sob sua pele.

Era de um vermelho maculado.

August apoiou o violino numa cadeira enquanto Osinger o encarava com olhos arregalados e vazios. E então o homem falou:

— Na primeira vez, eu estava sem grana — Osinger confessou em voz baixa. — Estava chapado. Nunca tinha segurado uma arma antes. — August deixou que as palavras saíssem sem impedimento. — Só queria o dinheiro. Nem me lembro de atirar neles. Agora, na segunda… — O homem abriu um sorriso perverso. — Bom, eu sabia exatamente o que estava fazendo, até o número de balas que tinha. Mantive os olhos abertos na hora de puxar o gatilho, mas mesmo assim fiquei tremendo todo depois. — O sorriso se alargou, repulsivo à luz vermelha. — Na terceira vez… Sabe como é, vai ficando mais fácil. Não viver, mas matar. Eu faria de novo. Talvez ainda faça.

Quando acabou, ele ficou em silêncio. Esperando.

Leo provavelmente fazia algum tipo de discurso, mas August nunca falava nada. Ele apenas se aproximou, passando por toda a bagunça, e apertou o pescoço de Osinger, onde a camisa estava aberta, exibindo a carne desbotada. No instante em que seus dedos encostaram na pele brilhante do homem, a luz vermelha jorrou para a frente. A boca de Osinger abriu e August arfou enquanto a energia avançava para dentro dele, resfriando seu corpo e alimentando suas veias famintas. Era sangue e ar, água e vida. August absorveu tudo e, por um momento, veio o alívio.

A paz.

Uma sensação gloriosa e envolvente da calma. Do equilíbrio.

E então a luz desapareceu.

August relaxou os braços. O corpo de Albert Osinger caiu sem vida no chão. Um casco sem luz, sem sombra, com olhos negros estorricados.

August se manteve completamente imóvel enquanto a energia do homem percorria seu corpo. Não era uma sensação elétrica, poderosa. No máximo, fazia com que se sentisse... *real*. A raiva, o enjoo e a tensão haviam desaparecido, partido para longe. Ele parecia simplesmente *completo*.

Era assim que os humanos se sentiam?

Então ele abaixou os olhos para o cadáver e uma tristeza percorreu seu corpo feito um calafrio. Subitamente, a normalidade pareceu distante. Era um golpe cruel do universo que ele apenas se sentisse humano depois de cometer algo monstruoso, pensava August. O que o fez se perguntar se aquele breve vislumbre de humanidade não passava de uma ilusão, um eco da vida que havia tomado. Uma mentira.

A voz de Leo surgiu em sua mente, simples e firme.

É isso o que você faz. O que você é.

E a de Ilsa.

Encontre o bem nisso.

August respirou fundo e guardou o violino. Ele podia não ser humano, mas estava vivo. A fome havia passado. A febre tinha diminuído, a pele estava fria e a cabeça, clara novamente. Ele havia ganhado mais alguns dias. Mais algumas marcas. E havia feito justiça. Tinha tornado o mundo um lugar um pouco melhor ou, pelo menos, impedido que ficasse pior. Aquele era seu propósito. Seu objetivo.

Alguém iria buscar o cadáver.

August estava prestes a sair quando ouviu passos no canto do quarto. Uma caixa caiu, uma lata rolou. Ele olhou para trás, mas não viu nada. Então, nas sombras atrás de uma poltrona velha, encontrou um par de olhos brilhantes.

August ficou tenso, mas quando a criatura avançou, percebeu que não era um monstro.

Era um *gato*. Todo preto exceto por um tufo branco sobre os olhos verdes e brilhantes. Ele percorreu a sala bagunçada com graciosidade felina, então parou a alguns metros de distância. August encarou a criatura, que o encarou de volta. Olhou para os restos do homem no chão. O gato fez o mesmo.

— Sinto muito — August disse em voz alta.

Ele tinha visto animais e monstros se atracarem (o que normalmente não acabava bem para os primeiros), mas o gato não chiou ou atacou. Deu a volta no corpo do dono e depois esfregou o corpinho nas pernas de August. O sunai ajeitou o estojo do violino no ombro e ajoelhou cautelosamente para acariciar o bichinho. Para sua surpresa, o gato ronronou. August não sabia o que fazer. Levantou e abriu a janela que dava para a saída de incêndio.

— Pode ir — ele disse, mas o gato só ficou olhando. Não era bobo. Não havia muitos animais correndo à solta pela cidade. Os corsais garantiam aquilo.

Relutante, August caminhou até a porta. O gato o seguiu.

— Fique aqui — ele sussurrou.

August saiu pela porta entreaberta, fechando-a antes que o gato pudesse segui-lo. Já estava indo embora quando ouviu o gato chorando do outro lado, arranhando a porta para sair. Ele se deteve, torcendo para o som parar, mas o miado queixoso continuou. Depois de um longo momento, August suspirou e voltou.

Harris estava parado no meio-fio, apoiado em um dos postes de luz fraca, cantarolando baixinho para si mesmo.

— *Monstros grandes e pequenos, cadê?*

Ele parou ao ver August se aproximar.

— E aí?

— E aí? — repetiu August.

— E esse gato? — Harris perguntou.

August havia aninhado o bicho dentro da jaqueta da FTF, deixando apenas a cabecinha para fora.

— Não consegui abandonar o gato lá — ele disse. — Não depois...

Ele olhou para o prédio.

Harris deu de ombros.

— Como preferir. Mas, só para deixar claro, não era disso que eu estava falando quando mencionei que você precisava expandir seus horizontes.

August soltou uma risada cansada.

— Casa?

August concordou:

— Casa. — Ele olhou para cima, desejando poder ver as estrelas. Nesse momento, escutou o som das botas de Phillip correndo.

—Tudo certo?

— Acabamos — Harris disse.

— Então precisamos ir — Phillip disse. — Houve uma explosão perto da Fenda. Ouvi no rádio.

— Não é melhor ajudarmos? — August perguntou, empertigando-se.

— Não — Phillip disse, lançando um olhar para o gato no casaco de August. — Precisamos levar você de volta.

August fez menção de reclamar, mas sabia que seria inútil. Phillip e Harris tinham ordens e o levariam de volta ao complexo à força se necessário. Ele fechou a jaqueta completamente e os seguiu.

Henry estava na cozinha quando August chegou em casa, com um mapa estendido sobre o balcão e um rádio chiando nas mãos. A voz de Leo crepitava do outro lado da linha.

— *Sob controle...*

Henry levou o rádio à boca.

— Mortes?

— *Duas... não dá pra ignorar... sinais...*

—Volte pra casa.

— *Henry...*

— Agora não. — Ele apertou um botão e deixou o rádio de lado. Passou a mão no cabelo, que estava ficando grisalho nas têmporas.

August entrou arrastando os pés, e Henry se virou abruptamente. Por um instante, seu rosto era uma mistura de surpresa e raiva, frustração e medo. Mas então seus traços se suavizaram e as sombras foram contidas sob a superfície.

— Ei — ele disse. — Está se sentindo melhor?

— Muito — August disse, seguindo em direção à porta.

— Então por que sua barriga está se mexendo?

August parou e olhou para sua jaqueta da FTF, que realmente se agitava e contorcia.

— Ah. Isso.

Ele abriu um pouco o zíper do casaco e uma cabecinha peluda apareceu.

Henry arregalou os olhos.

— O que é isso?

— Um gato — disse August.

— Sim — disse Henry, esfregando o pescoço. — Já vi gatos antes. Mas o que esse está fazendo na sua jaqueta?

— Era do Osinger — August explicou, libertando o bichinho. — Me senti responsável... Eu *sou* responsável, e não consegui... tentei sair, mas...

— *August.*

Ele mudou de estratégia.

— Você pegou sua cota de animais perdidos — disse. — Me deixe ficar com esse.

Aquilo lhe valeu um sorriso compassivo.

— Quem vai cuidar dele? — Henry perguntou.

No mesmo instante, alguém emitiu um som entre uma exclamação abafada e um grito agudo encantado. Ilsa surgiu entre eles, envolvendo a criaturinha com os braços. August acenou para Henry, como se dissesse: "Consigo pensar numa pessoa que adoraria cuidar dele". Henry apenas suspirou, balançou a cabeça e saiu da cozinha.

Ilsa levou o gato a poucos centímetros do seu rosto e o encarou nos olhos. O bichinho respondeu estendendo uma pata preta e pousando-a no nariz dela. Parecia fascinado por Ilsa. A maioria dos seres ficava assim.

— Qual é o nome dele? — ela sussurrou.

— Não sei — August disse.

— Todo mundo precisa de um nome — Ilsa insistiu, com carinho, sentando de pernas cruzadas no chão da cozinha.

— Então dê um a ele — August disse.

Ilsa observou o gato preto, então o levou até sua orelha.

— Allegro — ela anunciou.

August sorriu.

— Gostei — ele disse, então sentou na frente dela, estendeu o braço e acariciou as orelhas do gato. Sentiu o corpinho vibrando sob seus dedos quando o animal ronronou.

— Ele gosta de você — Ilsa disse. — Animais conseguem ver a diferença entre o bem e o mal, sabia? Assim como a gente. — Allegro tentou subir no cabelo dela. Ilsa o puxou suavemente de volta ao seu colo.

— Pode cuidar dele enquanto eu estiver na escola?

Ilsa se curvou sobre o gato.

— Claro — ela sussurrou. — Vamos cuidar um do outro.

Eles ainda estavam sentados no chão com o gato quando Leo voltou, com um violão feito de aço amarrado às costas e sangue — que não era dele — na bochecha. Lançou um olhar para Allegro e franziu a testa. O gato olhou de volta e jogou as orelhas para trás. Ilsa soltou uma gargalhada doce como o repicar de sinos. Nesse momento August teve certeza absoluta de que ficaria com o gato.

Kate ficou sentada no chão do quarto até a música acabar.

Suas mãos ainda tremiam um pouco quando acendeu um cigarro. Ela deu uma longa tragada, recostou a cabeça na porta e observou ao redor. O quarto, assim como o restante da cobertura, era lustroso e minimalista, com cantos angulosos e linhas duras. Não havia traços de sua infância, como entalhes na moldura da porta medindo seu crescimento, bichos de pelúcia, roupas velhas, cartazes ou pôsteres. Nada verde do outro lado da janela.

Quando tinha doze anos, seu quarto parecia árido, frio, mas agora Kate tentava aceitar a austeridade. *Incorporá-la.* As paredes em branco, a calma inabalável.

Uma das poucas peças de decoração era um porta-retratos com duas fotografias. Ela o pegou da mesa. Na primeira, Kate abraçava o pai e a mãe aos cinco anos. Acima dela, Callum beijava a testa da esposa. Alice Harker era bonita — não como todas as crianças acham seus pais bonitos, mas inegavelmente *linda*, com cabelo dourado e olhos grandes que se iluminavam sempre que sorria. A foto havia sido tirada dois anos antes do Fenômeno.

A outra fora tirada no dia em que haviam voltado à Cidade V após a trégua. Estavam juntos novamente. Uma família completa. Ela passou o polegar pelos rostos. Kate abraçava seus pais aos onze anos, reunidos após seis anos. Seis anos de caos e combate. Seis anos de silêncio e paz.

As mudanças eram visíveis em todos. Kate não era mais uma criança de rosto redondo, mas uma adolescente coberta de sardas. Sua mãe tinha ruguinhas no rosto, do tipo que se ganha de tanto rir. Seu pai ainda olhava para a mulher com intensidade, como se tivesse medo de que ela desaparecesse mais uma vez se tirasse os olhos dela.

E ela de fato desapareceu.

Levanta, Kate. A gente precisa ir.

Sloan estava errado. Kate queria voltar à Cidade V, queria ficar.

Quero ir pra casa, ela havia sussurrado.

Quero ir pra casa, ela havia suplicado.

Fora sua mãe quem não conseguira se adaptar. Fora sua mãe quem a tirara da cama no meio da noite, com olhos vermelhos e batom borrado.

Psiu! Precisamos falar baixo.

Fora sua mãe quem a enfiara no carro.

Aonde a gente está indo?

Fora sua mãe quem entrara na contramão.

Fora sua mãe quem batera o carro na amurada de concreto.

Fora sua mãe quem morrera com a cabeça no volante.

E, depois do acidente, fora *seu pai* quem não conseguira olhar para ela. Kate entrava e saía dos sonhos, acordava para vê-lo parado no batente, até se dar conta de que não era ele na verdade, apenas um monstro com ossos escuros, olhos vermelhos e um sorriso com dentes afiado demais.

Quando finalmente ficou melhor, fora seu pai quem a mandara para longe. Quem sepultara a mãe e depois sepultara Kate também. Não sob a terra, mas em Fischer. Em Dalloway. Em Leighton, Pennington, Wild Prior e St. Agnes.

No começo, ela havia implorado para voltar para casa, para ficar com ele, mas, com o tempo, desistira de pedir. Não porque não quisesse mais, e sim porque aprendera que súplicas não funcionavam com Callum Harker. Eram um sinal de fraqueza. Então Kate aprendeu a enterrar as coisas que a tornavam fraca. As coisas que a faziam parecer com sua mãe.

Ela devolveu o porta-retratos ao criado-mudo e olhou para as próprias mãos. Seus pulmões ainda doíam por causa da fumaça, mas suas mãos haviam parado de tremer. Ela examinou o sangue negro que manchava seus dedos, não com horror, mas com uma determinação fria.

Ela era a filha de seu pai. Uma Harker.

E faria de tudo para provar isso.

VERSO 2
MONSTRO VÊ, MONSTRO FAZ

1

— VALOR, PROSPERIDADE, FORTITUDE, VERACIDADE — recitou o professor, um homem de meia-idade chamado sr. Brody, enquanto apontava para os quatro territórios centrais no mapa. Juntos, ocupavam mais da metade do espaço. Os outros seis se restringiam à terra ao redor. — Esses são os maiores dos dez territórios, com populações variando de vinte e três a vinte e seis milhões. Alguém sabe me dizer qual é o menor?

Graça, August pensou, enquanto rascunhava um mapa em seu caderno e o dividia em dez, como o da lousa.

— Fortuna? — sugeriu uma menina, apontando para o canto noroeste.

— Estou falando de população, não de área territorial. Fortuna tem quase dezessete milhões de habitantes.

Fortuna também tinha montanhas. August olhou pela janela e tentou imaginar a névoa azul dos picos à distância. Não conseguiu.

— Caridade? — arriscou um garoto no fundo, apontando para o canto sudeste, onde o oceano envolvia dois lados do território. Montanhas, oceanos... Tudo o que Veracidade tinha eram planícies interrompidas aqui e ali por colinas que não passavam de ondulações, segundo o mapa topográfico.

— Nove milhões e trezentos mil. Estão chegando perto.

— Graça? — tentou uma menina na frente, apontando para um território na costa nordeste.

— *Agora* sim. Alguém sabe me dizer quantas...

— Seis milhões, trezentas e quinze mil pessoas, na última contagem — Kate disse sem erguer a mão. Ela estava sentada na carteira ao lado de August.

De todas as aulas que poderiam fazer juntos, acabaram com história. Ele não havia deixado de notar a ironia.

— Muito bem, srta. Harker — disse o sr. Brody com um sorriso bobo (como diria Harris). — Felizmente para o resto de vocês, esta aula vai se concentrar sobretudo em nosso ilustre território...

August poderia achar sua situação atual muito engraçada — ficar numa sala com a filha de seu inimigo estudando o equilíbrio de poder e a política em Veracidade — se não tivesse de concentrar todas as energias em manter a boca fechada enquanto o professor continuava falando sobre sua *estimada capital*, sem qualquer menção aos monstros que a comandavam à luz do dia ou os que percorriam suas ruas à noite. Não que ele imaginasse que a aula seria objetiva, mas mesmo assim era difícil ouvir a narrativa deturpada. August sentia seu peito apertar toda vez que o professor se referia ao lugar como Cidade V em vez de Cidade Norte, como se não valesse a pena mencionar a metade meridional, como se não existisse nada depois da Fenda. Ninguém podia ser tão alienado, podia?

A aula não era a única coisa que o deixava tenso, no entanto. August tinha ouvido uma conversa naquela manhã entre Henry e Leo. Eles estavam discutindo — acaloradamente — sobre o último incidente na Fenda. Alguns corsais haviam encontrado uma fresta e entrado na Cidade Sul, e ninguém sabia se Harker os enviara ou se os monstros do lado dele estavam ficando agitados. August tinha se aproximado da porta do escritório para escutar.

— Não importa por que eles vieram — Leo disse. — Não importa por quem foram mandados. Ou foi Harker, o que significa que ele está quebrando a trégua, ou eles se rebelaram, o que significa que Harker perdeu o controle e é o fim da trégua.

— Chegamos tão longe... — Henry disse. — Não vou deixar essa cidade passar por outra guerra.

— Fizemos uma promessa — Leo disse.

— Uma ameaça.

— Prometemos que, se Harker quebrasse a aliança, acabaríamos com o império dele.

— Essas palavras foram suas, Leo. Não minhas.

— Ele precisa ser lembrado das armas que temos à disposição.

— Pessoas vão morrer — Henry retrucou.

— Pessoas sempre morrem.

August tinha sentido um calafrio diante da frieza na voz de seu irmão.

Na frente da sala, o sr. Brody continuava a falar com sua voz monótona:

— ... marcou quarenta anos da dissolução do governo federal, algo que todos vocês devem saber, depois da guerra do... — Ele parou, esperando uma resposta.

—Vietnã — disse um menino.

— Exato — disse o professor. — O descontentamento nacional, a economia extenuada e o moral esgotado resultaram no colapso e na reconstrução dos antigos Estados Unidos. — Ele apontou para o centro do mapa. — Agora, alguém pode me dizer quantos dos antigos estados compõem a Veracidade de hoje?

August continuou a traçar seu mapa, enquanto os nomes passavam pela sua cabeça. *Kentucky. Missouri. Illinois. Iowa.* Pareciam palavras sem sentido.

— E após esses eventos turbulentos?

August estava legendando seu mapa quando sentiu um par de

olhos sobre ele. Kate fitava o papel. Ele não tinha apagado os territórios, mas havia começado uma lista no canto da página com nomes mais adequados para cada um deles.

Ganância, Perfídia, Gula, Violência.

Kate franziu a testa. August prendeu a respiração. Ao redor deles, os alunos continuaram falando, mas parecia que a sala recuava, deixando apenas os dois no foco.

— ... os estados se combinaram para formar menos territórios independentes — explicava uma menina na fileira da frente.

— Muito bem. — O sr. Brody virou para escrever na lousa e Kate estendeu o braço. August ficou tenso, perguntando-se o que ela ia fazer. Então a garota levou a caneta à folha dele e traçou um segundo V ao lado da inicial de Veracidade. Ele franziu a testa, confuso.

Quando o professor olhou para trás, as mãos dela estavam de volta à própria carteira.

— E o que mais?

— Os estados se tornaram independentes — acrescentou um garoto.

— E depois se condensaram nos dez territórios.

— O poder se concentrou nas capitais.

— Assim como as pessoas.

Toda vez que alguém falava, o professor voltava para a lousa e Kate se debruçava sobre a carteira de August para acrescentar outra marca em sua folha — um traço, uma curva, dois pontos... August levou metade da aula para entender o que a garota estava fazendo, enquanto, entre um rabisco e outro, aquilo ia ganhando forma.

O corpo. A boca. As garras.

Kate havia transformado *Veracidade* em um monstro.

August olhou para ela e não conseguiu se conter.

Ele sorriu.

II

KATE GOSTAVA DOS INTERVALOS ENTRE AS AULAS, os cinco minutos que Colton dava a seus alunos para se deslocar. Ficar na sala de aula era exaustivo: metade dos professores a tratava como se ela tivesse uma arma carregada e a outra metade, como se usasse uma coroa. O caminho de uma sala a outra era o único momento em que ela podia respirar, por isso ficou bastante irritada quando uma das meninas de sua turma de história enlaçou seu braço enquanto rumava para o ginásio.

— Oi — cantarolou a garota, animada demais para as dez da manhã. — Meu nome é Rachel.

Kate não disse nada, e seu passo não vacilou.

— Fiquei sabendo o que você fez com Charlotte Chapel.

— Não fiz nada com Charlotte.

Ainda.

— Ei, achei ótimo — Rachel disse, alegremente. — Ela estava merecendo.

Kate suspirou.

— O que você quer?

O sorriso da menina se abriu ao máximo.

— Só quero ajudar — ela disse. — Sei que você é nova por aqui e pensei que poderia precisar de uma amiga.

Kate arqueou uma única sobrancelha pálida. Não *precisava* que alguém gostasse dela. Pensou que poderia tentar uma tática diferente, tentando se adaptar, concorrendo a rainha do baile, estabelecendo popularidade de uma forma mais tradicional, mas tudo parecia tão… juvenil. Ela ainda conseguia sentir o sangue sob suas unhas. Como alguém poderia se importar com a mesa em que ia sentar enquanto os malchais cortavam gargantas na zona vermelha? Mas, na verdade, era por aquilo que se vivia na Cidade Norte. Era por aquilo que seus pais pagavam. Ignorância.

—Você não vai querer ser minha amiga, Rachel.

O sorriso da garota se fechou em uma expressão mais fria e calculada.

— Escuta, Katie…

— *Kate.*

— Todo mundo precisa de um aliado. Você pode andar por aí fingindo que é invencível, mas aposto que quer ser popular.

— Ah, é? — Kate perguntou, seca.

Rachel assentiu, solene.

— Todos sabemos quem é seu pai, mas você não precisa ser igual a ele. — Ela segurou Kate pelos ombros e a encarou no fundo dos olhos, como se estivesse prestes a dizer algo de importância vital. —Você *não* é seu pai.

Kate ficou levemente tensa, então conseguiu abrir um pequeno sorriso perverso.

— Posso te contar um segredinho?

— Claro — disse Rachel.

Ela aproximou os lábios do ouvido da garota.

— Sou muito pior do que ele.

Kate recuou, demorando-se um pouco para saborear a expressão de Rachel antes de dar as costas e sair andando.

A primeira semana de educação física foi focada em defesa pessoal, mas Kate teve vários problemas com a interpretação que Colton dava àquela questão. O primeiro — e maior — dos problemas era que não havia armas. Kate não conseguia imaginar alguém idiota o bastante para andar pelas ruas da Cidade V sem carregar pelo menos uma faca, mas Colton insistia em um ambiente "seguro" (e ela estava começando a odiar aquela palavra).

Kate poderia ter matado aula, mas assistir aos estudantes tentarem se defender (muito mal) contra agressores imaginários era muito mais interessante, então sentou na arquibancada com o restante da turma e fingiu prestar atenção.

— Alguém sabe me dizer o significado de EPNV? — perguntou um dos instrutores.

— É uma sigla? — arriscou uma menina que mascava chiclete. Algumas pessoas riram. Kate torceu para que fosse uma piada, mas receava que não.

— Hum, sim — respondeu o professor devagar. — Mas o que *significa* essa sigla?

Estômago. Pé. Nariz. Virilha.

Um menino musculoso ergueu a mão.

— Estômago, pé, nariz, virilha?

— Muito bem!

Kate teve vontade de comentar que os corsais não tinham estômago, pé, nariz *ou* virilha e, se você chegasse perto o bastante para acertar um malchai, ele provavelmente cortaria sua garganta. Mas guardou essas observações para si mesma e se concentrou na *segunda* coisa mais frustrante sobre o suposto curso de defesa pessoal, que era o fato de os professores ensinarem *tudo* errado.

Os golpes que demonstravam dificilmente deteriam um humano, muito menos um monstro. O método era ruim, como se não quisessem ensinar os alunos de Colton a lutar de verdade. Era apenas uma atuação, tudo pela aparência, fazer os alunos — ou mais provavelmente os pais — se sentirem mais seguros.

Cinco das seis escolas de Kate — tirando St. Agnes — ofereciam aulas de defesa pessoal, já que muitos dos alunos matriculados eram filhos de pessoas influentes — embaixadores, donos de grandes empresas, velhos e novos ricos —, o tipo de gente cujos filhos são bons alvos. Ninguém nunca teve coragem de tentar sequestrar Kate, mas, com o tempo, ela havia reunido um arsenal de técnicas defensivas — e algumas ofensivas —, o que só tornava aquele show de inaptidão ainda mais irritante.

Um dos professores foi tão lento e desajeitado ao demonstrar como desarmar um agressor que Kate chegou a rir. Como o ginásio era basicamente uma caverna, o som ecoou tão longe que um dos instrutores ouviu.

— Qual é a graça? — ele perguntou, avaliando os estudantes. Todos ao redor de Kate se afastaram, acusando-a.

Ela suspirou.

— Nenhuma — disse, levantando a voz. — Mas sua postura está toda errada.

— Muito bem, então — ele disse, apontando para Kate. — Por que não desce aqui e mostra como é o certo?

Um murmúrio percorreu a turma. O homem claramente não sabia quem ela era. Outro instrutor lhe lançou um olhar, mas Kate apenas sorriu e levantou.

Dez minutos depois, ela estava sentada na sala do orientador. Não por ter rido do instrutor, mas por ter quebrado sua clavícula. Ela havia *tentado* não machucá-lo. Não muito, pelo menos. Não era culpa dela se ele tinha uma postura ruim e um ego inflado.

— Srta. Harker — disse o orientador, um homem corpulento,

careca e de óculos chamado dr. Landry. — Aqui em Colton tentamos oferecer um ambiente *seguro* para o aprendizado. — Lá estava a palavra de novo. — Temos uma política de tolerância zero quando o assunto é violência.

Kate conteve outra risada. Landry mordeu os lábios. Ela tossiu e engoliu em seco.

— Era uma aula de defesa pessoal — Kate disse. — E o instrutor me pediu para participar.

— Ele pediu para você demonstrar uma manobra defensiva e, ao fazer isso, você fraturou a clavícula dele *acidentalmente*?

— Exato.

Landry suspirou.

— Li seu arquivo, srta. Harker. Esse não foi um incidente isolado. — Kate se recostou na cadeira, esperando que ele lesse a lista de transgressões, como faziam nos filmes, mas ele não leu. Em vez disso, tirou os óculos e começou a limpá-los. — De onde acha que vem toda essa agressividade? — Landry perguntou.

Kate o encarou.

— Você está brincando? — Mas ele não parecia fazer isso. Pelo contrário: parecia dolorosamente sincero. Landry abriu a gaveta e pôs um frasco com pequenos comprimidos brancos sobre a mesa. Kate não os pegou.

— Para que são?

— Ansiedade.

Ela se ajeitou na cadeira, tomando o cuidado de manter os ombros retos e o rosto firme.

— Não sou ansiosa — ela disse, inflexível.

Landry lhe lançou um olhar estranhamente ponderado.

— Srta. Harker, você está batendo os dedos nos joelhos desde que sentou. — Kate pressionou as mãos nas coxas. — Está tensa. Irritadiça. Defensiva. Intencionalmente distante.

Kate abriu um sorriso muito frio.

—Vivo num mundo em que as sombras têm dentes. Não é um ambiente especialmente relaxante.

— Sei quem seu pai é...

— Todo mundo sabe.

— ... e li sobre sua mãe. Sobre o acidente.

O rosto dela passou pela mente de Kate, iluminado pelo carro que vinha na direção oposta, os olhos arregalados, os pneus cantando, o ruído do metal. Kate cravou as unhas na calça e resistiu à vontade de deixá-lo falando com seu ouvido ruim.

— E daí?

— E daí que sei que deve ser difícil. Sofrer esse tipo de perda. A alienação que vem depois. E agora isso: uma escola nova, um recomeço, mas também um alto nível de estresse, imagino. — Ele apontou para os comprimidos. — Não precisa usar. Mas leve. São muito menos prejudiciais do que cigarros. Podem até ajudar de verdade.

Kate considerou o frasco. Quantos alunos tomavam aquilo? Quantos habitantes da Cidade Norte? A calma medicada os impedia de atiçar as chamas da violência? Ajudava-os a fingir que o mundo era *seguro*? Mantinha todos em pé? Ajudava-os a dormir?

Kate franziu a testa, mas pegou os comprimidos. Ela duvidava que fossem ajudar, mas, se aquilo tirasse o bondoso dr. Landry da cola dela e mantivesse o incidente fora de seu registro escolar (e do conhecimento de seu pai), valeria a pena.

— Posso ir? — ela perguntou. Landry fez que sim e Kate saiu sob o olhar dele para o corredor vazio.

Ela jogou um comprimido branco na mão e olhou para ele, hesitante.

Onde você está?, Kate se perguntou.

Longe. Inteira. Sã. Feliz. Dezenas de personalidades diferentes em dezenas de vidas diferentes. Mas Kate não estava vivendo nenhuma delas. Precisava estar *ali*. Precisava ser forte. E se o dr. Landry via os sinais de desgaste, seu pai veria também.

Ela engoliu o comprimido a seco.

Olhou para o corredor vazio à sua volta. Tarde demais para voltar para a aula. Cedo demais para ir a qualquer outro lugar. Atrás das portas duplas mais próximas, estava a arquibancada, banhada por um sol convidativo. Ela guardou o frasco de comprimidos no bolso e foi tomar um pouco de ar.

III

AUGUST A OUVIU CHEGANDO.

As pessoas eram feitas de pedaços — olhares e cheiros, claro, mas também sons. Tudo em Emily Flynn era staccato. Tudo em Henry era suave. Os passos de Leo eram firmes como as batidas de um coração. O cabelo de Ilsa era esvoaçante como lençóis.

E Kate? Ela era como unhas pintadas batendo constantemente.

August estava recostado nas arquibancadas quentes de metal, com o queixo apontado para o sol, quando ela sentou na fileira atrás. O banco de aço vibrou com o peso repentino, e ele concluiu que, mesmo se Kate não tivesse feito nenhum ruído, ainda teria adivinhado que era ela. A garota tinha um jeito próprio de ocupar o espaço. August conseguia sentir a leve pressão do olhar dela, mas manteve os olhos fechados. Uma brisa leve acariciava seu cabelo e ele se permitiu sorrir, algo pequeno e quase natural. Uma sombra deslizou diante do brilho avermelhado do sol. Seus olhos abriram e lá estava ela, encarando-o. Vista de baixo, parecia haver uma suavidade em seus traços, um ar distante em seus olhos, como nuvens tampando um céu azul cristalino.

— Oi — August disse.

— Oi — ela respondeu. E então, distraidamente, perguntou: — Onde você estava?

Ele estreitou os olhos.

— Como assim?

Mas Kate já balançava a cabeça, endurecendo os traços.

— Deixa pra lá.

August ajeitou a postura, virando-se um pouco para encará-la.

— Fala — ele disse, arrependendo-se das palavras no instante em que as proferiu. August pôde ver o olhar dela se acalmar, a resposta em seus lábios. — Ou não — acrescentou rápido. — Não precisa dizer se não quiser.

Kate piscou, focando o olhar novamente, então disse:

— É só um jogo que faço de vez em quando. Quando quero estar em outro lugar.

— Onde, por exemplo?

Uma pequena ruga surgiu entre as sobrancelhas dela.

— Sei lá. Mas você está me dizendo que, se pudesse estar em qualquer lugar agora, estaria aqui, nas arquibancadas de Colton?

August sorriu.

— É bem agradável. — Ele apontou para o campo, as árvores à distância. — E, claro, tem uma bela vista.

Kate revirou os olhos. De perto, eram azuis. Não celestes, mas escuros, do mesmo tom da polo azul-marinho de Colton. O cabelo dela estava jogado sobre um ombro, e August podia ver mais uma vez a cicatriz como uma lágrima no canto do olho dela, a linha que corria por seu rosto da têmpora ao queixo. Ele se perguntou quantas pessoas haviam chegado perto o bastante para notar. E então, antes que tivesse a chance de perguntar, Kate se recostou e estendeu as pernas nas arquibancadas.

— Não era para você estar na aula? — ela perguntou.

— Sala de estudos — ele disse, ainda que, obviamente, não estivesse lá. — E você?

— Educação física — ela disse. — Mas fui expulsa por *mau comportamento*. — August arqueou a sobrancelha, como havia visto Colin fazer quando fingia surpresa. —Você sabia que ensinam defesa pessoal aqui? — ela continuou. — É uma piada. Tipo, tática EPNV? Sério? Até onde eu sei, um chute na virilha não vai impedir um corsai de estraçalhar você.

—Verdade — August concordou, apoiando os cotovelos no banco de trás. — Mas também existem muitos humanos maus no mundo. — *Como seu pai.* — Você foi expulsa por dar bronca no professor?

— Melhor ainda — ela disse, passando a mão no cabelo loiro. — Por quebrar a clavícula dele.

Algo escapou da garganta de August, um riso baixo, esbaforido. O som o pegou de surpresa.

— Segundo o orientador — Kate continuou —, tenho um problema com violência.

— Não é o problema de todos nós?

Nenhum dos dois mencionou o mapa que ele havia desenhado ou o monstro que ela havia traçado sobre Veracidade. Um silêncio tranquilo logo tomou conta das arquibancadas, interrompido apenas pelas unhas de Kate, que ela batia de maneira suave e constante contra o banco de metal, e os sons distantes dos alunos que corriam na pista. *Não era para eu me sentir assim*, August pensou. Estava sentado a centímetros de distância da filha de um tirano sanguinário, da herdeira da Cidade Norte. Devia sentir nojo, repulsa. Incômodo, no mínimo. Mas não.

Ele não sabia ao certo *o que* sentia. Frequência. Consonância. Dois acordes tocados juntos.

Não a afaste, dizia uma voz, enquanto outra alertava: *mas não se aproxime demais*. Como poderia fazer os dois?

— Então, Freddie — ela disse, sentando ereta. — O que traz você a Colton?

— Estudava em casa — August disse. Esforçando-se para encontrar palavras que não fossem mentira, ele continuou: — Acho que minha família pensou que era hora de eu... socializar.

— Hum... E, mesmo assim, toda vez que vejo você, está sozinho. August deu de ombros.

— Acho que não sou muito sociável. E você?

Os olhos dela se arregalaram fingindo surpresa.

— Não ficou sabendo? Botei fogo numa escola. Ou usei drogas. Ou dormi com um professor. Ou matei um aluno. Depende da pessoa para quem você pergunta.

— Alguma dessas coisas é verdade?

— Realmente botei fogo numa escola — ela disse. — Quer dizer, parte de uma escola. Na capela. Mas não foi nada pessoal. Só queria voltar para casa.

August franziu a testa.

— Você saiu da Cidade V. — Era uma façanha e tanto, considerando as fronteiras fechadas das cidades ao redor e o Ermo no meio do caminho. — Por que quis voltar?

Kate não respondeu imediatamente, o que era estranho — na maioria das vezes, o difícil para August era *impedir* as pessoas de falar. Ela apenas inclinou a cabeça para trás e olhou para o céu. Não havia nuvens e, por um segundo, ela pareceu perdida, como se esperasse ver algo lá em cima e não visse.

— É tudo o que me resta. — As palavras saíram baixas, como uma confissão, mas Kate não pareceu notar. Seu olhar deslizou de volta à terra. — São de verdade?

August baixou os olhos e percebeu que suas mangas tinham subido o bastante para revelar algumas marcas. As primeiras das quatrocentas e dezenove.

— Sim — ele disse. A verdade saiu de seus lábios antes que pudesse impedir.

— O que significam?

Dessa vez, August conteve a resposta e passou o polegar sobre as marcas mais antigas em seu punho.

— Uma marca para cada dia sem recaída — ele disse devagar.

Os olhos escuros de Kate se arregalaram de surpresa sincera.

— Você não parece um viciado.

— Bom — ele começou, pensativo —, você disse que não pareço um Freddie também.

Kate sorriu.

— Então, qual é a sua droga?

Ele soltou um suspiro dramático e deixou a verdade escapar.

— Vida.

— Ah — ela disse, melancólica. — Isso mata.

— Não tão rápido quanto cigarros.

— *Touché* — ela disse. — Mas…

Kate foi interrompida por um grito. August ficou tenso e a mão dela voou para a mochila, mas era apenas um estudante no campo brincando com a namorada. Ela soltou outro berro, sorrindo enquanto corria dele.

August expirou devagar. Ele nunca entenderia por que as pessoas gritavam por diversão.

— Está tudo bem aí? — Kate perguntou, e ele percebeu que estava segurando a beira da arquibancada, os dedos brancos. Disparos crepitavam como estática no fundo da sua cabeça. Ele se forçou a soltar.

— Está. Não gosto muito de barulho.

Ela fez um biquinho, lançou um olhar de "que fofo", depois apontou para o estojo aos seus pés.

— Violino?

August olhou para baixo e assentiu. Ele tinha tirado o instrumento do complexo às escondidas naquela manhã, saindo discretamente antes que Leo pudesse impedir. Estava louco para tocar.

Tinha ido à sala de música, mas descobrira que a carteirinha de identificação não era tudo de que precisava para usar o espaço. Ele estava entrando quando uma menina limpou a garganta atrás dele.

— Desculpe — ela disse —, mas a sala é minha.

Ele não havia entendido.

— Sua?

A menina apontou para uma prancheta na parede. Era uma tabela de agendamentos.

— Reservei este horário — ela explicou.

August sentiu um aperto no coração. Ele segurou a porta aberta e a deixou passar, depois examinou a lista com horários e nomes na prancheta. Era quarta-feira e o espaço estava reservado em todos os horários até a tarde de sexta. August não podia ficar depois da aula — Henry havia insistido que ele atravessasse a Fenda antes dos portões se fecharem ao pôr do sol, embora não os usasse para ir para casa. Em um raro momento de rebeldia, o garoto se inscrevera mesmo assim.

— Sempre gostei de música — Kate disse, cutucando o esmalte metálico das unhas. August esperou que continuasse, mas o sinal tocou e ela apenas balançou a cabeça e ajeitou o cabelo. — Você toca bem?

— Sim — ele disse, sem hesitar.

— Pode tocar para mim?

August balançou a cabeça e o olhar que ela lhe lançou deixou claro que não estava acostumada a ouvir não.

— Tem medo de tocar em público? — Kate perguntou suavemente. — Sem essa!

Kate o observava através da franja loira, esperando. August não podia dizer que só tocava para pecadores. Engoliu em seco, esforçando-se para encontrar uma mentira que chegasse perto da verdade.

— Toca, vai — ela insistiu. — Prometo que não...

— Freddie! — gritou uma voz, e August se virou para ver Colin acenando na direção do refeitório. Ele levantou, aliviado.

— É melhor eu ir — disse, pegando o estojo da maneira mais casual possível.

— Ainda vou fazer você tocar para mim — ela disse enquanto August descia os degraus de metal. — De um jeito ou de outro.

Ele não disse nada. Não teve coragem de olhar para trás enquanto corria na direção de Colin, que o encarava. Quando August chegou, o menino lhe deu um tapinha nas costas.

— Ele está vivo! — anunciou com falso espanto.

August se livrou do braço do colega, mas Colin seguiu ao seu lado.

— Sério, Freddie — ele disse, lançando um olhar para as arquibancadas atrás deles. Para Kate. — Quer morrer? Tenho certeza de que existem maneiras mais rápidas e menos dolorosas...

IIII

KATE PASSOU O RESTO DO DIA SEM MACHUCAR NINGUÉM, o que já era um avanço. Ela não sabia se tinha sido por sorte, azar ou por causa do Freddie. Mesmo que estivesse apenas brincando, houve um momento na arquibancada em que a resposta para "Onde você está?" realmente tinha sido "Aqui". Kate não sabia o porquê, mas, pela primeira vez em séculos, sentada naquele silêncio estranho mas confortável, sentiu que era ela mesma. Não a Kate que sorria com os boatos, ou a que apontava uma faca para a garganta de uma garota, ou a que enfiava um pé de cabra no coração de um monstro.

A Kate que tinha sido *antes*. A garota que fazia piadas em vez de ameaças. Que sorria com sinceridade.

Mas aquele não era o mundo certo para aquela Kate.

Ela jogou a mochila em cima da cama e o frasco do dr. Landry saiu rolando.

Talvez fossem os comprimidos suavizando suas arestas. Talvez… Mas ainda assim havia algo em Freddie. Algo… apaziguador, contagiante, familiar… Em um auditório cheio de olhares, foi o dele que ela sentiu. Em uma sala repleta de alunos aprendendo mentiras, ele rabiscava a verdade nas margens do caderno. Numa escola que se apegava à ilusão de segurança, ele não tinha medo de falar abertamente sobre a violência. O lugar dele não era ali, como o *dela* não era, e o estranhamento em comum a fazia sentir que o conhecia.

Mas Kate *não* o conhecia.

Não ainda.

Ela sentou diante da escrivaninha, ligou o computador e entrou no site da Academia Colton.

— Quem é você, sr. Gallagher? — perguntou em voz alta, acessando o diretório estudantil e olhando perfis até encontrar o que estava procurando. Ela clicou na página de Frederick Gallagher. Suas informações estavam listadas no lado esquerdo (altura, idade, endereço etc.), mas a foto à direita era estranha. Ela já havia tirado meia dúzia de fotos, uma para cada escola, e sempre insistiam para que ficasse na frente e no centro, olhando para a frente e com um grande sorriso no rosto. Mas o garoto na tela sequer olhava para ela.

Estava de perfil, olhando para baixo, os lábios abertos como se tivesse sido fotografado ao inspirar. Se não fosse pelo comecinho de uma linha preta onde a manga subia, ela nem teria certeza de que era ele.

Por que a secretaria não havia tirado outra foto?

Havia algo de curioso na imagem borrada, e Kate se pegou querendo uma foto melhor, desejando o luxo de poder olhar para alguém sem que a encarassem de volta. Abriu outra página, acessou a rede social que todos os estudantes pareciam usar e digitou o nome dele.

Apareceram dois resultados na região da Cidade V, mas nenhum era o Freddie que ela conhecera. O que era estranho, mas ele tinha dito que havia sido ensinado em casa. Talvez nunca nem tivesse entrado no site. Ela abriu uma terceira página e digitou o nome dele em um sistema de busca. Apareceram dezenas de resultados — um mecânico, um banqueiro, uma vítima de suicídio, um farmacêutico —, mas nada sobre o Freddie *dela*.

Kate se recostou na cadeira e bateu a unha nos dentes.

Todo mundo deixava alguma marca digital. O dia todo, todo dia, as pessoas tiravam fotos, registrando eventos mundanos como se merecessem ser preservados. Então, onde estava a marca de Freddie?

Algo estalou em sua mente. Talvez ela estivesse sendo paranoica, procurando uma resposta complicada quando a verdade era mais simples — ele era um adolescente incomum que preferia ficar fora da internet.

Provavelmente. Mas era como uma ferida, e agora que tinha começado a coçar...

Aquela unidade de disco não era o único lugar onde as informações ficavam registradas, não na Cidade Norte. Ela entrou na rede particular de seu pai e clicou em um arquivo chamado "humano". A tela se encheu de milhares de ícones, todos com nome e data. Freddie não era como os outros alunos de Colton, e talvez ela não tivesse sido a única a notar. Digitou o nome dele na barra de busca, quase torcendo para seu rosto aparecer com uma observação sobre alguma confusão, talvez uma simples anormalidade, mas... nada.

Exasperada, voltou ao diretório da escola e reexaminou a foto, encarando-a por vários minutos como se pudesse ganhar vida, completar o movimento e encará-la. Quando isso não aconteceu, Kate leu mais sobre o perfil, anotou o endereço dele e levantou.

Ainda havia um lugar onde não tinha procurado.

— Alguém em casa? — ela gritou enquanto andava pela cobertura. Nenhuma resposta. Deu uma volta rápida pelo apartamento. Nenhum sinal de Sloan ou de Harker. A porta que levava ao escritório do pai estava trancada, mas, quando ela encostou o ouvido bom na madeira, não ouviu o zumbido do sistema à prova de som que ele ativava quando estava lá dentro. Kate digitou a senha (havia deixado uma câmera escondida lá no seu segundo dia, capturando o movimento e a ordem dos dedos) e, um segundo depois, a porta abriu.

As luzes acenderam automaticamente.

O escritório de Callum Harker era enorme e estranhamente clássico, com uma ampla escrivaninha escura, uma parede de estantes e vidraças que davam para a cidade. Ela caminhou até as prateleiras e passou a mão sobre os grandes volumes pretos que cobriam a parede. Livros de registro.

Harker era um homem cuidadoso; mantinha cópias físicas e digitais das informações de todos os cidadãos. O computador estava bloqueado — Kate não havia conseguido descobrir a senha de acesso —, mas a melhor coisa sobre livros era que qualquer um podia abri-los. Estavam em ordem alfabética e eram atualizados todo ano. Quando alguém perdia a proteção de Harker no decorrer do ano, seu nome era riscado. Se *adquiria* a proteção, seu nome era escrito no final do livro.

Kate tirou o livro G da estante e o abriu sobre a mesa, folheando-o até encontrar o sobrenome: *Gallagher.*

Onze Gallagher estavam listados sob a proteção de Harker na Cidade Norte, e havia até uma Paris Gallagher cujo endereço correspondia ao do perfil de Freddie, mas não havia menção ao garoto. Kate tinha *visto* o pingente em volta do pescoço dele. Foi até o final do livro, torcendo para encontrar o nome dele entre os novos.

Não estava lá.

— Onde está você? — ela sussurrou logo antes de ouvir alguém limpando a garganta.

Kate ergueu a cabeça bruscamente. Seu pai estava parado no batente, limpando as mãos em um lenço de seda preto.

— O que está fazendo, Katherine?

O ar ficou preso nos pulmões dela. Kate o forçou a sair, querendo que a expiração soasse como um suspiro exasperado.

— Estou procurando um nome — ela disse, recostando-se na escrivaninha, como se tivesse todo direito de estar ali. — Tem uma menina na minha escola que está me irritando. Ela tem um medalhão e eu estava torcendo para que fosse roubado ou expirado, mas ela ainda está sob sua proteção — Kate disse, fechando o livro.

Os olhos escuros de Harker fitaram a filha. Ela tentou ignorar o sangue seco nas mangas da camisa dele.

— Desculpe — Kate acrescentou. — Devia ter esperado você chegar, mas não sabia quanto tempo ia demorar.

— Não me lembro de ter deixado o escritório destrancado.

—Você não deixou — Kate disse, com frieza, desencostando da escrivaninha e saindo. Ela ficou aliviada quando o pai não a seguiu.

De volta ao quarto, Kate afundou na cadeira, o perfil de Freddie ainda aberto na tela. Fazia ainda menos sentido agora, uma foto borrada ao lado de um nome que, segundo os registros de seu pai, não existia. Ele estaria usando um nome falso? Mas *por quê*?

As únicas pessoas que se escondiam eram aquelas que tinham alguma coisa a esconder.

O que Frederick Gallagher estava escondendo?

August odiava sangue — a visão, o cheiro, a textura viscosa e espessa demais. O que era uma pena, porque estava *coberto* de sangue naquele momento.

Não o dele, claro.

O de Phillip. O soldado da FTF com sorriso simpático e cabelo raspado, que tratava August como um amigo e olhava feio para Harris sempre que usava a palavra *monstro*.

— Segure firme — Henry ordenou. — Preciso fazer um torniquete.

O ombro de Phillip havia deslocado. Visivelmente. Sua roupa da FTF tinha sido estraçalhada. August poderia tocar as marcas das garras do corsai — ou seriam dentes? Era difícil saber com Phillip se contorcendo tanto na maca de aço.

August estava sentado diante do balcão fazendo a lição de casa enquanto Allegro brincava com seus cadarços quando eles chegaram. Outro ataque. Mas não na Fenda. Não aleatório. Uma emboscada. Os monstros de Harker sabiam exatamente onde e quando a FTF estaria em patrulha. Alguém havia *contado* para eles. E agora quatro membros da Força-Tarefa estavam mortos e Phillip, em um mar de sangue, súplicas e palavrões, parecia destinado a seguir o mesmo caminho.

— Pelo amor de Deus, faça com que ele fique *parado*.

Leo e August seguravam Phillip enquanto Henry fazia movimentos cuidadosos e resolutos sobre a ferida aberta. Seu parceiro, Harris, estava ao lado, com o rosto coberto de sangue, parecendo entorpecido pelo choque enquanto Emily dava pontos em um corte profundo em seu bíceps. Ela não tinha a graciosidade cirúrgica de Henry, mas suas mãos eram igualmente firmes.

Henry pegou uma seringa cheia de morfina e afundou a agulha no outro braço de Phillip. Os xingamentos dele diminuíram e sua cabeça pendeu. Estava finalmente livre da dor e da tensão.

— Isso não pode continuar acontecendo, Henry — Leo disse, com um pouco do sangue de Phillip no queixo. — Já fomos insultados demais. É hora de...

— *Agora não* — Henry retrucou enquanto pegava um par de luvas cirúrgicas para começar a trabalhar. August olhou para os destroços do ombro de Phillip, a poça vermelha e escorregadia que se esparramava pela maca, e ficou enjoado. Sob as luzes fortes, Phillip parecia subitamente jovem, delicado. Os humanos eram frágeis demais para o combate, mas os sunais eram poucos para empreendê-lo sozinhos. Mesmo se os três *pudessem* travar uma guerra contra milhares, os malchais e corsais não eram idiotas o bastante para se aproximar, preferindo presas que pudessem capturar e matar. E, assim, os sunais se concentravam em caçar pecadores para conter o fluxo de violência, enquanto a caça aos monstros recaía sobre os humanos, que, invariavelmente, caíam nas mãos deles. Era um ciclo de lamúrias e explosões, começos pavorosos e finais sangrentos.

August observou as marcas de garras. Compulsivas. Brutais. Aquele era o trabalho de um *monstro*. O cheiro persistente dos corsais — o ar fétido, a fumaça viciada e a morte, sempre a morte — ainda estava grudado na carne despedaçada e revirava o estômago do garoto. Leo tinha razão. August não era *nada* parecido com a criatura que havia feito aquilo. Não podia ser.

— August — Henry chamou um minuto depois. — Pode soltar agora.

Ele olhou para baixo e percebeu que estava segurando o corpo mole de Phillip na maca. Tirou as mãos e foi lavá-las na pia enquanto Henry continuava seu trabalho.

O sangue escorreu pela pia e August desviou o olhar, tentando encontrar alguma coisa — qualquer coisa — em que se concentrar, mas o líquido viscoso estava por toda parte — na parede, no balcão, no piso —, um rastro que vinha desde antes das portas do elevador de aço marcadas com o número dezenove.

O décimo nono andar do complexo Flynn havia sido apelidado de "necrotério" por alguns dos membros mais mórbidos da FTF. Embora fosse o segundo mais alto do prédio, logo abaixo do apartamento dos Flynn, não tinha vista. Todas as janelas haviam sido fechadas com tijolos, e os móveis haviam sido removidos para compor um espaço esterilizado. Aquele andar abrigava duas coisas essenciais: uma sala secreta de interrogatório (as outras ficavam nos andares subterrâneos, junto das celas) e uma sala médica.

— Onde ele está? — perguntou Henry, tirando os olhos do ombro destroçado de Phillip. Estava se referindo ao traidor. O homem que tinha vendido a informação a Harker. Era primo de alguém da FTF e, depois de tê-los traído, havia escapado pela Fenda e pedido refúgio na Cidade Norte. Mas Harker não dava abrigo a desertores, então o devolvera. Um esquadrão o havia perseguido e prendido, mas não antes de o homem meter duas balas no capitão. Dois minutos com Leo e ele confessara tudo.

Leo parou diante do espelho, limpando as manchas de sangue do rosto. Seus olhos negros foram até a cicatriz em sua sobrancelha e desviaram, como havia acontecido com August, como se também estivesse enojado pela visão.

— Cela A — Harris respondeu, apático, sem nenhum resquício de seu bom humor característico.

— Culpado — Leo acrescentou, calmamente, e todos sabiam o que ele queria dizer. Uma alma vermelha. Uma ceifa.

— Certo. — Henry acenou com a cabeça para a esposa. —Vá buscar Ilsa.

O homem na cela A parecia destruído.

Seu nariz estava quebrado, suas mãos tinham sido presas atrás das costas e ele estava deitado de lado, arfando aos arrancos pelas lesões. August parou e o fitou, tentando entender o que fazia os homens se quebrarem daquela forma. Não no sentido físico — entendia que os corpos humanos eram frágeis —, mas em termos de coração e alma. Isso os fazia se jogar mesmo quando sabiam que não havia chão sob eles.

Ele sentiu uma rajada de vento e o calor suave da mão de Ilsa na sua enquanto ela observava pela janela de acrílico na porta da cela.

— Consegue sentir? — Ilsa perguntou com tristeza. — A alma dele é muito pesada. Quem sabe quanto tempo o chão vai aguentar?

Ela soltou a mão suavemente e entrou na cela descalça. August ficou do lado de fora e fechou a porta, mas não saiu dali. Era raro ver outro sunai ceifar uma vida. E Ilsa tinha o talento de tornar tudo bonito. Até mesmo a morte.

Passos soaram atrás dele, pesados e regulares. Leo.

— Henry é um tolo de não deixar que ela saia.

August franziu a testa.

— Quem? Ilsa?

Leo ergueu a mão e a apoiou na porta.

— Ilsa, nossa irmã, o anjo da morte. Sabe o que ela é? O que é capaz de fazer?

— Imagino — August disse, secamente.

— Não, não imagina. — Dentro da cela, ela se ajoelhou ao lado do traidor. — Henry não conta nada para você, mas acho que merece saber o que Ilsa é, e o que você pode ser, se permitir.

— Do que está falando?

— Ilsa tem dois lados — Leo disse. — Eles não se encontram.

Parecia uma charada, mas ele não costumava falar em rodeios.

— O que...

— Você sabe quantas estrelas ela tem?

August fez que não.

Leo abriu os dedos.

— Duas mil cento e sessenta e duas.

August começou a fazer as contas, depois parou. Seis anos. Seis anos desde que Ilsa tinha se entregado às trevas pela última vez. Seis anos desde que *alguma coisa* acabara com a guerra territorial.

Leo percebeu a compreensão repentina. Ele traçou um círculo com o indicador.

— Quem você acha que fez o Árido, irmãozinho?

Atrás da porta, o traidor confessava num sussurro fragmentado. Ilsa segurou o rosto dele entre as mãos e o guiou para o chão. Deitou ao lado dele, acariciando seu cabelo.

Em algum lugar da cidade havia um ponto onde nada crescia.

— Não é possível — August sussurrou. Na última vez que ele tinha se entregado às trevas, havia devastado uma sala cheia de gente. A ideia de que Ilsa pudesse arrasar um quarteirão inteiro, deixar uma cicatriz na superfície do mundo... Se fosse verdade, não era surpreendente que Henry não quisesse que a trégua fosse quebrada. A FTF pensava que Flynn tinha uma bomba.

E era verdade.

Em sua mente, August viu a extensão de terra queimada no centro da cidade. Poderia ser que Ilsa… quisesse fazer aquilo? Não — August tampouco queria ferir as pessoas —, mas as coisas se perdiam em meio às trevas. Quando os sunais se entregavam, vidas chegavam ao fim. Não havia regras, não havia limites: os culpados e os inocentes, os monstros e os humanos… todos pereciam.

O *abate*, era como Leo chamava.

Quantos haviam morrido naquele dia no quarteirão? Quantas vidas inocentes tinham sido tiradas entre as culpadas? Não chegaria àquele ponto de novo. Não podia chegar. Tinha que haver outra solução.

— O confinamento dela era parte da trégua — Leo continuou. — Mas a memória é curta e parece que o norte precisa de ajuda para recordar.

A maneira como Leo falava de Ilsa fazia a pele de August formigar.

— Ela não é uma *ferramenta*, Leo.

Seu irmão o encarou com aqueles olhos pretos aterradores, com superfícies planas, lisas demais.

— Todos nós somos ferramentas, August.

Dentro da cela, Ilsa começou a cantarolar. O som mal chegava a ele, uma música abafada que mesmo assim fazia seu corpo tremer. Ao contrário de August, que precisava do seu violino, ou de Leo, que conseguia fazer música com praticamente qualquer coisa, o instrumento de Ilsa era apenas sua voz.

August observou, com uma fome crescente tomando seu corpo, quando a luz vermelha surgiu sob a pele do homem e se espalhou pela de Ilsa como um rubor. Ele tinha acabado de se alimentar, e mesmo assim sentia a ânsia constante, temia que o vazio só deixasse de existir quando *ele* deixasse de existir. Chegava a doer.

Dois fios de fumaça subiram dos olhos vazios do homem conforme os últimos resquícios de sua vida o abandonavam. O cadáver escureceu.

— Um dia você vai ver — Leo disse, calmamente. — A verdadeira voz de nossa irmã é bela, terrível.

Atrás do acrílico e do aço, Ilsa passou a mão pelo cabelo do homem como uma mãe que põe o filho para dormir.

August se sentiu mal. Recuou, virou e voltou para a ala médica, onde Harris não havia se movido e Henry ainda estava cuidando do ombro de Phillip, que parecia quase morto. De repente, August se sentiu insuportavelmente *cansado*.

Ele quase perguntou se o que Leo contara sobre Ilsa era verdade, mas já sabia.

Em vez disso, apenas disse:

— Precisamos fazer alguma coisa.

Henry tirou os olhos da mesa, exausto.

— Até você?!

— Alguma coisa para *impedir* que acabem com a trégua — August disse. — Alguma coisa para evitar outra guerra.

Henry esfregou os olhos com a parte de trás da mão, mas não disse nada. Harris não disse nada. Leo, agora parado no batente, não disse nada.

— Pai...

— August. — Emily apoiou a mão em seu ombro. August percebeu que estava tremendo. Quando ela falou, sua voz soou baixa e firme. — Está tarde — ela disse, limpando uma mancha de sangue da bochecha. — É melhor você subir. Afinal, amanhã é dia de aula.

Um som sufocado subiu por sua garganta.

Ele queria rir do absurdo de sua vida, de toda a farsa que vivia. Queria pegar seu violino e tocar e tocar e tocar até a fome passar, até parar de se sentir um monstro. Queria gritar, mas então pensou na voz da irmã transformando a cidade em cinzas e mordeu a língua até a dor preencher sua boca no lugar do sangue.

—Vá — Emily insistiu, empurrando-o em direção ao elevador.

E ele foi, seguindo o rastro de sangue, como se fossem migalhas de pão.

— Noite ruim? — Kate perguntou, subindo a arquibancada.

Freddie estava curvado sobre um livro, mas a garota conseguia ver as sombras embaixo dos olhos dele, a tensão em seu maxilar.

Ele não ergueu os olhos.

— Está tão óbvio assim?

Ela deixou a mochila cair.

—Você está um lixo.

— Ah, obrigado — ele disse, seco, passando a mão no cabelo ainda úmido.

Ele manteve os olhos no livro, passando um longo tempo sem virar a página.

Perguntas nadavam pela mente dela, todas tentando chegar à superfície, mas Kate as manteve imersas. Começou a tamborilar com os dedos, então se lembrou das observações do dr. Landry e se obrigou a parar. Pensou em comentar sobre o violino, mas não estava com ele. Tentou ver o que estava lendo ou fingindo ler, mas as letras eram pequenas demais. Kate sentou, tentando recriar a sensação do dia anterior, o silêncio confortável que haviam dividido. Mas não conseguia ficar parada. Tirou os fones do bolso e estava prestes a enfiá-los na orelha quando Freddie perguntou, virando a página:

— O que você fez?

Kate ficou um pouco tensa, aliviada por ele não ter erguido os olhos.

— Do que está falando?

Finalmente, ele deixou o livro de lado. Platão. Que tipo de aluno do terceiro ano lia filosofia por diversão?

— Para ser expulsa de outra aula de educação física?

— Ah — ela disse, tocando o abdome. — Estou com uma dor de barriga terrível.

Os olhos cinza-claros dele brilharam, irônicos.

— Ah, é?

— Sim, tomara que não tenha pego nada — ela disse, recostando-se na arquibancada com um sorriso sarcástico. — E você conhece o ditado.

— Que ditado?

— Ar fresco é o melhor remédio.

Seria um exagero chamar a expressão dele de sorriso, mas era calorosa o bastante. Kate ajeitou o cabelo atrás da orelha e sentiu o olhar do garoto ir direto para a cicatriz. Ele já a tinha notado, mas nunca perguntara a respeito.

— O que aconteceu?

Toda fraqueza expõe a carne. E a carne atrai a faca.

As palavras saíram antes que ela pudesse impedir:

— Acidente de carro.

Freddie não disse "sinto muito" automaticamente, como se fosse culpa dele. Kate odiava quando as pessoas faziam isso. Mas ele apenas assentiu e passou o polegar sobre as linhas pretas em seu punho.

— Acho que todos temos nossas marcas.

Ela estendeu o braço e passou os dedos no conjunto de linhas mais próximo, sentindo-o ficar tenso sob o toque.

— Quantos dias sóbrio?

Ele esquivou o braço suavemente.

— O bastante — disse, puxando a manga para cobrir a pele.

As perguntas se agitavam na cabeça de Kate.

Quem é você?

O que está escondendo?

Por que está escondendo?

Tentavam sair, e Kate estava prestes a deixá-las escapar quando Freddie falou:

— Posso contar um segredo?

Kate se inclinou para mais perto.

— Sim. — Havia respondido mais rápido do que planejara, mas o garoto não pareceu notar. Seus olhos encontraram os dela e pareceram intensos. Como se Kate pudesse senti-los pesando sobre ela. — O quê? — insistiu.

Ele se aproximou.

— Nunca vi uma floresta de perto. — E então, antes que ela pudesse dizer alguma coisa, ele a estava puxando pelos degraus da arquibancada, seguindo na direção das árvores.

—Têm cheiro de vela — Freddie disse, chutando as folhas para o alto.

— Tenho quase certeza de que são as velas que têm cheiro de árvore — Kate disse. — Que tipo de gente nunca viu uma?

Ele ergueu uma folha avermelhada e a girou entre os dedos.

— O tipo que vive na zona vermelha — disse, deixando a folha cair — e tem pais superprotetores.

O coração de Kate acelerou com a menção da família, mas ela manteve a voz firme.

— Conte mais sobre eles.

Freddie só deu de ombros.

— São pessoas boas. Têm boas intenções.

Como eles se chamam?, ela queria perguntar.

— O que eles fazem da vida?

— Meu pai é cirurgião — ele disse, pisando sobre um tronco caído. — Minha mãe cresceu em Fortuna. Estava do lado errado da fronteira quando foi fechada.

— Que horrível — Kate disse com sinceridade. Já era ruim o bastante que os cidadãos de Veracidade estivessem presos ali, mas ela sempre esquecia os estrangeiros. Lugar errado na hora errada, uma vida apagada pelo azar.

— Ela não demonstra — ele disse, distraído —, mas sei que isso pesa.

Aquilo levou os pensamentos de Kate ao pingente de ferro e aos livros pretos.

Onde você conseguiu seu medalhão?

Kate engoliu em seco.

— Filho único?

— É um interrogatório? — ele disparou. Então, para alívio de Kate, disse: — Caçula. E você?

Ela gostou que tivesse perguntado, ainda que esperasse que soubesse.

— Filha única — respondeu.

Ao longe, o sinal do almoço tocou. Kate hesitou, mas Freddie não demonstrou sinais de querer voltar. Em vez disso, recostou no tronco de uma árvore. Ela se deixou afundar na árvore ao lado, imitando sua pose. Freddie tirou uma maçã verde da mochila e ofereceu.

Quem é você?

Kate pegou a fruta, tocando nos dedos dele de propósito e, mais uma vez, sentiu prazer com o pequeno calafrio que o percorreu, como se o contato físico fosse algo estranho para ele, novo.

Ela deu uma mordida e devolveu a maçã. Ele a revirou na mão.

O que está escondendo?

— Queria que o resto da cidade fosse assim — ele disse, baixo.

—Vazio? Verde?

— Pacífico — disse, passando a maçã para ela, sem morder.

Ela passou o polegar na própria marca de dente.

—Você já viu um monstro de perto?

Freddie mordeu o lábio.

— Sim. E você?

Kate ergueu a sobrancelha.

— Meu pai tem um malchai de estimação.

Ele estreitou os olhos, mas tudo o que disse foi:

— Prefiro gatos.

Kate bufou e jogou a maçã de volta.

— Eu também.

Eles pararam de falar e, por um segundo, lá estava aquele vislumbre de silêncio tranquilo. Uma rajada de vento fez os galhos no alto farfalharem, provocando uma chuva de folhas secas. Com a fruta na mão, seus olhos sem cor e a folha dourada presa nos cachos pretos, Freddie Gallagher parecia mais uma pintura do que um garoto.

Onde você está?, ela quis perguntar.

Em vez disso, pegou a maçã e mordeu de novo.

As perguntas a consumiram durante toda a tarde. Quanto mais ficavam na floresta, mais a dúvida crescia. Sobre ele. Sobre ela. Talvez houvesse uma resposta simples para o nome falso. Talvez ele não tivesse escolha. Talvez algumas pessoas tivessem bons motivos para se esconder. Para mentir.

Mas Kate queria saber a verdade.

Ela estava andando pelo corredor, no meio do caminho, quando ouviu o violino.

Tinha saído da aula alguns minutos antes por causa de uma prova e estava enrolando até o último sinal. Seus passos ficaram mais lentos. Ela ouvia atentamente, supondo — torcendo — que fosse Freddie. Um lampejo de verdade entre os mistérios. A música vinha de uma sala ao final do corredor. Quando chegou à porta, o som parou, seguido pelo arrastar de cadeiras e instrumentos. Kate espiou pela janela e viu os alunos da orquestra arrumando as mochilas. O sinal tocou e, conforme saíam, examinou a turma em busca de Freddie, sem encontrá-lo.

— Ei — Kate chamou um menino que carregava o que parecia um violoncelo. Ele empalideceu um pouco quando notou quem ela era. — Tem algum Gallagher na sua turma?

— Quem?

— Freddie Gallagher — ela disse. — Alto, magro, cabelo preto e toca violino?

O menino deu de ombros.

— Desculpe, nunca vi.

Kate praguejou baixo. O violoncelista aproveitou a oportunidade para escapar.

Os corredores estavam esvaziando. Ela voltou para os armários, chegando a tempo de ver Freddie guardando as coisas na mochila. Kate lançou um olhar para uma aluna no armário ao lado, que fugiu. Ela encostou o ombro no metal.

— Ei.

— Ei — ele disse, remexendo nos livros. — Não paro de encontrar pedaços da floresta nas minhas roupas.

— Eu já me limpei — ela disse. — Não queria que ninguém pensasse besteira.

Ele a fitou sem entender.

— Como assim?

Kate o encarou. Ele a encarou de volta. Então as bochechas dele coraram.

— Ah.

Ela revirou os olhos, lembrando seu objetivo inicial e apontando para o armário.

— Cadê o violino?

— Em casa.

— Pensei que você estivesse na orquestra da escola.

Freddie virou a cabeça.

— Nunca disse que estava.

— Então por que trouxe o violino?

— Como assim?

Ela deu de ombros.

— Por que trouxe o violino para a escola se não está na orquestra?

Freddie fechou o armário com um estalo leve e resoluto, não com um estrondo como todo mundo.

— Se quer mesmo saber, não posso tocar em casa porque as paredes são muito finas. Colton tem salas à prova de som. Foi por isso que eu trouxe.

Kate sentiu sua convicção escapar.

— Entendi — ela disse, tentando manter a voz suave e o tom irônico. — Mas, se não está na orquestra, quando vou ouvir você tocar?

Uma parede surgiu por trás dos olhos de Freddie.

— Nunca.

Aquilo a atingiu como um golpe.

— Por que nunca? — ela perguntou, irritada.

Ele jogou a mochila no ombro.

— Já disse, Kate. Não toco pra ninguém.

— Eu não sou *ninguém* — ela retrucou, de repente irritada e magoada. — Sou uma Harker.

Freddie lhe lançou um olhar de desprezo.

— E daí?

— E daí que você não diz não para mim, não desse jeito.

Ele riu — um som curto e frio — e balançou a cabeça.

— Acredita mesmo nisso, não é? Que esta cidade gira em torno do que você quer porque tem dinheiro e poder, e todo mundo tem medo de dizer não para você. — Ele se aproximou. — Sei que é difícil acreditar, mas nem tudo nesse mundo é sobre *você*. — Ele recuou. — Sinceramente, pensei que fosse melhor do que isso. Acho que estava errado.

Foi a vez de Kate recuar, estupefata. Seu rosto ardia e a raiva queimava seu corpo, quente como carvão. Freddie virou para ir embora, mas a mão dela atingiu o armário ao lado da cabeça dele, bloqueando seu trajeto.

— Quem é você?

A confusão tomou conta do rosto dele.

— O quê?

— *Quem é você?* — Ele tentou afastar a mão, mas Kate segurou seu punho e o empurrou contra o armário. Ela estava cansada. Cansada de joguinhos. Cansada de dar voltas em torno da questão. — Sabe do que estou falando, Freddie. — Kate levou as unhas metalizadas ao pingente sobre a camisa dele. —Você *realmente* não tem cara de Freddie. Ou de Frederick. Ou de Gallagher.

Ele semicerrou os olhos.

— Me solta, Kate.

Ela se aproximou.

— Quem quer que seja — sussurrou —, vou descobrir.

Nesse momento, outra pessoa surgiu, lançando o braço sobre os ombros de Freddie.

— Aí está você! — o menino falou alto. — Estava te procurando por toda parte! — O garotou abriu um sorriso de desculpas para Kate enquanto puxava Freddie para longe dela. Ela deixou a mão cair. — A gente vai se atrasar. Para aquele lance. Sabe? A festa. — Ele foi arrastando Freddie pelo corredor. — Você não esqueceu, não é? Vem...

O outro garoto acenou em despedida, sem olhar para trás, mas Freddie lançou um último olhar incompreensível para ela antes de os dois desaparecerem na esquina do corredor.

A raiva tomava conta de Kate quando ela saiu da escola a passos duros.

Ela tirou um comprimido do frasco que o dr. Landry tinha dado, mas o jogou de volta, repreendendo-se por deixar que logo Freddie tirasse sua calma. *Idiota, idiota, idiota.* Ela achara que ele gostava dela, pensara que a *entendia*, deixara que a afetasse. *Ridícula.* Se havia *alguma coisa* que tinha aprendido com seu pai, era que manter a compostura era controle. Mesmo se fosse apenas uma ilusão.

Sei que é difícil acreditar, mas nem tudo nesse mundo é sobre você.

A raiva ardia em sua carne.

Pensei que fosse melhor do que isso.

Quem ele pensava que era?

Acho que estava errado.

Quem ele era?

Kate chegou ao estacionamento, mas o sedã preto ainda não estava lá. Andou de um lado para o outro tentando respirar fundo para se acalmar, mas não funcionou. Podia sentir seus nervos agitados. Sentou em um banco e tirou um cigarro da bolsa, enfiando-o entre os lábios enquanto observava os alunos saírem da escola feito formigas.

— Srta. Harker! — chamou um inspetor enquanto ela pegava

o isqueiro. — Temos uma política rigorosa de combate ao fumo na escola.

Kate examinou o homem. Ela estava procurando briga, mas seu lado racional admitiu que aquela não era a briga certa.

— Me deixe adivinhar — ela disse, devolvendo o cigarro ao maço. — É um risco à…

Ela ia dizer "saúde", mas algo chamou sua atenção.

Freddie, o outro menino e uma garota que Kate não conhecia estavam caminhando pelo gramado. Os outros estavam sorrindo, mas Freddie sorria e assentia, típico de quando querem que você pense que estão prestando atenção, mas não estão.

Kate observou enquanto a garota dava alguns passos à frente e se virava, erguendo o celular para tirar uma foto dos outros dois. No último minuto, Freddie pôs a mão na frente do rosto. Sorria enquanto fazia isso, mas havia algo estranho no gesto. Quando a menina tentou de novo, Freddie fechou os olhos e virou para o lado. Assim como na foto da escola.

Era algo pequeno, na verdade.

Mas enquanto ela o observava desviar com uma sombra de pânico no rosto, uma única palavra passou na cabeça dela.

Monstro.

Era ridículo — absurdo, paranoico —, mas lá estava a palavra. De repente, seus pensamentos voltaram à foto borrada na página da Colton, à falta de imagens em qualquer lugar no disco externo, ao nome falso, às palavras rabiscadas nas margens do caderno, aos pais superprotetores, ao medalhão roubado, à recusa a tocar para ela, às críticas e à maneira como a encarava, como se dividissem um segredo. Ou como se estivesse guardando um.

Sunais, sunais, olhos de carvão,
com uma melodia sua alma sugarão.

Kate pegou o celular. A garota desistiu de tentar tirar fotos e

Freddie soltou o outro garoto, então se despediu e foi embora. Kate não hesitou. Com a câmera do celular, tirou uma sequência de fotos antes que Freddie pudesse virar.

Um carro buzinou atrás dela. Era o sedã preto.

Kate entrou com o coração acelerado, os dedos grudados na tela. Ela esperou até o carro sair de Colton, esperou até o mundo se anuviar atrás das janelas.

E então, devagar, pegou o celular.

Era uma teoria maluca, Kate sabia. Foi passando pelas fotos, esperando não encontrar nada além do rosto de Freddie olhando para ela. Nas últimas fotos, ele estava de lado, então Kate foi voltando com dedos nervosos até o momento em que a cabeça dele estava virada o bastante para mostrar seu rosto.

Ela passou os olhos pela imagem, observando as calças do uniforme e a polo azul de Colton até a mochila em seu ombro e o cabelo escuro que caía sobre a bochecha e os olhos... mas aí a ilusão acabava. Porque eles não estavam cinza como eram pessoalmente.

Não havia nada além de uma mancha preta, um risco de trevas que a câmera não conseguia capturar.

Você já viu um monstro de perto?

Kate se recostou no banco.

Freddie Gallagher não era um aluno comum.

Ele sequer era humano.

Quem é você?

A voz de Kate o acompanhou até o metrô.

Você não tem cara de Freddie.

Continuou atrás dele pela cidade.

Vou descobrir.

Seguiu-o pela rua.

August ficou aliviado quando chegou ao último andar do complexo Flynn e encontrou o lugar vazio. Deixou a mochila cair na cama ao lado de Allegro e se afundou na poltrona, com os pensamentos a mil.

Sei que é difícil acreditar, mas nem tudo neste mundo é sobre você.

Por que ele havia dito aquilo?

Pensei que fosse melhor do que isso.

O que ele tinha *feito*?

Não com uma explosão, mas com um suspiro.

Uma pergunta.

Quem é você?

Quem quer que você seja... Vou descobrir.

August tirou o pingente de ferro e o atirou na parede. Bateu com força suficiente para amassar o reboco antes de sair rolando pelo chão. Ele cobriu a cabeça com as mãos.

Quem é você?

Quem é você?

Quem é você?

Houve uma batida na porta. Ele ergueu a cabeça bruscamente. Leo estava lá, ocupando o batente todo.

— Pegue um casaco — ele disse. —Vamos sair.

August lançou um olhar para a janela e ficou surpreso ao ver que o sol já havia se posto.

— Para onde? — perguntou.

Leo ergueu uma folha de papel.

— O que acha?

August esfregou os olhos.

— Não estou com fome.

— Não importa. Phillip ainda corre risco de vida e Harris está de licença, então hoje você vai comigo.

Ele não sabia o que havia feito para merecer a atenção do irmão, mas não a queria, não agora, não daquela forma. Leo tinha certa reputação quando o assunto era caça.

— Todo mundo conhece seu rosto — August disse com dificuldade. — Se eu for com você…

—Vão pensar que é um subordinado. Agora *levanta*.

August engoliu em seco e levantou. Estendeu o braço na direção do estojo do violino, mas Leo o deteve.

— Deixe aí.

August pestanejou.

— Não estou enten…

—Você não vai precisar dele hoje.

Ele hesitou. Seu irmão tampouco carregava um instrumento.

— Leo…

—Venha — ordenou o irmão.

August soltou o estojo do violino. Enquanto seguia Leo pelo apartamento, observou ao redor, torcendo para avistar Henry ou

Emily, uma salvação, alguém para detê-los. Mas seus pais não estavam em lugar nenhum, e a porta de Ilsa estava fechada.

Ele não perguntou aonde estavam indo. Para longe da Fenda e do centro da cidade, aquilo era óbvio; rumo à rede, um emaranhado de ruas escurecidas, prédios destroçados nunca reconstruídos. Um lugar para viciados e ex-criminosos que procuravam se esconder da FTF e dos sunais.

—Você está quieto — Leo comentou enquanto desciam a rua. — No que está pensando?

August odiava quando ele fazia perguntas assim, deixando pouco espaço para respostas evasivas. Sua cabeça estava um caos e a última pessoa que queria por perto era seu irmão mais velho, mas a resposta já estava em seus lábios.

— Kate Harker.

— O que tem ela?

Era uma pergunta ainda mais difícil de responder, porque August não sabia ao certo. Tudo estava correndo bem. E, então, algo tinha dado errado, o equilíbrio vacilara, perdera-se. Por que todos tinham de estragar o silêncio com perguntas? A verdade era uma coisa desastrosa.

— August — Leo pressionou.

— Ela sabe que estou guardando um segredo.

Leo olhou para trás.

— Mas não sabe qual é?

August se inquietou.

— Ainda não.

— Que bom — ele disse, com a voz irritantemente calma.

— Como isso pode ser bom?

— Todo mundo tem segredos. Isso é normal.

— *Nenhum* dos *meus* segredos é normal, Leo. — August enfiou as mãos no casaco. — Acho que eu deveria sair de Colton.

— Não.

— Mas...

Leo parou.

— Se você sair da escola de repente, vão descobrir o motivo. Sua identidade vai estar perdida. Não estou disposto a trocar a possibilidade de um problema pela certeza de um.

— Ela não vai parar de fazer perguntas — August disse.

Leo voltou a andar.

— Se descobrir a verdade, você vai saber. Ela mesma vai dizer. Até lá, você fica na escola.

— E se descobrir? O que vamos fazer?

— A gente cuida disso.

A maneira como ele disse aquilo deixou August nervoso.

— Ela é inocente.

Leo lançou o olhar negro contra o irmão.

— Não — ele disse. — Ela é uma *Harker*.

Kate não ligou a música quando chegou em casa.

Pela primeira vez, ela não quis abafar seus pensamentos. Precisava de todos eles, em alto e bom som. Foi direto para o quarto e trancou a porta. Deixou o celular na mesa voltado para baixo, tirou o tablet da mochila e acessou o disco externo.

Sunais, sunais, olhos de carvão...

Durante todo o trajeto para casa, sua cabeça havia girado em torno do pouco que sabia sobre a terceira espécie de monstros.

O pouco que *todos* sabiam.

Sunai... A simples palavra bastava para agitar as outras criaturas e irritar seu pai. Mas não parava por aí. Os sunais eram *raros* — muito mais do que os corsais ou os malchais —, e mesmo assim deixavam Harker apreensivo. Provavelmente por causa dos catalisadores. Os corsais pareciam surgir de atos violentos, mas não letais, enquanto os malchais se originavam de homicídios. Os sunais, pelo que diziam, vinham dos crimes mais sombrios de todos: bombardeios, tiroteios, massacres, eventos que não tiravam apenas uma, mas *muitas* vidas. Toda a dor e a morte se juntando em algo verdadeiramente terrível. Se o catalisador de um monstro era um indício de sua natureza, então os sunais eram os piores seres para se encontrar no meio da noite.

O fato de que a Cidade Sul provavelmente alimentava os rumores não ajudava. Alguns diziam que Flynn mantinha os sunais como cães raivosos. Outros, que ele os tratava como parte da família. Outros ainda afirmavam que os monstros estavam disfarçados nas fileiras da FTF. Havia também uma teoria, menos provável, que alegava que eles eram capazes de mudar de rosto. Controlar mentes. Fazer as pessoas esquecerem que os tinham conhecido... isso se elas vivessem o bastante para contar.

Os sunais eram sádicos. Perversos. Invencíveis.

E, além de tudo, *pareciam humanos*.

O pouco que Harker e seus homens realmente sabiam sobre os sunais era sobre um monstro em especial. O único que já haviam conseguido filmar.

Kate entrou na rede particular de seu pai e digitou o nome na busca de imagens: *LEO*.

Ele havia participado da primeira batalha, como braço direito de Flynn, quando Harker tentou dominar toda a cidade, doze anos antes. E não tinha sido tímido. Kate passou por mais de uma dezena de ícones de vídeos na tela, todos datados de antes da trégua. Eles se dividiam em duas categorias:

Leo_Música
Leo_Tortura

Kate mordeu o lábio, hesitando um momento antes de clicar em um dos vídeos da categoria "música". A filmagem era de mais de uma década antes, de uma câmera de segurança em um ângulo estranho, mas o sunai estava no enquadramento, não escondido entre as sombras ou no fundo de um beco escuro, mas sentado num banquinho sob um holofote. Leo aparecia sentado no palco do que parecia um bar, com um pé para cima e um violão feito de aço equilibrado no joelho. Mesmo daquele ângulo, Kate conseguia ver que ele era alto, loiro e bonito. Tirando os olhos, que lançavam linhas pretas para a câmera toda vez que os voltava para cima, não parecia um monstro.

Kate imaginou que era aquilo que o tornava tão perigoso.

Não havia som na filmagem, mas, quando Leo começou a tocar, a garota se pegou virando a cabeça, deixando o ouvido bom perto da tela, *querendo* ouvir a música. E, mesmo com a filmagem granulada e o salão escuro, Kate conseguiu ver o público se inclinar para a frente.

De repente o salão não estava mais escuro. No começo, ela pensou que alguém tinha acendido as lâmpadas, mas então percebeu que o próprio público começava a brilhar. As pessoas não pareciam notar a luz — não pareciam notar nada. Estavam tão imóveis que Kate pensou que a filmagem tinha travado. Mas não era possível, porque os dedos de Leo ainda dedilhavam as cordas do violão.

Um movimento chamou sua atenção — quando duas pessoas levantaram, bem devagar, como se levadas pela água. A luz que vinha de sua pele era diferente, desagradável, e ambas caminhavam em direção ao palco com passos lentos e firmes, como se estivessem em transe, com os lábios se movendo, mas a expressão vazia.

Quando chegaram perto, Leo parou de tocar.

Ele levantou do banquinho, deixou o violão de lado e desceu

da plataforma para cumprimentar as duas figuras cintilantes como se fossem fãs.

E, então, ele fechou as mãos em volta da garganta delas.

As pessoas não reagiram, não se debateram, nem mesmo quando ele as ergueu no ar. Kate observou conforme a luz sob a pele deles tremulava e então começava a se desgarrar de seus corpos e ir em direção ao corpo de Leo, enchendo-o daquele brilho estranho. Ela viu a luz escorrer e se apagar, viu os olhos delas paralisarem, negros, e mesmo então Leo não as soltou. Ficou parado, com os olhos fechados e a cabeça para trás, parecendo quase sereno enquanto as duas pessoas caíam lânguidas, como cascas ocas. Finalmente, ele soltou os corpos e retornou ao palco, então pegou o violão e saiu.

O brilho da plateia se apagou e, um a um, todos voltaram a se mover, como se tivessem acabado de acordar — devagar no começo e então freneticamente, ao ver os corpos no chão.

Kate ficou imóvel, arrepiada. Não era o ato de matar que a incomodava — tanto monstros como homens faziam aquilo — nem a serenidade arrepiante no rosto do sunai. Era o fato de que ele os matava com um *som*. Aquelas pessoas estavam mortas no minuto em que começara a tocar. Movidas por cordas como marionetes.

Ela pensou no violino de Freddie, subitamente grata por ele ter se recusado a tocar, mesmo sem saber o porquê. Estaria tentando poupá-la? Ou apenas esperando o sinal de Flynn?

Voltou a atenção à tela. Ela não era como as pessoas naquela multidão, caminhando diretamente para as mãos da morte. Não. Kate tinha uma vantagem, conhecia o rosto de seu monstro e sua arma. Agora, tudo o que precisava fazer era encontrar sua fraqueza.

Ela fechou o vídeo e estava prestes a sair da página quando se lembrou da segunda aba.

Tortura.

Se os sunais usavam *música* para atrair sua presa, então o que seria aquilo?

Prendeu o cabelo, acendeu um cigarro e clicou no próximo vídeo.

— Quem estamos caçando? — August perguntou.

Eles estavam na varanda da frente de uma casa geminada, com janelas fechadas por tábuas e tapumes empenados. Na porta, em tinta vermelha, haviam sido pintados os dizeres NÃO SE APROXIME.

Como se palavras tivessem poder ali.

— Dois homens — respondeu Leo.

Ele arregaçou as mangas, revelando as pequenas cruzes negras que corriam como abotoaduras em volta dos dois antebraços. As marcas eram muito poucas em número, sendo removidas toda vez que ele se entregava às trevas. Leo não sucumbia porque não tinha controle — ele tinha controle de sobra. Leo sucumbia simplesmente porque *gostava* da sensação. *É como tirar o casaco num dia quente.* Aquele pensamento fez August sentir um calafrio.

— Irmãos — Leo continuou. — São responsáveis pela morte de seis pessoas. Briga de gangues. Drogas. Imagino que estejam armados.

— E você me fez deixar o violino em casa?

Leo enfiou a mão na jaqueta. August imaginou que ele pegaria um de seus instrumentos. Em vez disso, tirou uma longa e fina faca e a passou para August.

— Para que é isso? — ele perguntou.

Leo não respondeu. Estava encarando a própria mão, agora vazia. August observou as trevas começarem a se revirar em seus dedos. Recuou por reflexo, mas apenas a mão de Leo tinha sido tomada pelas sombras. A maneira como ele alternava entre as duas formas só funcionava porque havia derrubado as paredes entre elas. August tentou imaginar como Leo havia sido antes de dissipar sua humanidade, mas não conseguiu. Observou enquanto o irmão estendia a mão escurecida e segurava a maçaneta enferrujada. O metal cedeu feito papel sob seu toque. A porta abriu.

— Faça o que eu disser — Leo ordenou, a voz mais grossa, estranha e ressoante.

— Como sabe que estão aí? — August sussurrou.

— Consigo sentir o cheiro de sangue das mãos deles — Leo respondeu. Quando as trevas recuaram em sua pele, sua voz retornou ao normal. Ele entrou a passos largos e August o seguiu, fechando a porta atrás de si.

A casa estava escura e cheirava a fumaça e bebida. Quando se moviam, as tábuas rangiam sob seus pés. August se encolheu. Leo não. Eles chegaram ao centro da sala e pararam. Leo inclinou a cabeça para ouvir. Então August ouviu também. As tábuas rangeram novamente. Os dois ficaram imóveis.

O primeiro homem surgiu do nada. Partiu para cima de Leo, que foi mais rápido: pegou-o em pleno ar e o jogou contra as tábuas podres com tanta força que elas se quebraram. O agressor se contorceu e soltou alguns palavrões, mas Leo agachou calmamente sobre ele como um gato que prende um rato, sem a alegria da brincadeira.

— Como você se chama? — Leo perguntou e o ar vibrou com sua influência.

— Foster — soltou o bandido. Sua sombra se contorcia sob ele, agarrando-se ao chão partido.

— Foster — repetiu Leo. — Está sozinho aqui?

O homem se debateu e tossiu antes de responder:

— Não.

August apertou a faca instintivamente, mas seu irmão não parecia preocupado. Levantou Foster com um puxão e o girou de maneira que as costas do homem ficassem pressionadas contra seu peito.

— Preste atenção, August — Leo disse. — Existe mais de uma maneira de trazer uma alma à superfície.

Com isso, torceu o braço de Foster atrás das costas. O homem berrou. August se encolheu, mas Leo se manteve calmo e impassível. Continuou torcendo o braço do homem até o irmão ouvir os ligamentos se romperem e o grito que veio a seguir.

— Por que está fazendo isso? — August perguntou.

— Para ensinar você — Leo disse. Ele torceu o braço com mais força. Foster começou a chorar. Deu para ouvir seus ossos se quebrarem. August observou, horrorizado, o suor escorrer pelo rosto do homem. Então, a pele dele começou a brilhar em um tom de vermelho. A luz subiu à superfície feito sangue e começou a passar do corpo de Foster para o de Leo.

— Desculpe — o homem engasgou, sua confissão saindo entre soluços sem fôlego. — Desculpe. Fiz o que precisava. Se eu não os matasse, teriam me matado. — Leo torceu mais o braço do homem, que soluçou entre o estalar e o quebrar de ossos. O som revirou o estômago de August.

— Pare com isso, Leo — ele disse. — Por que está fazendo ele sofrer desse jeito?

Lágrimas escorriam pelo rosto de Foster enquanto a vida escapava dele.

— Desculpe — o homem gritou. — Por favor, desculpe...

Leo estava impassível.

— Por que *não* fazer com que sofra? — rebateu, fitando August nos olhos enquanto o homem lamentava. — Estas pessoas são más. Fazem coisas ruins. Ferem, matam e maculam esse mundo com sangue, trevas e crueldade. — Leo quase gritava para se fazer ouvir sobre os lamentos de Foster. — Por que deveriam partir em paz? Por que não deveriam sofrer pelos seus pecados?

— Desculpe... — A voz de Foster sumiu, junto com a luz sob sua pele. Seus olhos queimaram, tombando para dentro.

— Nosso propósito não é trazer paz — Leo disse, deixando o corpo quebrado cair no chão. — É aplicar a penitência. — August abriu a boca para discordar, mas Leo o interrompeu: — Cuidado!

Foi tudo muito rápido. Um segundo homem atacou August por trás. Ele não teve a chance de pensar, parar, soltar a arma e sair do caminho. Virou bem a tempo de enfiar a faca no estômago do agressor. August olhou para baixo e, com um misto de espanto e horror, viu a lâmina entre as costelas do homem, que emitiu um som estrangulado de dor. A alma dele jorrou para a superfície, e August perdeu o fôlego quando a energia o atingiu como um balde de água fria, súbita, cintilante e tão gelada que chegava a doer. Seus dedos ficaram tensos em volta da faca. O homem tentou agarrar sua garganta, mas suas mãos vacilaram. Ele raspou as unhas fracamente em sua pele.

— Eles mereceram — o homem disse enquanto tossia, com os lábios manchados de sangue. Suas pernas começaram a titubear, mas August o manteve de pé. A vida dele corria entre os dois de maneira brusca e elétrica. — Todos mereceram. Esse mundo... sujo... Todos... vamos...

A fala do homem foi interrompida quando ele mergulhou rumo à morte. August ficou parado, no escuro, tremendo com aquela força, sentindo que havia tomado os crimes do homem com sua vida. Aquilo era o oposto de paz. Ele se sentia vivo — muito vivo —, mas maculado, com seus sentidos a mil e um emaranhado de pensamentos e sentimentos sombrios na cabeça. August estava se afogando, tremendo e queimando vivo. Precisou fechar os olhos e forçar o ar a entrar até as sensações se acalmarem e sua mente parar de girar. Só então conseguiu voltar para dentro de sua cabeça, para dentro de sua pele. Quando a sala ao redor dele voltou a tomar forma, a primeira coisa que viu foi a faca coberta de sangue. Sentiu uma mão em seu ombro e encontrou Leo ao seu lado, parecendo orgulhoso.

O que só fez August se sentir pior.

—Vai ficar mais fácil — Leo prometeu, pegando a faca.

Mas August olhou para os cadáveres, os corpos quebrados, com suas sombras imóveis.

— É para ser fácil?

Kate encarou a tela, na qual um cadáver ensanguentado e disforme jazia contorcido no chão. Ele tinha demorado muito para morrer. Ou melhor: Leo havia demorado muito para matá-lo. Ele tinha usado apenas as mãos, o que significava que não precisavam de música para roubar as almas. Como diziam? Todos os caminhos levam a Roma.

Ela nunca tinha entendido aquela frase.

Até então.

A única coisa que não fazia sentido eram as marcas. Leo também as tinha, pequenas cruzes em volta dos punhos.

"Uma marca para cada dia sem recaída", foi o que Freddie havia dito. O que obviamente não era toda a verdade, mas não podia ser mentira. Monstros não mentiam.

— Nossa Kate, sempre uma sonhadora.

Ela teve um sobressalto ao ver Sloan parado no batente, com um sorriso maldoso no rosto repulsivo. Não sabia ao certo quanto tempo fazia que ele estava lá — nem quanto tempo fazia que estava sentada, encarando a imagem congelada de Leo em meio aos destroços, pensando em Freddie. Ela saiu do disco externo e deixou o tablet sobre a mesa.

— O que foi? — perguntou.

Sloan desceu a unha pontiaguda distraidamente pelo caixilho de madeira da porta, produzindo um som agudo. Kate resistiu ao impulso de tocar o corte que ele havia feito em sua bochecha.

— Seu pai não volta hoje.

Ela apertou a cadeira com força.

—Ah, é? — A ideia de ficar a sós com aquele malchai lhe dava calafrios, mas Kate sabia que o melhor era não demonstrar. Se Sloan soubesse como a deixava incomodada, só a atormentaria mais. — Nada muito grave, imagino.

— Nada que ele não consiga resolver — Sloan disse.

Ela o observou se afastar, hesitante. Então pegou o celular e correu atrás dele.

— Ei — Kate chamou, seguindo o malchai pela cobertura. Ele não estava lá. — Sloan? — Nada. Então ela sentiu uma respiração fria em seu pescoço.

— Sim, Kate? — disse uma voz perto do ouvido ruim. Ela não se assustou. Virou, deu um passo cuidadoso para trás, para longe do alcance dele, e se concentrou no H gravado em sua pele em vez de nos olhos vermelhos, lembrando a si mesma que Sloan pertencia a seu pai. A *ela*.

— Quero perguntar uma coisa.

Os lábios pálidos dele se curvaram em repulsa.

—Acho melhor não — Sloan disse, friamente.

— O que você sabe sobre os sunais?

O malchai ficou imóvel. Uma sombra perpassou seu rosto antes de retomar a calma habitual. Ele inclinou a cabeça, examinando-a. Mas não podia mentir.

— Eles são diferentes de *nós* — disse —, assim como somos diferentes dos corsais. — Sloan torceu o nariz ao falar. — Parecem humanos, mas essa não é sua forma real.

Kate franziu a testa. Não havia arquivos ou filmagens dos monstros em outra forma. Como seria um sunai, afinal de contas?

— É verdade que se alimentam de almas?

— Eles se alimentam de *força vital*.

— Como se mata um?

— Não se mata — Sloan respondeu simplesmente. — Os sunais são indestrutíveis.

— Nada é indestrutível — disse Kate. — Tudo tem um ponto fraco.

— Pode ser — ele concordou. — Mas, se eles têm um, não demonstram.

— É por isso que os outros monstros têm medo deles?

— Não é uma questão de *medo* — Sloan falou mais alto. — Nós os evitamos porque não podemos nos alimentar deles. Assim como eles não podem se alimentar de nós.

— Mas *vocês* podem ser mortos. — Os olhos vermelhos de Sloan se estreitaram, mas ele não disse nada. Kate continuou: — Quantos existem?

O malchai suspirou, visivelmente cansado do interrogatório.

— Até onde sei, três.

Filho único?

Caçula.

— O primeiro, Leo, todos conhecem — disse Sloan. — Ele se considera juiz, júri e executor.

—Você já o viu? — Kate perguntou.

A expressão de Sloan ficou sombria.

— Nossos caminhos se cruzaram. — Ele desabotoou a gola da camisa e a puxou para o lado para revelar a pele branco-azulada repulsiva coberta por cicatrizes, como se alguém tivesse tentado abrir o escudo ósseo de seu peito com garras.

— Parece que ele venceu — disse Kate.

— Talvez. — Um sorriso perverso se abriu no rosto de Sloan quando ele encostou uma única unha afiada acima do olho. — Mas eu deixei minha marca.

Ela tinha visto uma foto recente de Leo, com uma cicatriz estreita em sua sobrancelha esquerda como uma lasca em uma estátua, o único defeito em seu rosto impecável.

— E os outros dois?

— A segunda sunai foi quem fez o Árido. — Os olhos de Kate se arregalaram. Ela já tinha visto o espaço estéril no centro da cidade, ouvido falar sobre a catástrofe, sobre as centenas de vidas perdidas, mas imaginara que era o resultado de uma arma poderosa, não de um único monstro. — Ela não pode sair da torre por causa da trégua. E o terceiro... — continuou Sloan — é um mistério.

Não para mim, pensou Kate, segurando o celular.

Ela podia ver que a trégua estava vacilando, sabia que era apenas uma questão de tempo até ser quebrada. Os monstros estavam inquietos e a atenção de seu pai retornava à Fenda. Os sunais sempre foram a melhor arma de Flynn. Se pudessem ser caçados, se pudessem ser mortos ou mesmo capturados, a Cidade Sul não teria a mínima chance contra Harker.

Sloan ainda a observava.

— Você está muito curiosa hoje, pequena Katherine.

Ela o encarou.

— Conhecimento nunca é demais — disse casualmente, indo pegar uma bebida e se dirigindo ao quarto, onde trancou a porta e pegou o celular.

Ela poderia dar aquilo ao pai, a identidade do terceiro sunai... ou poderia dar algo melhor. Poderia lhe dar Freddie Gallagher.

Mostrar para ele que era uma Harker.

As palavras de Sloan ressoaram em sua mente.

Você sempre vai ser nossa pequena Katherine.

Kate apertou o botão para deletar as fotos, uma a uma a uma.

Não mais.

August queria sair de dentro de sua pele.

Eles voltaram ao complexo em silêncio — bom, *ele* voltou ao complexo em silêncio. Leo estava pregando. Era assim que August via os sermões de seu irmão sobre a ordem natural do mundo. Como se houvesse algo de natural neles. No que tinham acabado de fazer. August conseguia sentir o sangue do homem secando em seus dedos. Conseguia sentir a alma dele girando em sua cabeça.

— Seu problema, August, é que você resiste. Luta contra a maré, em vez de deixar que ela o carregue... — Os olhos negros de Leo brilhavam, ardentes de fervor. Pelo menos, quando ele ficava assim, não obrigava August a responder perguntas sobre sua fome, seus pensamentos, sua necessidade de se sentir humano. — Assim como luta contra sua chama interior. Você poderia arder com tanta força...

August sentiu um calafrio percorrer seu corpo.

— Eu não quero... — ele disse, batendo os dentes. Aquilo era o oposto de fome. Era pior.

— Deixe de ser egoísta — Leo disse. — Não fomos feitos para *querer*. Isso não está em nossas mãos.

Isso não está nas suas mãos, August sentiu vontade de dizer, *porque você extinguiu tudo.*

Eles chegaram ao complexo, passaram pelos guardas e entraram no elevador. August cerrou os dentes enquanto subiam, com medo de que, se abrisse a boca, fosse deixar algo escapar. Talvez um soluço ou um grito. A vida do homem zumbia dentro dele como um enxame de abelhas.

O que você fez comigo?

O que me obrigou a fazer?

No momento em que as portas do elevador se abriram, ele saiu batendo os pés, traçando uma linha reta em direção ao quarto.

— Onde vocês estavam? — Henry perguntou.

— Isso é sangue? — acrescentou Emily.

August não parou.

— Leo?

— Eu estava ensinando uma lição a ele.

— O que...

— Não se preocupe, Henry. Ele vai ficar bem.

August fechou a porta e se recostou na madeira. Não tinha fechadura, então continuou ali até ter certeza de que ninguém viria procurá-lo, depois soltou um suspiro trêmulo e tirou a jaqueta da FTF. Deixou as luzes apagadas e caiu na cama. Enfiou os dedos entre as costelas, tentando parar o zumbido, mas não funcionou — assim que fechou os olhos, o zumbido se transformou em gritos. Ele vasculhou embaixo dos lençóis amarrotados até encontrar o player de música e enfiou os fones nos ouvidos.

Algo pulou em sua cama. August virou para ver Allegro caminhando na direção dele, mas o gato parou logo antes de alcançá-lo, semicerrando os olhos brilhantes com desconfiança. Quando August foi acariciá-lo, Allegro recuou e saiu correndo.

Animais conseguem ver a diferença entre o bem e o mal, sabia?

— Desculpe — ele sussurrou no escuro. — Não tive escolha.

As palavras deixaram um gosto amargo em sua boca. Quantas vezes haviam dito aquilo para ele? Não mudava nada. A confissão não poderia desfazer o crime, nada poderia. Então August aumentou o volume da música até abafar o som de todo o resto.

Era de madrugada, mas ele não conseguia dormir.

O zumbido tinha finalmente cessado, mas seus nervos estavam à flor da pele. Ele foi para a cozinha na ponta dos pés e pegou um copo de água. Não estava com sede, mas isso o acalmou de alguma forma, fazendo com que se sentisse normal.

Sua atenção se voltou para uma pilha de pastas sobre o balcão. Estava prestes a pegá-las quando ouviu algo arranhando na escuridão. Deixou o copo de lado sem beber e encontrou Allegro andando de um lado para o outro na frente da porta de Ilsa.

August bateu. A porta não estava totalmente fechada e abriu ao seu toque. Do lado de dentro, as luzes estavam apagadas e a primeira coisa que ele viu foram as estrelas. Todas as superfícies no quarto de Ilsa estavam cobertas de estrelas, pequenos pontos de luz de fibra óptica espalhados pelo teto, pelas paredes e pelo chão. Sua irmã estava na janela, o cabelo avermelhado solto, estranhamente leve, enroscando-se no ar em volta do rosto. Seus dedos estavam abertos sobre o vidro da janela. Ilsa usava uma regata, de modo que suas próprias estrelinhas pretas podiam ser vistas descendo pelos ombros até os braços.

Duas mil cento e sessenta e três.

August não conseguia conciliar a Ilsa na sua frente, doce e gentil, com o monstro cuja voz havia, sabe-se lá como, arrasado um pedaço do mundo e de todos que estavam nele.

Ilsa, nossa irmã, o anjo da morte.

Ele queria perguntar sobre aquele dia. Queria saber o que havia acontecido, qual era a sensação de conviver com tantas mortes. Queria, mas não ia perguntar.

Allegro caminhou para a cama a passos surdos. August estava prestes a sair quando sua irmã falou, tão baixo que ele quase não ouviu:

— Está tudo caindo aos pedaços. — Seus dedos se contorceram no vidro. August entrou com cuidado, silenciosamente. — Ruindo — Ilsa continuou. — Não das cinzas às cinzas, do pó ao pó, como deve ser, mas desacertado, como quando uma fenda começa a surgir em uma pedra e cresce e cresce e cresce, e você não sabe até o dia em que ela… — Ilsa pressionou os dedos contra a janela, e ranhuras finas começaram a se espalhar pelo vidro.

August colocou a mão sobre a da irmã.

— Consigo sentir as fendas. Mas não sei… — Ela fechou os olhos e depois os arregalou. — Não sei dizer se estão fora ou dentro de mim, ou em todos os lugares. É egoísta torcer para que estejam fora, August?

— Não — ele disse gentilmente.

Os dois ficaram em silêncio por um tempo. Quando Ilsa falou, sua voz era mais firme.

— Treze. Vinte e seis. Duzentos e dezessete.

August franziu a testa.

— O que é isso?

— Treze malchais. Vinte e seis corsais. Duzentos e dezessete humanos. O total de mortes na praça Lyle. — August ajeitou a postura. Só percebeu que ainda estava segurando a mão dela quando Ilsa a tirou do vidro. — Aquele era o nome do lugar, antes de ser chamado de Árido. Eles estavam fazendo um reagrupamento de tropas, por isso tinha tanta gente lá. Eu não queria, August. Mas precisava fazer alguma coisa. Leo não estava lá, o agrupamento crescia e… Eu só queria ajudar. Nunca tinha sucumbido às trevas antes. Não sabia o que ia acontecer. Leo fazia parecer tão simples... Pensei que todos ardíamos da mesma forma, mas ele queima como uma tocha e...

E Ilsa queimava como um incêndio.

E August?

"Você poderia arder com tanta força", foi o que Leo havia dito para ele. "Se permitir."

— Era de noite — Ilsa sussurrou —, mas todos deixavam sombras. — Quando ela o encarou de novo, seus olhos pareciam assombrados e escuros. — Não quero queimar de novo, August, mas, se quebrarem a trégua, vou ter que fazer isso e mais pessoas vão morrer. — Ela estremeceu. — Não quero que morram por minha causa.

— Eu sei — August sussurrou, puxando-a para longe da janela trincada. — Vamos encontrar outra maneira.

Se a guerra chegasse, quantos mataria para que ela fosse poupada da tarefa?, ele se perguntou. Com que força conseguiria arder? Pensou na faca, na vida avançando por seu corpo, no enjoo e na promessa de Leo de que melhoraria. Ficaria mais fácil.

Ilsa afundou na cama. Allegro pulou em cima dela e se aninhou em seu colo. Ela não notou.

— Vou ficar aqui — August disse. — Até você pegar no sono.

Ilsa deitou de lado e ele sentou no chão, com a cabeça encostada na cama. Os dedos dela acariciavam seu cabelo distraidamente.

— Consigo sentir as rachaduras — Ilsa sussurrou.

— Está tudo bem — ele respondeu aos sussurros. Allegro desceu, examinou-o com seus olhinhos verdes e deitou em seu colo. August suspirou aliviado.

— Tudo se quebra — murmurou sua irmã.

— Calma, Ilsa — ele disse, erguendo os olhos para as estrelas no teto.

— Se parte...

— Calma...

Ele pegou no sono cercado pela voz dela, pelo ronronado de Allegro e pelas centenas de estrelas.

Kate espalhou suas ferramentas sobre a cama.

Fita adesiva (cuja utilidade não podia ser superestimada), meia dúzia de lacres enforca-gatos de cobre e um conjunto de estacas de ferro do tamanho de seu antebraço (no mínimo, iam deixá-lo mais lento). Ela considerou a seleção escassa, sentindo que estava indo para a batalha com apenas um palito de dente, depois guardou as ferramentas na mochila.

Estava passando pela cozinha de uniforme para ir embora quando notou Callum Harker sentado no sofá da sala.

Ela mal tinha visto o pai desde os julgamentos no porão, mas ali estava ele, com os braços estendidos no encosto de couro reluzente. Mais um passo em sua direção e Kate percebeu que ele não estava sozinho — Sloan estava ajoelhado ao lado dele, de cabeça baixa, rígido como uma estátua, ou um cadáver. Harker falava baixo com o malchai. Kate não conseguia ouvir e hesitou, sentindo-se uma intrusa. Mas aquela casa também era *dela*. Pegou uma caneca e se serviu de café, sem se esforçar para não fazer barulho. Harker a ouviu, então fez um movimento curto com a mão. Sloan levantou e ficou perto da janela. A luz matinal parecia atravessar sua pele azulada.

— Bom dia, Katherine — disse seu pai, a voz mais alta.

Kate tomou um longo gole de café, ignorando a maneira como o líquido queimava sua garganta.

— Bom dia.

Ela o imaginou perguntando como estava se adaptando à casa, e se imaginou respondendo que não precisava de Sloan por perto. Talvez o pai perguntasse sobre a escola, e ela poderia dizer que tinha conhecido um garoto e planejava levá-lo para casa. Mas ele não fez nenhuma dessas perguntas, claro, então ela não podia respondê-las. Em vez disso, Kate disse:

— Acordou cedo.

— Na verdade — ele disse —, passei a noite toda acordado. — O pai tirou os braços do sofá e levantou. — Pensei em ficar acordado um pouco mais para ver você sair.

Uma esperança vibrou dentro dela, seguida quase imediatamente por desconfiança.

— Por quê? — questionou, assoprando o café.

Harker atravessou a sala, movendo-se com os passos seguros de quem tinha o mundo a seus pés.

— Sou seu pai — ele disse, como se fosse uma explicação. — Além disso, queria dar uma coisa a você. — Ele estendeu a mão. — Algo mais adequado para uma Harker.

Kate viu um novo pingente cintilando na palma dele. Parecia uma grande moeda na ponta de uma corrente fina, com o V gravado e envolta por nove granadas, que brilhavam como gotas de sangue.

— É de prata — ele disse. — Mais delicado do que ferro, mas ainda puro.

Kate tentou descobrir o motivo do gesto. A armadilha.

— Era da minha mãe?

— Não — ele disse, sério. — Era meu. E agora é seu. — Harker passou para trás dela e jogou seu cabelo de lado para tirar o medalhão convencional. — Um dia — ele disse, ajeitando a corrente de prata em volta de sua garganta — talvez você tenha mais do que meu pingente. — Ela se virou para encará-lo, aquele homem de quem tinha herdado pouco mais que os olhos e o cabelo, aquele pai que sempre tinha sido uma sombra em sua vida, mais uma lenda do que uma realidade. O cavaleiro em uma história, forte, estoico e sempre distante. Ele era tudo o que Kate tinha agora. Seria ela tudo o que ele tinha também?

Atrás de seu pai, Kate encontrou os olhos vermelhos de Sloan.

— Sei que você não me quer aqui — ela disse ao pai, mantendo o olhar no malchai.

Kate esperou, parte dela torcendo que ele negasse, coisa que Harker não fez.

— Nenhum pai quer a filha em perigo — ele disse. — Já perdi sua mãe, Katherine. Não quero perder você também.

Você perdeu minha mãe para o medo, ela teve vontade de dizer. *Para os monstros dela, não para os que seguem você.*

— Mas você merece uma chance — Harker continuou. — É isso que quer, não é? Provar que aqui, ao meu lado, é o seu lugar?

O malchai estreitou os olhos.

— Quero uma chance de mostrar — ela disse, encarando o pai nos olhos — que sou *sua* filha.

Harker deu um sorriso sem dentes, que não passava de um leve curvar de lábios.

— É melhor você ir — ele disse. — Ou vai se atrasar pra aula.

O elevador estava esperando. Quando as portas fecharam, Kate observou seu reflexo e levou os dedos ao pingente de prata.

Também tenho uma coisa pra você, ela pensou, segurando o medalhão.

Mal podia esperar para ver a cara de seu pai quando trouxesse o sunai aos seus pés. Então ele saberia — sem sombra de dúvida — que ela era uma Harker.

— Ei, quer carona?

O ar matinal estava parado e denso, e August tentava enfiar a jaqueta de Colton na mochila em frente à casa de Paris. Ele ergueu os olhos e viu um sedã preto parado no meio-fio, com Kate Harker encostada nele. Seus dedos apertaram tensos o estojo do violino.

— Hum. — Ele olhou para trás, para o prédio de Paris. — Como sabe onde eu moro?

Kate lhe lançou um olhar que dizia "Sou uma Harker" antes de abrir a porta do carro.

—Vem. Pode entrar.

Em resposta, August deu um passo para *trás*. Não um passo grande — poderia ser interpretado como uma transferência de peso de um pé para o outro —, mas mesmo assim se arrependeu.

—Tudo bem. — Ele deu de ombros. — Não precisa…

— Não seja ridículo — Kate interrompeu. — Estamos indo pro mesmo lugar. Por que sofrer no metrô quando pode ir em um carro em perfeito estado?

Porque o carro em perfeito estado está acompanhado de uma menina perfeitamente perigosa, August pensou, mas conseguiu não dizer em voz alta. Hesitou, sem saber o que fazer. Poderia haver câmeras no carro. Poderia ser uma armadilha. Poderia…

— Pelo amor de Deus, Freddie. É só uma carona para a escola.

Ela se virou e entrou sem fechar a porta, num convite — ou talvez num comando.

Má ideia má ideia má ideia, era o que passava na mente de August, fazendo seu coração martelar enquanto se aproximava do sedã. Ele parou diante da porta aberta, respirou fundo, abaixou a cabeça e entrou, fechando a porta atrás de si com um estalo que fez uma nova onda de pânico tremular em seu peito.

O monstro é você, August pensou, seguido automaticamente por:

Você não é um monstro. Então, em desespero: *fica calmo fica calmo fica calmo*. Seus pensamentos estavam fora de controle.

O carro tinha dois bancos, um voltado para a frente e outro para trás, e Kate já tinha sentado no primeiro, então ele sentou no outro. Ficar de costas para o motorista o deixava *quase* tão nervoso quanto ficar de frente para Kate, mas, antes que pudesse dizer ou fazer alguma coisa, o carro estava se movendo e, momentos depois, o prédio de Paris sumiu de vista. Ele conseguia sentir Kate o observando. Quando a encarou nos olhos, viu que estavam voltados para sua camisa.

—Você não está usando o medalhão — ela disse.

O coração de August parou. Ele soube, antes mesmo de olhar para baixo, que ela estava certa. Não sentia o formigar e o peso do ferro porque o medalhão ainda estava no chão de seu quarto, onde o havia jogado na noite anterior.

August resmungou e recostou a cabeça no banco.

— Meu pai vai me matar — ele murmurou.

Kate deu de ombros.

— Não tem problema — ela disse, abrindo um pequeno sorriso. — Mas você precisa chegar em casa antes do anoitecer. — August não soube dizer se ela estava brincando.

O carro cortava as ruas, veloz, deixando a cidade para trás da cabeça de Kate. Suas unhas, normalmente tamborilando uma batida curta e metálica, estavam curvadas nas palmas das mãos.

Se descobrir a verdade, você vai saber.

Ele observou o peito dela subir e seus lábios se abrirem.

Ela mesma vai dizer.

August se preparou, mas, quando Kate abriu a boca, tudo que disse foi:

— Quero pedir desculpas.

— Pelo quê? — August perguntou, e ela lhe lançou um daqueles olhares que não eram exatamente de surpresa. — Ah — ele continuou —, você quer dizer por me atacar no corredor.

Kate assentiu, abriu a boca e depois fechou de novo. August ficou tenso. Ela parecia se esforçar para encontrar as palavras certas. Estaria tentando se conter? Seria capaz? Ele observou enquanto ela brincava com o medalhão em volta da garganta. Era novo, de prata polida com pedras vermelho-sangue.

— Escute — Kate disse finalmente —, crescer do jeito que eu cresci, acho que acabou me deixando...

— Paranoica?

Os olhos dela se estreitaram.

— Eu ia dizer "reservada". Mas sim, tem razão, um pouquinho paranoica. — Ela soltou o medalhão. — Não existe muita confiança na minha família. Não espero que você entenda.

August queria dizer que entendia, mas não conseguiu, porque não era verdade. Apesar de todas as suas diferenças, Ilsa e Leo eram como sua família, assim como os Flynn. E confiava neles.

— No momento em que conheci você — ela disse —, soube que era diferente.

August cravou os dedos nos joelhos, rogando em silêncio para que ela não falasse mais, para não confessar.

— Eu também sou diferente — Kate acrescentou.

Ele mordeu a língua, concentrando-se na respiração.

— Não nos encaixamos — ela continuou. — Não só porque somos novos. Vemos o mundo pelo que ele é. Ninguém mais vê.

— Ou talvez vejam — August interrompeu —, mas têm medo demais de você pra dizer.

Kate abriu um sorriso seco e balançou a cabeça.

— Deixo as pessoas sem graça porque sou um lembrete de que nada disso é real. De que tudo são... — Ela balançou os dedos com unhas metalizadas. — *Aparências*. Eles preferem fechar os olhos e fingir. Mas nossos olhos... — Kate perdeu a voz, pesando os olhos azul-escuros sobre ele. — Nossos olhos estão abertos.

E então ela abriu um estranho sorriso, e a mente de August voltou ao corredor.

Quem quer que você seja, vou descobrir.

August se sentiu zonzo. As coisas que Kate estava dizendo eram verdade, tinham de ser. No entanto, pareciam uma isca para fisgá-lo. Pareciam claras e confusas demais ao mesmo tempo. Ela estava flertando com ele? Ou tentando contar que *sabia*? Queria dizer o que estava mesmo dizendo ou outra coisa? August se esforçava para compreender enquanto o silêncio voltava a reinar no carro.

—Você tem razão — ele disse, finalmente, com a garganta seca. — Sobre sermos diferentes. Mas prefiro ser capaz de ver a verdade do que viver uma mentira.

— É isso que torna você a única pessoa suportável naquela escola. — O sorriso de Kate se abriu quando falou isso, parecendo, de repente, largo, sincero e contagiante. Observá-la era como assistir a uma imagem bruxuleante, duas versões que iam e voltavam dependendo de como virava a cabeça. Ele esperou que a confissão dela escapasse, mas não aconteceu. — Estava pensando — Kate disse, batendo uma unha metalizada contra o pingente — sobre as suas marcas.

August engoliu em seco e esfregou o punho.

— O que têm elas?

—Você disse que mostram há quantos dias está sóbrio, mas são permanentes.

— Sim, e daí?

Ela inclinou a cabeça, revelando a ponta de sua cicatriz.

— E se você tiver uma recaída?

August olhou para ela, sem piscar.

— Bom, seria um saco.

Kate riu, mas sua atenção ainda estava nele — ela não se contentaria com uma gracinha —, então August engoliu em seco, tentando encontrar um jeito de dizer sem poder mentir.

— Se eu pudesse simplesmente limpar as marcas ao fim do dia, não significariam nada — ele disse. — Não teriam importância. Mas têm. Já tive um momento muito sombrio e não quero viver algo assim nunca mais. Prefiro morrer a começar do zero. — Ela o encarou, estreitando um pouco os olhos, e August imaginou que estivesse pensando: *Então é assim que ele fica quando fala a verdade*, enquanto ele mesmo pensava: *Então é assim que ela fica quando acredita em você*.

A situação era quase engraçada, já que ele nunca havia mentido, mas também era assustadora, porque era a primeira vez que Kate fazia aquela cara e todas as outras pareciam vazias em comparação.

Você sabe? Você sabe? Você sabe?

Ele poderia perguntar. Obrigar Kate a responder. Mas aquilo seria uma condenação. O carro era pequeno demais, e ele não saberia o que fazer se ela dissesse que sim.

O estojo do violino repousava a seus pés. Leo estava certo — se ele tentasse, conseguia sentir o sangue nas mãos do motorista, mas não nas de Kate. Ela não tinha uma sombra conturbada e...

— Freddie?

Ele piscou.

Ela estava encarando o garoto com expectativa. O carro estava parado em frente à Colton.

— Foi mal — ele disse. Saiu primeiro e segurou a porta para ela. No último momento, ofereceu a mão para ajudá-la e, para a sua surpresa, Kate aceitou. August conteve um calafrio quando as unhas dela tocaram sua pele.

— Ei, Marcus. — Ela abaixou a cabeça na altura do sedã. — Tenho uma reunião com o orientador, então talvez eu me atrase um pouco.

O homem no banco do motorista respondeu apenas com um aceno e se afastou com o carro.

Kate saiu em direção ao portão da frente, olhando para trás quando o garoto não a seguiu.

—Você vem?

—Te encontro depois — August disse, acenando para um grupo aleatório de alunos do seu ano como se fossem seus amigos.

Mais uma vez, a sombra de um sorriso irônico, o levantar de uma sobrancelha, a compostura cuidadosa que agora ele sabia que acompanhavam a incredulidade.

— Fiquei feliz com a nossa conversa, Freddie — ela disse, com a voz suavemente mais lenta ao dizer o nome.

— Eu também — August disse, tirando o celular do bolso no momento em que ela virou as costas.

Ele ligou para Henry, mas foi Leo quem atendeu.

— Cadê o papai? — ele perguntou.

— Está dando pontos numa pessoa. O que foi?

— Ela sabe.

— Sabe o quê? — Leo insistiu.

— Alguma coisa. Tudo. Não sei. Mas ela *sabe*, Leo.

A voz do seu irmão ficou dura, impaciente.

— O que mudou?

— Sei lá, mas ontem ela me jogou contra um armário e hoje quer ser minha amiga. Isso é estranho, tem alguma coisa errada… E o jeito como ela disse meu nome… quero dizer, não meu nome, o nome do Freddie. Quando olho pra ela vejo duas pessoas e não sei dizer qual é a verdadeira…

— Fique calmo, August.

— Mas…

— Fique *calmo*.

August cravou as unhas na palma das mãos.

— Esqueci meu medalhão.

Um suspiro.

— Bom — ele disse devagar —, tente ficar longe de monstros. Enquanto isso...

— Leo...

—Você está perdendo a cabeça. Se Kate Harker soubesse o que você é, teria se sentido compelida a contar.

— Eu sei, mas... — August fechou os olhos. Mas ela *contou* para ele. Não contou? O que estava tentando dizer? — Tenho um mau pressentimento. Pode pedir ao Henry para me ligar quando terminar? Preciso falar com ele.

— Tá — disse Leo. — Mas, nesse meio-tempo, respire fundo e tente não perder a cabeça, irmãozinho.

— Está bem, eu... — ele começou a dizer, mas Leo já havia desligado.

Kate bateu a cabeça no balcão do banheiro.

Ela encarou seu reflexo.

— Qual é seu *problema*, caramba?

A menina atrás dela levou um susto.

— Nenhum! — ela lamuriou antes de sair correndo.

Kate expirou enquanto a porta do banheiro se fechava e agachou, encostando a cabeça no balcão frio.

— Droga, droga, droga...

Não tinha conseguido.

Ele estava lá, bem diante dela, mas toda vez que pensava em pegar as correntes de cobre em seu bolso e se aproximar, não conseguia. Ela tentou imaginar Leo, com seus olhos negros, torturando aquela pessoa até sua vida brotar feito sangue, mas tudo o que via era Freddie sentado ali, curvado como se o monstro fosse *ela*.

As imagens não se alinhavam.

Mas Kate tinha *visto* a foto no celular, *sabia* o que ele era, que a criatura sentada na sua frente não passava de um truque de aparências, uma fachada.

Freddie podia parecer inocente, mas não era.

Ele era um sunai.

Só que Freddie não sabia que ela sabia. Kate ainda tinha a vantagem do elemento surpresa. Mas por quanto tempo?

Estava tudo bem. Ela tinha se preparado para aquilo, ia se dar uma segunda chance. Era só lhe oferecer uma carona para casa. Kate não tinha uma reunião depois da aula de verdade, mas vira o nome dele na ficha da sala de música, em letra cursiva — *16h: Frederick Gallagher.*

— O que você está fazendo? — ela ouviu uma voz dizer, as palavras saindo como num ganido. *Rachel.* A menina que a havia cercado no caminho para o ginásio.

Kate se obrigou a soltar o balcão.

— Rezando — disse, erguendo-se devagar e recompondo a expressão.

Rachel arqueou uma sobrancelha.

— Pelo quê?

— Perdão — Kate disse. — Pelas coisas que estou prestes a fazer se você não *sair da minha frente.*

A menina teve o bom senso de recuar e a deixou passar sem dizer uma palavra.

Ao fim do dia, August estava começando a pensar que tinha exagerado em relação a Kate. Ela havia sentado ao lado dele na aula de história, desenhando monstros nas margens do próprio caderno em vez de no dele. Eles se cruzaram no corredor, trocaram um "E aí?" murmurado e um sorriso constrangido e ficara por aquilo mesmo. August tinha esperado na arquibancada durante o horário em que deveria estar na sala de estudos — e notou que *queria* que Kate aparecesse —, mas nem sinal dela. No almoço, mandou uma mensagem para Leo que dizia apenas "Estou me sentindo melhor", então recebeu um simples "Que bom" em resposta.

Na última aula, estava contente por não ter ido embora — finalmente ia poder tocar. Assim que ouviu o sinal, pegou o violino no armário e foi direto para a sala. Estava esbaforido quando chegou lá, o coração apertado de pânico diante da possibilidade de a sala estar trancada ou ocupada. Mas não estava, e o último nome na página era o dele.

Ele sabia que deveria ir para casa conversar com Henry, e *quase* foi, mas Leo provavelmente tinha razão, ele estava exagerando, e a chance de tocar — tocar *de verdade* — era tentadora demais. Além disso, quanto mais esperasse, menores as chances de trombar com

Kate na saída. Todo mundo sairia ganhando, dissera a si mesmo, realmente acreditando naquilo.

August passou a carteirinha e a porta emitiu um pequeno bipe de aprovação antes de deixá-lo entrar. O estúdio em si era um cubo tão branco que mal dava para distinguir os cantos. Aquilo o fazia sentir que estava em um vácuo, interrompido apenas por um banquinho preto, um atril e um banco. Quando a porta se fechou atrás dele, ela travou, e August sentiu mais do que ouviu o isolamento acústico sendo ativado — uma vibração sutil seguida pelo silêncio súbito e absoluto.

Claro que sua cabeça nunca estava em silêncio. Após uma ou duas batidas do seu coração, começaram os disparos, distantes mas incansáveis, e August mal podia esperar para abafá-los. Apoiou o estojo do violino em cima do banco do piano e tirou o celular do bolso, programando um alarme para quarenta e cinco minutos, deixando tempo de sobra para chegar em casa antes do anoitecer. O estojo do violino abriu ao seu toque com sons curtos, destacados no silêncio. Ele tirou o instrumento e o arco, depois sentou no banquinho.

Suspirou fundo, ajeitou o violino sob o queixo, o arco nas cordas e… hesitou. Ele nunca havia feito aquilo antes. Tinham sido muitos os dias em que quisera pegar o violino e simplesmente *tocar*. Mas nunca pudera. A música de um sunai não era tocada sem um motivo. Era uma arma que paralisava todos que a ouviam.

Ele adoraria se o complexo tivesse um lugar como aquele, mas os recursos eram sempre escassos, cada centímetro do lugar concedido à FTF — para habitação, treinamento, provisões. Leo dizia que ele não *precisava* praticar; se quisesse mais oportunidades de tocar, bastava caçar com mais frequência. Uma ou duas vezes, August fantasiara em roubar um carro, dirigir até depois das zonas vermelha, amarela e verde, para dentro do Ermo, com seus campos vazios, seu espaço aberto. Ele estacionaria à beira da estrada e sairia andando até onde tivesse certeza de que ninguém poderia ouvir sua música.

Mas essa fantasia vinha acompanhada de outros perigos. A falta de pessoas implicava em falta de almas, e ao calcular quanto tempo levaria até chegar tão longe e voltar, percebera que era arriscado demais.

"Leva um lanchinho pra viagem", Leo havia dito em tom zombador.

August pensara em várias respostas, nenhuma delas gentil.

Mas agora...

Agora era apenas ele, as paredes brancas e o violino. August fechou os olhos e começou a tocar.

Kate ficou esperando depois da aula, observando a escola esvaziar. Os estudantes saíam numa onda, rumando para o metrô ou para o estacionamento como se estivessem numa corrida contra as trevas, o que ela supunha ser verdade. O toque de recolher era tecnicamente ao pôr do sol — às sete e vinte e três aquele dia, segundo um quadro muito útil na frente da secretaria —, mas ninguém nunca chegava tão perto, nem mesmo os professores. Desde que tivessem um medalhão, estavam em segurança — aquela era a ideia —, mas ninguém parecia interessado em arriscar. Vinte minutos depois do sinal das quatro, as únicas pessoas ainda na escola eram meia dúzia de alunos do segundo ano refazendo uma prova, dois alunos do último ano enrolando no estacionamento e o monstro na sala de música.

Kate sentou em um banco do lado de dentro dos portões, esperando o sedã preto aparecer. Sentia as travas enforca-gatos de cobre no bolso de trás, um lembrete incômodo do que tinha de fazer.

Kate olhou para a escola atrás dela — o carro precisava chegar antes de Freddie.

Trinta minutos depois do sinal, nada de nenhum dos dois.

Kate tamborilava os dedos no banco. Tinha dito para Marcus que sairia mais tarde e tentou acalmar o formigamento nervoso em seu peito, mas, quinze minutos depois, com o silêncio caindo sobre Colton e nenhum sedã à vista, não aguentou e ligou para o motorista.

Ele não atendeu.

O medo disparou por seu corpo, súbito e cortante.

Eram quase cinco.

A luz já estava começando a diminuir. Kate levantou e começou a andar de um lado para o outro. Pensou em ligar para o pai, mas não conseguiu fazer isso. Ela não era uma criança. Freddie ainda estava lá dentro e, sem o carro, Kate não teria como obrigá-lo a ir com ela. Abandonando a missão, ajeitou a mochila no ombro e seguiu para a entrada de metrô do outro lado da escola.

Quando chegou lá, estava trancada.

O coração de Kate acelerou enquanto suas mãos envolviam as grades de metal.

Havia alguma coisa errada. As linhas de metrô funcionavam até o pôr do sol, no entanto o portão já havia sido trancado. Seu ouvido ruim começou a zumbir como fazia quando seu coração batia rápido demais. Kate fechou os olhos por um momento, tentando acalmar o coração, mas ele estava mandando ela *correr*.

Não. Ela fechou os olhos e respirou fundo. *Pense, pense.* Kate soltou as grades e voltou para a escola, tirando o celular do bolso e ligando para um táxi.

O homem não queria aceitar a corrida, o que ela achava compreensível, mas já tinha passado das cinco, o sol estava se pondo e Kate não tinha a menor intenção de ficar presa com um monstro na escola depois do anoitecer.

— Meu nome é Kate *Harker* — ela falou, ríspida. — Basta dizer o preço. E venha rápido. — Ela desligou e tirou as estacas de ferro da mochila; o som de metal contra metal foi um lembrete do silêncio que caíra sobre Colton. Kate enfiou uma na meia e segurou a outra perto da ponta cega, mantendo a ponta afiada para o outro lado.

Ela seguiu para a entrada, mas as portas estavam trancadas. Tentou passar a carteirinha de identificação, mas nada aconteceu. Girou as maçanetas, só para ter certeza. Então, pelo vidro, viu o cadáver.

Estava contorcido no chão, com a cabeça para trás de maneira que ela podia ver o rosto.

Era o sr. Brody, o professor de história, com o pescoço quebrado e os olhos queimados.

Pela primeira vez em séculos, August terminou sua música.

E então ele tocou de novo.

E de novo.

A melodia — aquela coisa estranha e inacreditável que tinha vindo para ele no primeiro dia no beco e nunca fora embora, nunca o abandonara, ressoando em sua mente sob os disparos, sempre querendo se libertar — brotava através da pele, do arco e das cordas. Vibrando pelos músculos e ossos, entremeando coração e veias, fazendo com que se sentisse humano, completo e cheio de *vida*.

Talvez não fosse de almas que August se alimentasse.

Talvez fosse daquilo.

Cada acorde perdurava no ar, cintilando como poeira sob os raios do sol. Quando a música acabou pela terceira vez, ele ficou parado, saboreando a perfeição.

O alarme tocou — um som agudo que quebrou as últimas notas no ar e trouxe August de volta ao mundo e aos problemas reais. Ele suspirou e pegou o celular para desligar o alarme, então franziu a testa. Tinha enviado uma mensagem para Henry para dizer que chegaria em casa um pouco mais tarde, mas não havia resposta. Nem mesmo de Leo.

Foi então que notou que não havia sinal. Relutante, guardou o violino no estojo, jogou a mochila sobre o ombro e rumou para a porta.

Que não abriu.

August tentou puxar com mais força, mas ela não estava apenas dura ou emperrada.

Estava *trancada*.

Observou ao redor, procurando algum tipo de leitor de cartão dentro do estúdio, mas não encontrou. O leitor ficava do lado de fora. O pânico começou a tomar conta dele, que engoliu em seco e pressionou o rosto contra a janela, tentando ver alguma coisa — qualquer coisa. Encontrou o leitor de acesso quebrado, com os fios cortados para fora como tripas saindo da parede.

Ele estava preso.

Kate recuou cambaleante sob o olhar negro e fixo do cadáver. Ela conteve o calafrio e tentou raciocinar. Três sunais. A lógica dizia que o culpado era Freddie. Mas, se fosse, como havia saído e trancado o portão do metrô sem que ela o visse? E se *não* fosse e o segundo sunai nunca podia sair do complexo, aquilo significava que era... Leo.

Vários sunais no local, circulando feito tubarões. Seu coração se apertou, mas ela não podia entrar em pânico. Seria inútil. O pânico anuviava a mente, provocava erros fatais. Ela era uma Harker segurando uma estaca de ferro. Encontraria outra saída. Afastou-se, lutando contra o impulso de correr enquanto dobrava a esquina da escola, em direção ao portão dos fundos, tirando o celular do bolso com a mão livre.

Então alguma coisa a atingiu, *com força*.

O celular caiu no chão enquanto ela cambaleava, uma barra de aço pairava visível atrás dela, na altura dos ombros. Kate não hesitou, atacando com a estaca de ferro para trás e para baixo na coxa da criatura, que soltou um chiado úmido, soltando os braços o bastante para que ela caísse sobre um joelho e arremessasse a criatura por cima do ombro. O corpo atingiu o chão e rolou com uma graciosidade estranha, apesar da estaca ainda enfiada na perna.

Kate ficou paralisada.

Não era um sunai.

Era um malchai.

Uma figura esquelética, os olhos vermelhos girando no crânio que parecia preto sob a pele lisa e cadavérica. Metade do rosto era uma massa de cortes inflamados — o H em sua bochecha encovada tinha sido arrancado a garras, assim como o do monstro que Kate havia executado no porão. Seus lábios se repuxaram em um sorriso perverso, e sua voz saiu em um guizo úmido:

— Olá, pequena Harker.

Kate abriu a boca para dizer que seu pai acabaria com ele, mas não teve essa chance. Uma segunda figura avançou, rápida demais para ela desviar, uma névoa que a acertou no peito e a jogou contra a lateral de tijolos da escola. Algo dentro dela estalou, e Kate soltou um grito antes da mão do segundo malchai apertar sua garganta, tirando seu ar.

A boca do monstro se abriu em um sorriso cheio de dentes afiados.

— Isso vai ser divertido.

Sem sinal.

Claro. August enfiou o celular no bolso, respirou fundo e bateu o ombro contra a porta. Não conseguiu nada além de dor. Não era porque não sangrava como um humano que conseguiria derrubar aço reforçado. August não era uma bola de demolição.

Olhou para as próprias mãos e pensou em Leo na noite anterior, na maneira como as trevas haviam envolvido seus dedos, na maçaneta amassada em sua mão. August não tinha aquele tipo de controle. Era tudo ou nada.

Ele passou a mão sobre as marcas em seu punho.

Quatrocentos e vinte e um dias.

Mas não eram elas que ele tinha medo de perder.

Precisava haver outro jeito. Voltou para o centro da sala, observando as paredes, o piso e o forro. Lisos. *Painéis.* Subindo no banco, ficava alto o bastante para chegar aos quadrados insulados no teto; eram pesados, mas, quando ele empurrou um com força suficiente, conseguiu erguê-lo e deslizá-lo para o lado.

August fungou, recuando ligeiramente com o ar mofado, então pegou o violino e se alçou na escuridão imunda.

Os dedos em volta da garganta de Kate pareciam frios como aço. Antes que ela pudesse se desvencilhar, foi jogada contra a calçada. Ela caiu com força, perdendo o fôlego, as mãos ardendo onde rasparam contra o concreto. Kate se esforçou para ficar de quatro, mas os malchais eram muito rápidos, e um deles já estava em cima dela, obrigando-a a ficar de costas no chão.

Sentiu uma dor incandescente no ombro enquanto o monstro a prendia na calçada.

— Coisinha difícil — ele murmurou enquanto o outro malchai

tirava a estaca da perna com um som úmido e a jogava de lado. O monstro em cima de Kate tinha os mesmos arranhões profundos na bochecha, que a deixavam sem o H e expunham até os ossos. As marcas pareciam recentes.

— Ela matou Olivier — disse o outro, sacudindo os dedos esqueléticos com a dor da queimadura de ferro.

— Sim — sussurrou o primeiro, levando os lábios à bochecha dela. Kate contorceu o rosto e sentiu o hálito frio em seu rosto enquanto ele murmurava algo em seu ouvido ruim, baixo demais para ouvir. Ela lançou o joelho contra a virilha dele, mas o monstro apenas riu baixo. Maldita técnica EPNV.

Eles eram fortes, mas ainda estava claro e, se Kate conseguisse ficar em pé, de costas para a parede…

— Posso ouvir seu sangue pulsando — disse o malchai em cima de Kate enquanto os dedos dela buscavam a segunda estaca, escondida na meia. — Aposto que é doce. — A boca do monstro se abriu, exibindo dentes prateados.

— Nada de dentes — o segundo advertiu, e o malchai que prendia Kate no chão franziu a testa, mas fechou a boca com tudo. O outro pegou um pequeno maçarico e o acendeu. A chama silvou e a garota se debateu sob as mãos do monstro, até as unhas dele cravarem em sua pele, tirando sangue.

— Eu vou… matar você! — ela gritou.

— *Humanos, humanos, cheios de mentiras* — ele cantou, do alto de seus pulmões, com os olhos vermelhos dançando de prazer. — Vamos matar a garota primeiro, como fizemos com os outros?

O malchai com o maçarico pareceu considerar.

— Não. Ninguém vai ouvir. Vamos aproveitar, como ele faria.

Estava tudo errado.

Tudo errado, errado, errado.

Sua mão arranhou a grama, tentando alcançar a segunda estaca.

O monstro em cima dela sorriu e aquele com o maçarico apertou o botão, transformando o calor numa faca incandescente.

— Ela tem os olhos do pai — disse, e Kate estremeceu, lembrando o professor caído no chão com os olhos queimados. — Segure firme.

August pulou do duto de ventilação para o corredor, o uniforme sujo com poeira e teias de aranha. Seus sapatos atingiram o piso polido de Colton e, enquanto se ajeitava, o alívio de estar livre logo se converteu em medo. Aquilo não tinha sido uma brincadeira qualquer. Alguém queria prendê-lo naquela sala. Mas quem? E *por quê*?

No momento, o mais importante era sair. Ele se dirigiu à saída mais próxima, tirando o celular do bolso, mas parou cambaleante quando viu o corpo de uma menina. Ela era jovem, uma caloura, e sua cabeça estava contorcida num ângulo estranho, mas foi o rosto que o fez perder o fôlego. Estava sem os olhos. Haviam sido queimados.

August ligou para Henry assim que chegou à saída de emergência e atravessou as portas.

— Atende — ele murmurou quando começou a chamar. Deixou tocar três, quatro vezes, então desligou. Estava prestes a ligar para Leo quando ouviu um grito sufocado.

Não era agudo, mas abafado. August deu a volta na escola e parou com tudo. Duas criaturas estavam em cima de uma garota, seus traços longos e finos demais, as peles pálidas e os ossos muito escuros. Ele nunca tinha visto um malchai antes. Não pessoalmente. Eles não lançavam sombras, mas o ar em volta estremecia, e seus dentes eram pontas prateadas.

Eles pareciam… monstruosos.

E a menina embaixo deles — a que havia gritado — era Kate.

Por um instante, o mundo parou e o tempo passou mais devagar, como fazia entre acordes, o momento prolongado como uma nota.

Ele precisava ajudá-la.

Ele não devia ajudá-la.

Se ajudasse, Kate saberia o que ele era.

Se não ajudasse, ela morreria.

Eles a matariam.

Ele seria incriminado.

Ela era inocente.

Ela era uma Harker.

Então, rápido demais, o momento passou. August se agachou e abriu o estojo do violino.

O maçarico queimava o ar sobre o rosto de Kate.

As unhas do malchai estavam enfiadas em seu queixo e um som de lamúria escapou de sua garganta. O barulho, tão estranho, tão deplorável, bastou para trazê-la de volta à realidade.

Seus dedos tocaram a ponta da estaca. E então ela ouviu.

Música.

Uma única nota que ecoou pelo terreno e encheu o ar, parecendo ocupar mais espaço do que deveria. E então outra e mais outra, tecendo uma melodia. Era estranha, misteriosa e bela, e Kate precisou de toda a sua concentração para cobrir o ouvido bom. Sem saber como, continuou ouvindo perfeitamente. Um malchai derrubou o maçarico e cambaleou como se tivesse sido atingido; o outro ficou paralisado e apertou o próprio crânio em sofrimento conforme algo começava a brotar como um hematoma em sua pele.

Os dedos de Kate finalmente encontraram a estaca em sua bota, que ela cravou no peito do malchai, por trás da substância escura que irrompia de sua pele feito suor, sob a placa óssea até o coração. O monstro gritou, arranhando-se com as próprias garras, mas já era tarde demais. A estaca estava cravada até o fim, e sangue negro jorrava dos lábios dele, que caiu em cima de Kate. Ela o afastou e levantou cambaleante, envergando de dor, os pensamentos anuviados pelos sons da música.

E então, abruptamente, a música vacilou. Ela ouviu o grito de Freddie:

— Cuidado!

Kate virou devagar demais e se viu cara a cara com o segundo malchai. O monstro a agarrou pelo punho apesar do breu oleoso que vazava de sua pele. Antes que pudesse se libertar, as presas afiadas dele se cravaram em seu ombro.

A dor disparou por seu corpo. Um instante depois, as presas do monstro não estavam mais ali e ele era puxado para trás. Os braços de Freddie envolviam os ombros do malchai, uma de suas mãos pressionada contra a pele pálida da garganta do monstro. Kate ficou ali, pasma, pensando em como ele parecia jovem — pequeno — antes de lembrar que também era um monstro. Os olhos de Freddie e sua boca estavam fechados enquanto prendia o malchai de costas para ele, as trevas da pele do monstro se infiltrando como uma mancha.

Kate finalmente recobrou os sentidos e agiu, pegando a estaca caída e enfiando-a no coração do malchai. Ele não resistiu e caiu contra o peito de Freddie, a luz vermelha se apagando em seus olhos quando o ferro o atingiu.

Freddie soltou e o malchai tombou entre eles, pouco mais do que dentes e ossos. Por um segundo, os dois ficaram se encarando, cobertos de sangue, respirando com dificuldade.

Nenhum deles se moveu.

O olhar de Freddie passou incerto dela para os cadáveres, antes de pousar no violino, caído na grama. Os dedos de Kate se apertaram em volta da estaca em sua mão.

Corra, disse uma voz em sua cabeça.

Mas ela não correu.

Os olhos de Freddie estavam nela. Ele oscilou.

— O que... — Kate começou, mas então Freddie se curvou e começou a vomitar.

O que saiu era preto, reluzente como óleo. Ele tentou levantar, mas tombou para a frente, caindo de quatro e vomitando o líquido escuro sobre o concreto claro da calçada de Colton.

Vá embora, disse a voz, mas Kate já estava ajoelhada na frente dele.

— Qual é o problema?

Ele abriu a boca, como se tentasse falar, mas perdeu o ar quando mais negrume saiu para o concreto. Quando Freddie ergueu os olhos, não estavam cinza, mas pretos. E cheios de dor. As veias de suas mãos estavam saltadas e serpenteavam como cordas em sua pele, subindo até a garganta.

O que Sloan havia dito?

Não podemos nos alimentar deles. Assim como eles não podem se alimentar de nós.

Então por quê? Por que Freddie tinha feito aquilo? Ela queria perguntar, mas os olhos dele estavam perdendo o foco, seu corpo tremia. Debilmente, Freddie tentou pegar o violino, mas estava longe demais. Momentos depois, caiu estatelado no pavimento, sem se mover mais. Estaria morto? Ela queria que estivesse? *Então é assim que se mata um sunai*, parte de si pensou. Mas não, o peito dele ainda subia e descia com respirações rasas e destacadas.

O celular dela tocou. Ainda estava na calçada onde havia caído, e Kate correu para atender.

— Alô? — ela respondeu, sem ar. Mas não era seu pai. Nem Marcus. Era a empresa de táxi. O carro estava esperando na frente da escola. O taxímetro corria.

Kate observou os destroços da luta ao redor: os dois cadáveres de malchais, o maçarico na calçada, o sunai inconsciente a seus pés. Ela estava coberta de sangue e manchas escuras.

— Fique aí — disse ao taxista. — Estou a caminho.

VERSO 3

CORRA, MONSTRO, CORRA

QUANDO AUGUST ACORDOU, tudo doía. A dor sempre tinha sido algo passageiro, na superfície de seus sentidos, mas aquela era profunda e envolvia todos os músculos e ossos. Na última vez em que tinha se entregado às trevas, a dor havia chegado até seu âmago, ardendo como febre. Mas até aquilo era diferente. Agora ele se sentia esvaziado. Respirar doía. *Existir* doía. Pela primeira vez na vida, ele queria mergulhar de volta na escuridão de seus sonhos.

Mas August levou sua mente à superfície, onde seu corpo esperava, e abriu os olhos.

Ele estava sentado no chão de concreto, recostado em uma parede inacabada, um emaranhado de estrutura de metal e vigas de madeira às suas costas. Sua visão girava, então focou, depois girou de novo. August tentou se mexer, mas seus punhos estavam presos à estrutura metálica dos dois lados com lacres enforca-gatos.

Kate Harker estava sentada no piso de concreto, os braços em volta dos joelhos, observando-o. Ela estava usando o blazer dele de Colton sobre a polo manchada de sangue e rasgada onde o malchai havia cravado os dentes. Um hematoma descia pelo seu maxilar, e a garota mantinha um braço na frente do corpo em um ângulo defensivo. Ela parecia abalada, mas, quando notou que ele a encarava, endireitou-se, assumindo uma expressão difícil de interpretar.

— Bem-vindo ao meu novo escritório — ela disse. Sua voz era

fria e distante. Talvez fosse o choque. August tinha visto membros da FTF passarem por aquilo depois de ficar cara a cara com a morte.

— Estava começando a achar que você não acordaria nunca.

Ele desviou os olhos e observou o cômodo ao redor. Não estavam sozinhos. Um homem estava caído no canto, inconsciente, as mãos amarradas e a boca coberta por fita adesiva. Um crachá em sua camisa dizia: COMPANHIA DE TÁXI DA CIDADE V.

Kate seguiu seu olhar.

—Você é mais pesado do que parece — ela explicou. — Precisei da ajuda dele pra te trazer até aqui. E então… bom, achei que não devia deixar o motorista ir embora. Mas paguei muito caro antes de… bom.

August tentou engolir em seco. Sua garganta parecia revestida de areia.

— Meu violino.

Kate tamborilou as unhas no estojo ao seu lado. Ele suspirou aliviado e ela lhe lançou um olhar impossível de interpretar. A atenção de Kate se voltou para as janelas, caixilhos vazios cobertos por filme plástico. Ele conseguia ver que estava escurecendo. Já deveria estar em casa àquela altura. Onde estava seu celular? Não conseguia senti-lo no bolso. Teria deixado cair?

— Onde estamos? — August perguntou.

— Meu pai tem abrigos secretos montados por toda a cidade.

Uma onda de pânico o atingiu feito náusea.

— E você *me* trouxe para um? Depois que o malchai dele…

Kate lançou um olhar paralisante.

— Eles não eram mais do meu pai — ela disse, com frieza. — Mas não sou idiota. Estamos em um prédio em reforma na esquina do abrigo. Tenho muitas perguntas, Freddie.

Ele engoliu em seco de novo.

— August — disse, exausto. — Meu nome é August.

— *August* — Kate repetiu, testando o som. — Esse nome sim combina com você. August Flynn.

Então ela sabia.

— Há quanto tempo? — ele perguntou. Ela devia ter entendido, porque respondeu:

— Desde ontem.

August assentiu. Ele estava certo. Poderia se vangloriar disso se não sentisse tanta dor.

— Pensei que sua raça era invencível. — Ela disse "raça" como se fosse um palavrão.

August se contorceu.

— Nada é invencível.

Um sorriso seco tremulou no rosto dela.

— Foi o que pensei.

— Kate...

— Não — ela interrompeu. —Você ainda não tem o direito de falar.

Ele ficou em silêncio. O sangue latejava em sua cabeça.

Kate tirou o sangue negro das unhas metalizadas.

— Por que me ajudou? — A pergunta saiu rápida e cortante, como se estivesse esperando para fazê-la.

Ele fechou os olhos.

— Era uma armadilha. Aqueles malchais não estavam apenas tentando matar você. Estavam tentando fazer parecer uma execução sunai. Queriam botar a culpa em mim, na minha família, e usar isso para quebrar a trégua. — Ele se forçou a abrir os olhos de novo. O enjoo finalmente estava diminuindo. — Aquilo que falei na floresta era sincero. Sobre querer paz.

— E devo acreditar que um monstro é pacifista?

— Nunca menti para você.

— Mas nunca contou a *verdade*.

— Como poderia? — ele perguntou. —Você teria contado?

Kate não respondeu. Estava olhando fixamente para o chão, com o rosto tenso de dor.

—Você está bem? — ele perguntou baixo.

Ela ergueu a cabeça de repente.

— Está tirando uma com a minha cara?

August recuou, confuso.

— Só estava perg…

— Cala a boca. — Ela levantou, revelando a estaca de ferro escondida sob seu joelho. — Sei o que sua espécie é capaz de fazer.Vi as filmagens, vi como brincam com suas vítimas, fazendo um jogo doentio de gato e rato… — *Filmagens?*, pensou August. — Não sou um rato, August Flynn. Está me entendendo? Sei o que você é.

Ela estava se aproximando dele. A estrutura de metal a qual tinha sido preso subia verticalmente pela parede. August se alçou para cima, deslizando os punhos pelas barras até ficar em pé.

— Eu salvei sua vida — ele disse.

Em resposta, Kate encostou a ponta da estaca metálica na garganta dele. Ainda estava manchada de sangue do malchai, e o cheiro revirou o estômago de August. Os olhos dela pareciam febris, mas sua mão continuava firme.

— Um "obrigada" bastaria — ele disse.

— Por que você estava em Colton? — ela perguntou.

— Meu pai me mandou.

—Você está se referindo a *Flynn*.

— Sim.

— Ele queria que você me matasse?

— Não. Queria que eu ficasse perto de você caso a trégua fosse quebrada. Não existem muitas coisas nesse mundo com que Callum Harker se importa, e Leo pensou que você poderia ser valiosa numa barganha. — August se inclinou para a frente, contra a ponta de metal. — E, só para constar, vai ser preciso mais do que isso pra me ferir. — Aceitando o desafio, Kate empurrou a estaca, mas a ponta não rompeu a pele.

Bem nesse momento, um celular vibrou no chão de concreto, ao lado do estojo do violino. Kate caminhou na direção dele e o pavor tomou conta de August.

—Você deixou *ligado*?

— Desliguei o GPS — ela disse, agachando para pegar. Ela franziu a testa ao olhar para a tela.

— Kate — ele chamou, puxando os lacres. Então soltou um palavrão. Eram banhados em metal. — Quem é?

Ela se empertigou.

— Casa.

— Não atende — August disse, desejando pela primeira vez que pudesse controlar a mente das pessoas em vez de apenas libertar os pensamentos delas. Ela levou o polegar à tela. — Kate, *alguém* enviou aqueles malchais para matar você.

Ela continuou encarando o celular, que parou de vibrar. Logo depois começou de novo.

— Eles quebraram seus juramentos — ela disse. — Assim como Olivier.

— Quem é Olivier?

— Estão famintos e agitados — Kate continuou, a voz meio perdida sob o toque do celular. — E cansados de seguir ordens.

August se contorceu contra as amarras.

— Aquilo não foi um ataque aleatório. Foi premeditado. Alguém teve muito trabalho para se certificar de que você fosse morta e eu estivesse lá para levar a culpa.

Kate soltou um murmúrio. O celular ainda estava vibrando, mas ela apenas o virou e tirou a bateria. A vibração parou. Kate repetiu a palavra e August entendeu que era um nome.

— Sloan.

Ele já tinha ouvido aquele nome antes. Leo falava dele como da maioria dos monstros, mas pior.

Meu pai tem um malchai de estimação.

— Esse tal de *Sloan* começaria uma guerra?

Kate disparou um olhar contra ele.

— Morte e violência, não é isso o que todos os monstros querem? — August não mordeu a isca. — Olha, não sei — ela disse, andando de um lado para o outro —, mas tenho quase certeza de que ele me quer longe daqui. E se puder incriminar Flynn no processo… Não conheço ninguém além dele que pensaria tantas jogadas à frente. Quase todos os malchais focam apenas em matar. Sloan é… diferente.

— Os outros malchais dão ouvidos a ele?

— Faz nove dias que voltei pra casa, August. Não tive tempo de notar. Até agora, o passatempo favorito dele é me atormentar.

— Se ele estiver envolvido, você não pode voltar para casa. Você…

Ele parou de falar quando ouviu carros parando, um motor sendo desligado. Os sons eram baixos, abafados, e Kate ainda não os tinha ouvido. Ela continuava andando de um lado para o outro.

— Kate.

Portas de carros se abriram e fecharam.

— Kate.

Passos.

— *Kate.*

Ela virou para ele.

— *O quê?*

— Você precisa me soltar — August disse, tentando libertar as mãos. Os lacres estavam apertados demais e, embora o metal não *ferisse*, tornava as amarras difíceis de quebrar.

— Por que eu faria isso?

— Porque tem alguém vindo.

Uma porta se abriu em algum lugar lá embaixo, um som finalmente alto o bastante para ela ouvir.

— Devem ter rastreado você até aqui.

— Não — ela disse, balançando a cabeça. — Eu desliguei o GPS do celular.

No canto, o taxista se mexeu. Dava para ver que havia um celular em seu bolso.

— Merda.

Passos ecoaram na escada. Kate correu até a janela, ajeitando a mochila sobre o ombro. Ela tirou um isqueiro do bolso, puxou um pequeno canivete prateado e cortou a cobertura de plástico com a lâmina pequena mas afiada, revelando o céu roxeado lá fora. Por um segundo, August pensou que Kate o deixaria ali, preso à parede para os homens de Harker o acharem, mas ela voltou.

— Eu ia entregar você para o meu pai — ela disse. — Quando entrou no carro hoje de manhã. — Kate passou a faca entre os lacres e sua pele. — Teria sido tão fácil.

— Então por que não entregou?

Ela ergueu os olhos e engoliu em seco.

—Você não parecia um monstro.

August a encarou. Seu olhar queria dizer "Eu não sou", mas as palavras ficaram presas.

— E agora?

Kate apenas balançou a cabeça e deu um golpe rápido com o canivete.

O lacre não se quebrou.

Ela franziu a testa e tentou de novo. Nada.

August ficou pálido.

— Por favor, me diga que você tem um jeito de tirar essa coisa.

— Tirar não estava nos meus planos — ela retrucou. August começou a se agitar em pânico, mas Kate simplesmente ergueu o pé e chutou uma das barras de metal. O barulho foi alto, então a barra se curvou e cedeu. August conseguiu contorcer o punho até se soltar de um dos lacres. Kate chutou a segunda barra, mas ela era mais rígida, ou o ângulo não era tão bom. Não se curvou nem quebrou. Os passos ficavam mais altos. August segurou a barra e Kate também. Juntos, apoiaram todo o peso ali até a barra finalmente se soltar e os dois caírem com tudo no piso de concreto.

Kate caiu sobre o lado machucado do corpo e abafou um grito de dor. Quando August foi ajudá-la a levantar, ela recuou, como se o toque dele fosse venenoso. August pegou o violino enquanto ela levantava sozinha e puxava o plástico rasgado da janela. Ele subiu atrás dela esperando encontrar algum tipo de saída de incêndio, mas viu apenas um parapeito de quinze centímetros antes de uma queda de três andares.

Ele parou de respirar.

— Não me diga que tem medo de altura — ela disse, ajeitando-se na beirada.

— Não de altura — ele murmurou. — Só de cair.

August observou ao redor, tentando entender como desceriam. Kate respirou fundo e *pulou*.

11

KATE SE LANÇOU POR UM ESPAÇO de quase dois metros entre a obra e o terraço do prédio baixo. Ela pousou cambaleante e saiu em disparada, sem olhar para trás. A mensagem era clara: acompanhe o ritmo ou já era. August respirou fundo, segurou firme o estojo do violino e saltou. Ele passou a beira do terraço e escorregou, erguendo-se com dificuldade enquanto Kate desaparecia atrás de uma estrutura do terraço. Ele a seguiu e, quando fez a curva, Kate o puxou pelo ombro, pressionando-o contra a parede ao lado dela, fora do campo de visão.

—Você faz isso sempre? — ele sussurrou. — Pular de um prédio para o outro e correr em cima de terraços?

Kate arqueou uma sobrancelha loira.

— Você não? — Kate quase sorriu, embora talvez fosse uma careta. Quando ela se debruçou, August pôde ver a linha onde as presas do malchai haviam cortado o ombro dela.

Ele examinou os prédios.

— Onde estamos?

— No limite externo da zona vermelha.

— Tenho um ponto de acesso perto da Fenda. Se nós conseguirmos chegar à Cidade Sul...

— *Nós?* — Ela abriu a porta do terraço e começou a descer a escada. —Você me salvou. Eu salvei você. Por mim, estamos quites.

August franziu a testa.

— Não vou deixar você.

— E não vou pra casa do Flynn.

— Podemos te proteger.

Ela soltou um som que parecia uma risada, só que mais frio.

— Até parece.

Ele a seguiu escada abaixo.

— Certo, não precisa acreditar em mim, mas *aqui* não é seguro.

— *Nenhum lugar* é seguro — ela retrucou. A verdade começava a brotar. — Não posso ir pra casa. Harker Hall é no centro da zona vermelha e, não importa se meu pai está lá ou não, Sloan com certeza está e...

August sentiu cheiro de sangue e pôs a mão sobre a boca dela, inclinando a cabeça na direção da rua. Kate fez menção de reclamar, mas devia ter visto algo nos olhos dele, porque ficou em silêncio. August tentou se concentrar e distinguir as vozes.

— ... não está no prédio...

— ... peça reforços...

— ... dê uma olhada nas câmeras...

— ... sinal...

Ele e Kate ficaram completamente imóveis, até as vozes se afastarem, misturando-se ao ronco de motores e aos outros sons da cidade. Quando August abaixou a mão, ela limpou o rosto com a manga do casaco.

— O que disseram? — perguntou.

— Me dá seu celular. — Kate tirou o aparelho do bolso e entregou a August. Ele o colocou na escada e o pisoteou. Ela fechou a cara.

— Precisava disso? — sussurrou.

— Mal não vai fazer — ele respondeu. — Toda a Cidade Norte é filmada?

Kate assentiu.

— Tem câmeras em quase todos os quarteirões.

— Quase?

Kate o examinou.

— Existem algumas exceções.

— Imagino que você não tenha decorado todas.

Kate ergueu a sobrancelha.

— Só faz uma semana que estou aqui.

August perdeu as esperanças. Então os lábios dela se curvaram, na leve sombra de um sorriso, cansado mas incisivo.

— Decorei as da zona vermelha.

August se empertigou.

— Se quiser fugir, não vou impedir você. Mas primeiro me ajude a encontrar outro celular.

O sol tinha mergulhado no horizonte e a cidade estava começando a se fechar sobre si mesma. Não como no sul, onde tábuas revestiam tudo e as pessoas se escondiam em seus cascos blindados, mas mesmo ali as ruas estavam esvaziando à medida que aqueles sem a proteção de Harker rumavam para casa — e mesmo os que portavam medalhões. Os restaurantes e bares estavam cheios de pessoas corajosas o bastante para se aventurar, mas não a ponto de ficar nas calçadas, o que significava que, mesmo evitando as câmeras, os dois estavam em destaque na rua.

August seguiu Kate por uma rede de ruas até um café nas proximidades.

Ela entrou na fila do banheiro e saiu minutos depois usando outras roupas e segurando o celular de outra pessoa. Devolveu a jaqueta de Colton para August dizendo:

— Espero que não se importe, mas manchei um pouco de sangue.

Ele franziu o nariz.

— Obrigado — disse, vestindo-a sobre a polo. Kate passou o celular para ele e os dois pararam no corredor escuro entre a cozinha e as mesas, fora do campo de visão da câmera do restaurante. August tentava ligar.

Depois de dois toques, alguém atendeu.

— FTF.

Isso o pegou de surpresa. Ele estava acostumado a ligar de seu celular para o número direto da família. Mas eles haviam repassado aquela possibilidade, assim como todos os planos de retirada e rede de segurança, antes de entrar em Colton.

— Flynn — August disse.

— Código?

— Sete-um-oito-três.

— Status.

— Zona vermelha.

— Aguarde.

A linha ficou em silêncio. August estava começando a temer que a ligação tivesse caído quando ouviu um clique e a voz de Henry, preocupado.

— August? August, é você?

Ele ficou tenso.

— Sou eu, pai.

Algo perpassou o rosto de Kate ao ouvir aquela palavra.

— Onde você está? O que está acontecendo? Está tudo bem?

— Estou, mas aconteceu uma coisa e preciso...

— August — outra voz interveio. Leo.

— Leo, preciso conversar com Henry agora. Devolva o celular pra ele.

— Está sozinho? — A voz do seu irmão era baixa e firme, sua influência sólida como uma parede.

A resposta escapou antes que August conseguisse impedir.

— Não.

— Quem está com você?

— Kate — ele respondeu, tentando manter o foco. — Leo, escuta, alguém tentou matar Kate em Colton hoje. Mataram outras pessoas. Foram dois malchais, mas tentaram fazer parecer que a culpa era minha. Conseguimos fugir, mas estão procurando por ela e acho que...

— Deixe a garota.

O restante das palavras de August ficou preso em sua garganta.

— *O quê?*

— Deixe a garota e volte pra casa.

— Não vou fazer isso.

Ele podia ouvir Henry dizer alguma coisa no fundo e queria desesperadamente que Leo devolvesse o aparelho para seu pai, mas seu irmão continuou falando.

—Você desobedeceu às suas ordens e comprometeu sua posição. Sua identidade foi descoberta, então nossa prioridade é proteger *você*.

— E quanto a *ela*? — August retrucou, sabendo que Kate prestava atenção nele.

—Você é mais importante — Leo disse com calma. — Agora, onde você está?

A pergunta atingiu August como um soco. Ele precisou afastar o celular do rosto para se impedir de responder. Obrigou-se a respirar fundo. Não queria contar para ele e não sabia exatamente o porquê.

— *Onde você está?* — repetiu seu irmão, a paciência desaparecendo de sua voz.

August virou a cabeça e cerrou os dentes, mas conseguia sentir a resposta subindo à força por sua garganta, então desligou.

— O que aconteceu? — Kate perguntou enquanto encarava o celular. — August?

Ele balançou a cabeça. Havia algo no tom da voz de Leo, algo de que não gostara. August pensou na maneira como seu irmão falava de Kate, como se ela merecesse sofrer pelos crimes de Harker só porque era sua filha. Como se crimes pudessem ser passados adiante como genes.

— Não posso levar você para o sul — ele disse, lúgubre.

— Ótimo — Kate disse, pegando o celular da mão dele. — Então está resolvido.

Mas não estava. Nada estava. As coisas tinham saído do controle. O equilíbrio havia sido perturbado.

August fechou os olhos para esvaziar a mente, mas ouviu Kate digitando rapidamente no celular.

— O que está fazendo?

— Preciso mandar uma mensagem para meu pai avisando que foi uma armação.

— E se Sloan vir?

Kate mostrou a tela para ele. Era uma mistura de letras e traços.

— Quando voltamos para a cidade pela primeira vez depois da trégua, ele me ensinou um código.

— Que... fofo.

— Ei, crianças — disse uma garçonete —, ou vocês pedem alguma coisa ou vão ter que ir embora.

— Claro — Kate disse. — Estamos só esperando um amigo.

A mulher não pareceu acreditar, mas os deixou em paz.

— O que está escrito? — August perguntou. — Na mensagem.

— "Raptada por sunai feroz. Por favor, comece uma guerra em meu nome." — August franziu a testa. O sino na porta de entrada soou. — Relaxa, é só meu nome e o número deste celular.

O cheiro e o som o atingiram ao mesmo tempo. August perdeu o fôlego.

— Cozinha.

— Como assim? — Kate perguntou, desativando o GPS do celular. — Está com fome?

Ele fez que não.

—Vá para a cozinha — August sussurrou.

Exclamações tomavam conta do restaurante. Kate virou na direção do som, mas August a puxou de volta para o corredor.

— Por favor — disse uma voz que lembrava bolas de gude escorregadias no salão principal. Um malchai. — Fiquem em seus lugares.

—Vocês não podem entrar aqui — o gerente falou. — Temos um acordo e...

Ouviu-se o som claro de um pescoço sendo quebrado.

Depois, de cadeiras sendo arrastadas e gritos abafados conforme as pessoas começavam a levantar.

— *Parem* — ordenou o malchai. — Sentem.

August deu mais um passo furtivo em direção à cozinha. O estojo do violino bateu contra uma bandeja, quase a derrubando, mas Kate a segurou antes disso. Assim que atravessaram as portas, August se virou e enfiou um utensílio de cozinha entre as maçanetas.

— Ei! — gritou um dos cozinheiros. —Vocês não podem entrar aqui!

O som ecoou contra o aço inoxidável, e August segurou a mão de Kate e correu. Eles chegaram à porta dos fundos no mesmo instante em que o primeiro malchai bateu contra a porta que ele havia bloqueado. A barricada aguentou tempo suficiente para que escapassem para o beco.

— Não podemos ficar aqui — Kate disse, procurando as câmeras.

—Tem algum lugar em que *podemos* ficar? — August perguntou, empurrando uma lixeira enorme para a frente da porta.

Kate fez que não, mas já estava saindo do beco e fazendo a

curva, afastando-se o máximo possível do restaurante. Assim que chegaram à rua, ela o envolveu com o braço não machucado e o puxou para perto, aninhando-se ao seu lado. August se assustou, mas não recuou. Ele não compreendeu a princípio, mas não demorou a entender. As únicas pessoas na rua estavam andando em pares ou grupos. De repente, os dois não pareciam mais adolescentes em fuga, e sim um jovem casal. Ninguém mais os encarou.

August inclinou a cabeça casualmente, como se a protegesse de uma brisa.

— Nós precisamos sair da zona vermelha até eu ter notícias do meu pai — ela disse.

"Nós", ele notou.

— E como vamos fazer isso?

— Não sei — Kate disse, recostando-se nele. — Todos os prédios da Cidade Norte têm câmeras. Logo as ruas vão estar cheias de malchais e só Deus sabe quantos estão trabalhando para Sloan agora.

E então ela parou.

— O que foi?

Kate virou para ele, os olhos arregalados.

— Os malchais estão trabalhando para Sloan.

— Pensei que a gente já soubesse disso.

— Sim, mas significa que precisamos ir para algum lugar aonde os malchais *não* vão. — August abriu a boca para perguntar a que lugar da Cidade Norte eles não iam, mas então seguiu o olhar dela, para baixo, para o chão, para o vapor ondulante que subia de um bueiro na calçada.

— Ah, que droga.

III

— SÓ PRA CONSTAR — August disse, enquanto desciam pelos canos e grades até as entranhas do túnel do metrô —, acho isso uma *péssima* ideia.

— Os malchais odeiam os corsais — Kate disse, pulando os últimos metros até o chão. — E, até onde sei, o sentimento é recíproco.

— Bom, os sunais não gostam muito de nenhum dos dois também — August disse, aterrissando no chão ao lado dela.

— Foi você que quis vir junto — Kate disse, secretamente aliviada por ele estar ali. A ideia de fazer aquilo sozinha lhe dava calafrios. Seu ombro doía a cada respiração; August podia ser um monstro, mas pelo menos não queria matá-la. O túnel era perigosamente escuro: a luz fraca dos postes entrava pelos bueiros no alto e lâmpadas pendiam das paredes. Não eram RUVs, nem mesmo fluorescentes, apenas emanavam um brilho opaco.

Sob seus pés, o chão não era sólido; havia inúmeros buracos, e mais adiante ele mergulhava na escuridão. August chutou uma pedrinha e ela caiu, caiu e caiu por três segundos inteiros até pousar com um *tchibum*.

— O que tem lá embaixo?

Kate tirou uma lanterna UVAD da mochila e a acendeu, apontando o raio para o buraco. Lá embaixo, corria uma ampla extensão de água.

— Parece um rio. — Ela bateu o pé no concreto. — Acho que antigamente isto era uma ponte.

August ia começar a falar, mas Kate virou, abrindo um único feixe comprido e solitário de luz no túnel. O ouvido direito dela não registrou nada, mas, com o esquerdo, Kate conseguia distinguir o murmúrio distante de sombras, o arranhar de garras no concreto e o sussurro constante. A julgar pelo rosto de August, ele também ouvia.

espanca quebra arruína carne sangue osso espanca quebra

Havia boatos de que os corsais contavam segredos, que os murmúrios passavam a fazer sentido logo antes de matarem. Outros afirmavam que apenas repetiam os pecados que os haviam formado, sussurrando atrocidades, imitando os sons horripilantes de metal contra pele, de ossos quebrando, de gritos abafados.

Agora não era um bom momento para perder o controle. Kate se concentrou na respiração, lembrando-se de que os corsais se alimentavam de medo. Ela encarou o túnel, a lanterna vasculhando o breu, e tentou focar a visão no centro, no ponto mais escuro, que começou a se *mexer*.

— Sou filha de Callum Harker — ela gritou na escuridão.

Harker, Harker, Harker, ecoou.

E então o eco foi embora. Quando voltou, estava diferente. *Não nosso Harker, Harker, Harker.*

Kate estremeceu, venceu o impulso de recuar e manteve o olhar para onde a luz acabava e as sombras dominavam.

Ao seu lado, August tinha se ajoelhado e abria o estojo com um estalo.

—Você tem outra lanterna aí? — Kate perguntou baixo.

— Não — ele disse —, mas tenho algo melhor. — August

mostrou o violino. — Além disso, você comentou que queria me ouvir tocar.

Kate se lembrou dos acordes sinistros, da maneira como os malchais haviam gritado de dor, recuando e tapando os ouvidos, da calma estranha que se apoderou dela feito neve.

À frente deles, a luz vermelha do túnel iluminou dentes e garras, e a escuridão começou a se agitar.

— Lembra quando falei que era uma péssima ideia? — ele murmurou, jogando a alça do estojo no ombro.

— A boa notícia — Kate disse, segurando a lanterna com mais força — é que acho que eles não vão contar para o Sloan que estamos aqui.

— E a má notícia? — August perguntou, encaixando o violino sob o queixo.

Ela fez um arco com a lanterna e houve uma agitação entre os corsais, que se separaram e depois retomaram a formação.

— A má notícia — ela disse — é que não acho que estejam felizes em nos ver.

Mais uma vez Kate jogou a luz sobre as criaturas. Uma sombra solitária gritou e tombou para a frente da massa, seus olhos brancos se apagando, seus dentes caindo no chão úmido como pedras soltas.

— Quando quiser — ela vociferou, enquanto os corsais se agitavam e sibilavam.

— Não se pode apressar a arte — August disse enquanto pousava o arco sobre as cordas. A escuridão avançou na direção deles como um trem, revolvendo o ar, mas, assim que Kate deu um passo para trás, ele finalmente começou a tocar.

Uma única nota ressoante dominou o túnel, então tudo *parou*.

O som correu pelo ar enquanto August tirava uma segunda e uma terceira nota, em acordes que se fundiam assim que se formavam. A música era como uma lâmina cortando a escuridão. A melodia ressoou pela mente de Kate e os corsais começaram a recuar como se repelidos por um único raio potente. Eles silvaram feito vapor, apartaram-se e desapareceram. Kate conseguiu sentir seus pensamentos desaparecerem também, sua própria cabeça girando com as notas como havia acontecido em Colton.

Agora, no escuro, ela também conseguia *ver* a música. Percorrendo o ar como raios de sol, fitas coloridas se entrançavam e se retorciam, mantendo as sombras afastadas. Ela cambaleou, subitamente zonza, e seus pés pararam. Não conseguia se mover, não conseguia desviar os olhos. Seus sentidos estavam envoltos pelos acordes, que ocupavam sua cabeça e absorviam sua visão.

E então Kate abaixou os olhos e viu que *ela* também estava brilhando, uma luz estranha e pálida emanava da superfície de sua pele. Ficou admirada com essa luz, com como se movia com ela, dançando como vapor, mesmo estando sob sua pele. Era como prata e fumaça, pulsando levemente na cadência de seu coração.

Aquela era sua vida?

Aquela era sua alma?

Ao longe, a voz de August a alcançou, baixa, fluida e entretecida pela música.

—Venha, Kate.

A música vacilou e parou, deixando apenas ecos quando ele encostou no braço dela. Nesse momento, Kate recuperou a consciência o bastante para sentir medo.

— Não — ela disse, tentando se afastar antes que August pudesse roubar sua alma. Ela se moveu devagar demais, mas, quando os dedos dele se fecharam ao redor do seu punho, nada aconteceu.

— Está tudo bem — ele disse, com uma voz cautelosa, mas tensa. — Não posso machucar você… — Kate abaixou os olhos para o ponto onde August a tocava, notando a maneira como a luz prateada parecia arquear os dedos dele como um rio em volta de uma pedra. — Mas você precisa ficar perto de mim. — August puxou a mão dela para a bainha de seu casaco e retomou a música antes que os últimos resquícios do som sumissem. — Venha comigo.

E a verdade era que Kate poderia até pular de um penhasco atrás dele, desde que continuasse tocando. As palavras deixaram a boca de August e se misturaram à música. Tudo se tornou real, tudo se tornou verdade. Os dois atravessaram o túnel, o centro inconstante de uma esfera de melodia e luz. A mente de Kate submergiu. Ela tentou nadar para a superfície, que ficava cada vez mais longe do seu alcance. Era como a fronteira entre acordar e dormir, onde não dava para se segurar aos seus pensamentos. Não dava para se segurar a nada.

Mas Kate continuou se segurando em August.

A escuridão diminuiu quando eles se aproximaram de uma estação, e o túnel se abriu para um forro abobadado e uma série de plataformas. Os ladrilhos cintilavam como dentes refletindo a música.

CASTER WAY, a placa tremulou sob o brilho fantasmagórico. Eles estavam seguindo para o norte.

Os túneis do metrô afunilavam, abriam e afunilavam de novo conforme os trilhos se uniam e divergiam e se uniam de novo. Eles passaram por uma garagem de vagões escurecidos, desativados até o turno matinal.

Kate não sabia ao certo quanto tempo a música tinha durado. Não conseguia se ater aos minutos. Sentiu que estava dizendo algo, sentiu sua boca formando palavras, sentiu-as saindo de seus lábios, mas não conseguia ouvir a própria voz, apenas a música. Se August a ouviu, não respondeu nem se virou. Manteve o olhar para a frente, o violino erguido e as mãos em movimento.

Aquele não era o menino das arquibancadas ou encurvado no carro dela. Não era o menino que tossia sangue negro na calçada ou que estava amarrado à parede em construção.

Era um August Flynn diferente.

Confiante.

Hipnotizante.

Kate sentiu seus lábios formando essas palavras também, mas foi interrompida pelo som metálico e agudo de uma das cordas do violino se quebrando. August vacilou, o pânico perpassando seu rosto. Ele começou de novo e a melodia retornou, ainda fascinante, mas estava... mais fraca. Menos raios de luz os envolviam. Quando o brilho iluminou o rosto de August, ela notou uma ruga de preocupação no rosto do sunai.

E então, rápido demais, uma segunda corda se rompeu. August prendeu a respiração. Agora o som era *claramente* mais fraco. Kate sentiu a presença da música enfraquecendo em sua mente e teve o pressentimento de que aquele era um mau sinal.

— August — ela disse, com a voz alerta.

— Nunca toco por tanto tempo — ele explicou, os olhos semicerrados de concentração. — Preciso das quatro cordas do violino.

Ela podia ver a tensão nas últimas duas, o lugar onde o arco encontrava a corda pungindo de luz, como calor. Os raios no ar estavam começando a se turvar e a escuridão — com as coisas que se debatiam nela — começava a avançar.

À frente deles, o túnel se abria em mais um espaço cavernoso. Um vulto brilhava no meio. Não olhos ou dentes, mas os cantos metálicos de um vagão de metrô.

Algo arranhou as paredes do túnel atrás de Kate; o som metálico trespassou a música vacilante de August. Ela não virou. Enxergar não ajudaria. Só tornaria aquilo real.

— Kate — August disse, logo antes da terceira corda se quebrar.

— Sim?

— *Corra!*

||||

Eles correram.

O mais depressa que conseguiram. Os últimos raios de música e luz seguindo atrás como serpentinas, dissolvendo rápido demais na escuridão. A música vinha mantendo os corsais afastados, mas eles eram pacientes e podiam esperar. Assim que ela acabou, os monstros surgiram atrás dos dois, avançando em uma mistura de dentes e garras.

August manteve o olhar à frente enquanto Kate iluminava o túnel, tentando manter os corsais afastados enquanto corriam para o vagão de metrô. Eles alcançaram as portas de mãos dadas momentos antes dos primeiros monstros chegarem.

August saltou os degraus, mas Kate tropeçou, soltando um grito. August envolveu os braços ao redor dela, protegendo o corpo de Kate com o seu enquanto os corsais batiam no vagão do metrô em uma onda de *quebraruínaosso*. Os corsais sibilaram e cortaram o ar, arranharam o aço, mas não podiam tocar em August, então não tinham como alcançar Kate.

— A porta! — August gritou quando uma criatura tentou arrancar o violino dele. — Rápido!

Kate tremia, pálida, mas girou nos braços de August e conseguiu alcançá-la.

O metal deslizou lateralmente com um ruído resistente. Os dois tentaram fechá-la à força. Um corsai estendeu o braço com garras, mas, quando August pressionou a mão contra sua carne, a criatura recuou como se tivesse sido queimada, e eles finalmente conseguiram fechar a porta.

Kate e August ficaram parados no vagão escuro, recuperando o fôlego enquanto as sombras fervilhavam lá fora, rosnando e se lançando contra o alumínio. As paredes eram reforçadas com ferro, e logo os monstros voltaram para a escuridão do túnel. Mas seu cheiro permaneceu, uma mistura de cinzas e podridão úmida.

Kate afundou em um banco.

— Você estava certo — ela admitiu. — Foi o pior plano da história.

— Eu avisei — August disse, ajoelhando. Ele examinou o violino, encolhendo-se ao ver o grande arranhão que descia pela madeira. Vasculhou o estojo até encontrar um pacote de cordas novas e começou a trabalhar sob o feixe de luz UVAD de Kate.

— Por que o violino? — ela perguntou, com a voz trêmula.

August não ergueu os olhos.

— Os sunais usam música para trazer as almas à superfície — ele respondeu, tirando as cordas quebradas.

— Isso eu entendi — ela disse. — Mas por que um violino? Você não pode usar qualquer coisa? — Ela tamborilou os dedos no banco do metrô. — Se batucasse, não contaria como música?

August fez que não.

— Segure a lanterna um pouco mais para cima. — Ele enganchou a primeira corda e a enrolou em volta da cravelha. — Cada um de nós tem uma música — explicou. — Ela pertence apenas a nós, é algo com que nascemos, como uma impressão digital. — August apertou a corda. — Leo consegue tocar quase qualquer coisa: violão, piano, flauta... Mas Ilsa utiliza apenas a voz. — Ele tangeu uma corda tensa. — Ela pensa que tudo gira em torno da beleza. Que nossa música tem a ver com o primeiro som bonito que ouvimos. Eu ouvi um violino. Ela ouviu uma pessoa cantando.

— E Leo?

August hesitou. Pela lógica de Ilsa, Leo devia ter encontrado beleza em tudo. Mas ele não conseguia imaginar seu irmão vendo o mundo como uma coisa completa, que não precisasse ser corrigida.

—Vai saber...

Ele trabalhou em silêncio por um momento, trocando a segunda e a terceira cordas.

— Sabe, existe uma grande diferença entre "não vou" e "não posso" — disse Kate.

— Do que está falando? — August a encarou. Mesmo na escuridão do vagão, Kate parecia pálida.

— Quando você pegou minha mão, disse para eu não me preocupar. Mas não falou que não *ia* me machucar. Falou que não *podia*. — August voltou a atenção para o violino. Aquela não era a hora.

— Eu vi filmagens — ela continuou, a voz oscilante — de Leo matando. Ele toca as pessoas e toma suas almas. Mas quando você me tocou, nada aconteceu. Por quê?

August hesitou, apertando a última corda.

— Só podemos tomar a alma de pessoas que feriram outras.

— Eu já feri gente — Kate disse, na defensiva, como se sentisse orgulho disso.

— Não dessa forma.

— Como você sabe?

— Porque sua sombra não tem vida própria e sua alma não é vermelha.

Ela ficou em silêncio por um instante, depois disse:

— O que realmente significam as suas marcas?

August tangeu cada corda, afinando-as de ouvido.

— Dias.

Ele guardou o instrumento no estojo. Kate apagou a lanterna, mergulhando-os de volta no brilho vermelho-claro das luzes nas paredes do túnel.

— Não quero que ela queime — Kate sussurrou.

August não discutiu. Sentou no chão à frente dela, as costas apoiadas no banco, e passou a mão nas marcas em seu punho. Mesmo perdido na música mais cedo, havia sentido a última marca — um novo dia, uma linha de calor em sua pele.

— Quantos? — ela perguntou.

— Quatrocentos e vinte e dois.

— Desde o quê?

Ele engoliu em seco.

— Desde que sucumbi pela última vez.

— Como assim?

— É o que acontece quando os sunais param de se alimentar. Eles… sucumbem às trevas. Perdem a capacidade de diferenciar o bem do mal, monstros de humanos. Simplesmente saem matando. Qualquer um. Nem fazem isso para se alimentar. Só… — Sua voz sumiu com um calafrio. Ele não disse que, toda vez que os sunais se entregavam às trevas, perdiam um pedaço de sua alma (se é que *tinham* uma), uma parte do que os tornava humanos. Toda vez que sucumbiam, algo não retornava.

— Como você fica quando se entrega às trevas? — Kate insistiu.

— Não sei — ele disse apenas. — Não tenho como me ver.

— Mas você falou que preferia morrer a deixar que isso acontecesse de novo.

Não houve hesitação quando ele respondeu.

— Sim.

Os olhos de Kate brilharam sob a luz baixa.

— Quantas vezes aconteceu, August?

Era mais fácil aguentar as perguntas dela quando não conseguia enxergá-la bem.

— Duas — ele respondeu. — Uma quando eu era muito mais novo e outra...

— Quatrocentos e vinte e dois dias atrás — Kate terminou por ele. — Então, o que aconteceu?

August hesitou. Não gostava de falar sobre aquilo. Nunca falava. Não havia *ninguém* com quem falar a respeito. Henry e Emily não entendiam — não tinham como entender. Leo via a alma como uma distração — havia queimado a sua de propósito. E Ilsa... bem, parecia que ela tinha levado um pedaço da Cidade V consigo da última vez que havia se entregado às trevas.

— Eu parei de me alimentar — ele disse por fim. — Não tinha vontade. Não queria me sentir como um monstro. Eu e Henry brigamos, e fui embora com raiva. Passei a maior parte do dia andando pela cidade entorpecido, perdido em meus pensamentos. — Ele fechou os olhos ao lembrar. — Estava finalmente voltando quando uma briga começou e eu... sabe quando você está com fome e o cheiro da comida é hipnotizante? Quando não consegue pensar em outra coisa? Dava para sentir o cheiro do sangue nas mãos deles e então... — Sua voz vacilou. — Lembro que me senti muito vazio. Como se tivesse um buraco negro dentro de mim, algo que precisasse preencher e não conseguisse. Não importava quantas pessoas eu matasse. — As palavras deixaram sua garganta seca e seus dedos trêmulos. — Então, sim, prefiro morrer a enfrentar aquilo de novo.

Kate permaneceu em silêncio.

August se forçou a abrir os olhos.

— Ei, não vai dizer nada?

Ela estava caída no banco, com os olhos fechados. August pensou por um momento que Kate só havia cochilado, mas o braço dela, que estava cruzado diante do peito, estava em seu colo, e algo escuro e úmido brilhava nele.

Mesmo no vagão escuro, August sabia que era sangue.

— Kate.

August se aproximou, ajoelhou na frente dela e segurou seu rosto entre as mãos.

— Kate, acorda.

— Onde você está? — ela sussurrou.

— Estou bem aqui

— Não... — Kate murmurou. — Não é assim que funciona... — ela começou a explicar, mas já estava perdendo a consciência de novo.

— Desculpe — ele disse, antes de apertar o ombro machucado de Kate. Seus olhos se abriram abruptamente enquanto ela soltava um grito e o chutava no peito. August cambaleou para trás, massageando as costelas enquanto ela murmurava:

— Estou *bem*.

— Por que não disse nada? — ele perguntou, estreitando os olhos para ver o tamanho do estrago sob a luz fraca.

Kate balançou a cabeça e August não soube dizer se aquela era a resposta ou se estava tentando se livrar do torpor.

Ele pegou a lanterna.

— Me deixe ver — disse, acendendo a lanterna e se arrependendo logo em seguida. A barriga dela estava coberta de sangue.

—Vou ficar bem... — Kate disse, mas sua voz estava sem força.

Ela não resistiu quando August a fez deitar de costas no banco, apenas soltou um palavrão quando levantou um pouco a camisa dela. Ele disse a si mesmo que xingar era um bom sinal; significava que estava consciente, mas, quando viu a ferida, arrepiou-se mesmo assim. Duas marcas finas de garras desciam pela curva das costelas até o umbigo. Não haviam atingido nenhum órgão vital, mas os cortes eram profundos e Kate tinha perdido muito sangue.

— Preste atenção na minha voz — ele disse, tirando o casaco. —Você precisa ficar acordada

Kate quase soltou uma gargalhada, que se restringiu a um riso fraco interrompido pela dor.

Ele rasgou o forro da jaqueta de Colton.

— Qual é a graça?

—Você é um monstro de meia-tigela mesmo, August Flynn.

Ele pressionou o forro contra a barriga de Kate, fazendo a garota soltar outra série de palavrões. Então, levantou e explorou o vagão em busca de um kit de primeiros socorros.

— Converse comigo, Kate — August disse enquanto procurava. — Onde você está?

Ela engoliu em seco, depois respondeu:

— Num lago.

— Nunca vi um lago. — Ele achou uma caixa de primeiros socorros escondida atrás de uma série de bancos na parede dos fundos. Voltou com um pouco de antisséptico e gaze e se ajoelhou ao lado dela. — Me conte como é.

— Ensolarado — Kate disse, sonolenta. — O barco está balançando e a água é quente, azul e cheia de — ela silvou ao sentir o antisséptico — peixes.

—Você vai precisar de pontos — August comentou, cobrindo a ferida com a gaze.

— Sem problema — Kate disse, soando irritada. — É só sair daqui e ir até o hospital mais próximo. Aposto que ninguém vai notar que Kate Harker e um sunai... *Aiii!* — Ela parou de falar quando August pressionou sua barriga.

— Não precisamos de hospital — ele disse calmamente. — Só precisamos de um kit de sutura.

— Se você acha que vou deixar que chegue perto de mim com linha e agulha...

— Meu pai é cirurgião.

— Pare de chamar o cara assim — ela gritou, sentando e soltando um chiado de dor. — Ele não é seu pai. Flynn é humano, e você é um monstro que trabalha para ele.

August ficou imóvel.

— Que foi? Não tem nada a dizer agora? Ah, é verdade, você não consegue mentir.

— Henry Flynn é minha família — August vociferou. — E posso apostar que é um pai muito melhor que o seu.

— Vai se foder. — Kate se deixou cair, respirando entredentes. — Por que quer tanto ser humano? Nós somos frágeis. Somos mortais.

— Vocês *vivem*. Não passam todos os dias sem saber por que existem sem se sentirem reais, por que parecem humanos mas não são. Não fazem de tudo para serem boas pessoas para a vida vir e jogar na sua cara que nem pessoas vocês são.

Ele parou, sem ar.

Kate o encarava. August esperou, deu uma chance para ela falar. Kate ficou quieta. Ele balançou a cabeça e desviou os olhos.

— August — ela começou.

E então um zumbido alto encheu o ar.

Eletricidade crepitou pelos túneis. Kate e August ergueram os olhos abruptamente quando a energia foi religada e as luzes do vagão de metrô tremeluziram e se acenderam.

— Ah, não — August exclamou, ao mesmo tempo que Kate disse: — Finalmente.

Ela parecia mais pálida sob a luz forte do vagão. Seu sangue era de um vermelho agressivo, pontilhando o chão de metal e manchando o banco.

— Precisamos ir — August disse, levantando. — Agora. — Ele apontou para cima ao falar isso. Kate olhou para o teto e notou a série de pontinhos vermelhos. Câmeras de vigilância.

— *Merda* — ela murmurou, segurando-se em um mastro para levantar. Ela soltou um gemido de dor e August começou a caminhar em sua direção, mas Kate o interrompeu. — Só abra a porta.

Ele pendurou o estojo com o violino no ombro e arrombou a porta. O túnel à frente não estava completamente iluminado, mas raios de luz RUV corriam por toda a extensão das paredes, e os corsais haviam ido embora.

August ofereceu a mão para ajudá-la a sair do vagão, mas Kate não aceitou. Ele precisou agarrar seu braço quando ela quase caiu. Kate o empurrou e começou a descer o túnel em direção à estação mais próxima, com o cuidado de manter os pés na madeira entre os trilhos. August seguiu atrás dela, mantendo os ouvidos atentos ao som dos trens em movimento, mas estava claro que o serviço ainda não tinha começado — ou pelo menos não havia chegado a eles. Onde estavam? Até onde tinham andado durante a noite? Não até o fim da linha, aquilo era óbvio, mas ele conseguia ouvir a pulsação da cidade ficando mais fraca a cada passo.

Os dois chegaram à estação seguinte e subiram dos trilhos para a plataforma — Kate finalmente o deixou ajudar — ao mesmo tempo que as grades das portas do metrô lá em cima se abriam ruidosamente e as pessoas começavam a entrar.

Eles eram os únicos subindo a escada em vez de descer, e August a envolveu cuidadosamente com o braço, lembrando a maneira como haviam se abraçado na noite anterior, transformando-se de duas pessoas em um casal. Mas tudo parecia diferente agora, com Kate se apoiando com um pouco de força demais nele, sua jaqueta apertada em volta dela, sua mão manchada de sangue enfiada no bolso. August sentiu os olhos se voltarem para eles em vez de desviarem.

As pessoas secavam a chuva do casaco e dobravam o guarda--chuva ao entrar no metrô, e August furtou um de uma banca ao pé da escada, abrindo-o enquanto subiam em direção à promessa da luz matinal.

Assim que chegaram à superfície, ele parou.

Os prédios se elevavam ao redor deles, mas não eram os enormes arranha-céus da zona vermelha. Pareciam menores, colados uns aos outros, mas baixos o bastante para dar para ver o céu sobre os terraços. Havia até árvores aqui e ali. Não enormes extensões, como em Colton, mas uma fileira ao longo da rua, cada uma com sua própria cerquinha. O centro da cidade cortava o horizonte à distância e, dali, o norte e o sul não pareciam tão diferentes. August não conseguia ver a Fenda.

Kate estremeceu, o que trouxe sua atenção de volta. August avistou uma farmácia do outro lado da rua.

— Fique aqui — ele disse, passando o guarda-chuva para ela. Kate respondeu apenas com um aceno fraco.

Ele estendeu as mãos na chuva, lavando o máximo de sangue possível antes de entrar na farmácia. Tirou um punhado de notas dobradas do bolso — não tinha muito, apenas o que Henry o obrigava a carregar para alguma emergência — e foi passando pelos corredores, evitando a atenção das câmeras de segurança enquanto pegava um kit de sutura, antisséptico, analgésicos e esparadrapo.

Seus dedos ansiavam para ligar para o pai, para avisá-lo que estava bem, que estava tentando *ajudar*. Mas e se Leo atendesse? Ou pior: e se estivesse a caminho? O que seu irmão faria se encontrasse Kate?

— Tem uma clínica descendo a estrada — disse a mulher atrás do balcão.

August ergueu os olhos.

— O quê?

Ela apontou para os materiais e ele se deu conta de que eram óbvios. Deveria ter pegado outras coisas também para parecer menos suspeito, mas não tinha muito dinheiro. Atrapalhou-se para encontrar uma versão aceitável da verdade.

— Uma amiga levou um tombo — ele disse. — Não quer que a família descubra.

A mulher assentiu distraidamente e guardou os materiais em uma sacola.

— Pais superprotetores?

— Tipo isso. — August pagou e levantou a gola da polo antes de voltar para a chuva. Ele ergueu os olhos, esperando ver Kate aguardando ao lado da entrada do metrô, onde a tinha deixado.

Mas ela não estava lá.

— Não, não, não… — August murmurou, atravessando a rua apressado, prendendo a respiração até chegar ao lugar exato onde a tinha deixado, como se aquilo fosse fazê-la reaparecer. A poça sob seus pés estava manchada de vermelho. A chuva encharcava seu cabelo e escorria pelo estojo enquanto ele girava, resistindo ao impulso de gritar o nome dela. Guarda-chuvas passavam por ele, pessoas iam e vinham.

E então, por fim, August a viu parada embaixo de um toldo no fim do quarteirão. O alívio tomou conta dele. A intensidade da sensação o pegou de surpresa.

— Achei que tinha ido embora — ele disse, correndo até ela.

Kate o observou por um longo momento.

— Pensei nisso — ela disse, antes de olhar para a sacola de materiais na mão dele. — Mas parece que vai ser *tão* divertido.

Eles caminharam três quarteirões até um motel e usaram quase todo o dinheiro de Kate para pagar por um quarto. O lugar afirmava não estar conectado à rede de câmeras de Harker, apenas a um circuito interno, para segurança. O homem na recepção abriu um sorriso sacana enquanto entregava as chaves para ela.

— Este lugar é mais sujo do que o metrô — Kate disse, sentando na beira da cama enquanto August tirava o que tinha comprado da sacola. Ela pensou na manhã do dia anterior, antes da escola, na maneira como tinha disposto na cama os lacres enforca-gatos, a fita adesiva e as estacas de ferro. Como podia só ter passado um dia desde então? — Você realmente sabe o que vai fazer? — Kate perguntou enquanto August abria o kit de sutura. Quando ele ia responder, ela ergueu a mão. — Flynn. Cirurgião. Entendido.

August abriu o frasco de analgésicos e Kate engoliu três comprimidos sem água, depois tirou a jaqueta e a camisa. August sequer tentou espiar enquanto vestia as luvas descartáveis. Ela deveria ter desconfiado que ele não era humano.

As marcas de dentes no ombro não eram fundas, mas os cortes na barriga estavam vermelhos e inflamados. Kate deitou, contorcendo-se enquanto August limpava os cortes e passava um spray anestésico na região. Ela respirou fundo para se acalmar enquanto ele pegava a agulha.

— Sinto muito — August disse suavemente. —Vou tentar ser rápido.

— Espere. — Kate tirou o maço de cigarros da mochila. O pacote estava um pouco molhado, mas os cigarros ainda deviam acender.

August balançou a cabeça.

— Entre tantos jeitos de morrer…

—Vou ter sorte se viver tempo suficiente para isso ser um problema. — Ela pôs o cigarro entre os lábios e deu uma tragada. — Certo.Vamos lá.

O processo todo foi muito dolorido, mas Kate tinha de admitir: August era cuidadoso. Gentil. O máximo possível para alguém furando outra pessoa com agulha e linha. Mas era óbvio que ele não queria machucá-la, e parecia até sentir aversão àquilo tudo. Que ótimo. Um monstro sensível.Vai entender.

Diante dos acontecimentos, Kate sentiu sua determinação vacilar. O quarto estava silencioso demais, a dor era forte demais e, quando deu por si, estava falando. Não sabia o porquê, mas as palavras simplesmente saíam, e ela não as deteve.

— Cresci com as histórias do meu pai — ela disse, tentando ficar imóvel. — Por anos, era tudo o que tinha dele, na verdade; uma boa história. Eu queria que fosse real. Minha mãe o fazia parecer tão forte e invencível, mas mal me lembrava dele, de tão pequena que era quando deixei a cidade. Com o tempo, tudo o que eu queria era ver meu pai de novo.Voltar a ter uma família. — Ela estremeceu de dor, mas continuou:— E então finalmente voltamos para a Cidade V e tudo estava errado. Nada era como nas histórias. Meu pai nunca estava em casa, e quando estava parecia um desconhecido. Como se fôssemos estranhas na casa dele. Minha mãe não aguentou. Na noite do acidente, ela me arrancou da cama. Sua boca estava muito vermelha e sua cara era de choro.

Levanta, Kate. A gente precisa ir.

Pra onde?

Pra casa.

— Ela não parava de olhar para trás. Ninguém nos impediu. Nem quando atravessamos a cobertura. Nem quando pegamos o carro. Nem quando fugimos em alta velocidade.

Ele vai ficar bravo, mãe.

Não se preocupe, Kate. Vai dar tudo certo. Fica quietinha. Fecha os olhos. Me fala onde você está.

Aquele era o jogo favorito da mãe de Kate, uma maneira de transformar o lugar onde estava no lugar onde queria estar.

Vai, Kate. Fecha os olhos.

A menina fechou os olhos com força, mas, antes que pudesse dizer um lugar, ouviu garras riscando o metal, viu o clarão súbito de faróis. A virada terrível da gravidade antes da batida. O grito ensurdecedor de metal, pneus, vidro quebrado e então… silêncio. O rosto da mãe com a bochecha no volante; do outro lado do vidro, a luz de dois olhos vermelhos.

Kate arfou e tentou sentar.

— Desculpa — August disse, com a mão sobre o ombro bom dela. — Agora acabei.

Não, não, o que… Kate tentou recuperar a lembrança, mas ela já estava se desfazendo, como quando se acorda rápido demais e o sonho se desintegra antes que se consiga retê-lo. A garota tinha visto alguma coisa, mas não conseguiu identificar o que era. Estava tudo fragmentado de novo. Seu ouvido ruim zumbia.

— O que eu estava dizendo? — Kate perguntou, tentando fazer com que o estranho pânico passasse.

August abaixou o olhar, constrangido.

— Desculpa.

Ela virou a cabeça.

— Pelo quê?

— Não consigo controlar — ele disse. — Sério, se eu pudesse...

— Do que você está *falando*?

August passou a mão no cabelo preto.

— É uma coisa que acontece perto de mim. Perto de *nós*. As pessoas se abrem. Contam a verdade. Sem perceber o que está acontecendo.

Kate ficou pálida.

— O que eu *falei*?

August hesitou.

— Tentei não prestar muita atenção.

— Que gentil — ela disse, irônica. — Você podia ter me avisado antes.

Ele arqueou uma sobrancelha escura.

— Bom, é justo. *Eu* não consigo mentir para *ninguém*.

Ele voltou a atenção para a barriga dela.

— Vai deixar cicatriz — ele disse, cobrindo os pontos com um esparadrapo.

— Não vai ser a primeira — Kate respondeu, observando os pedaços de fita branca em sua barriga. — Bom trabalho. Seu pai ficaria orgulhoso.

August se encolheu um pouco.

— Como um cirurgião acaba controlando a Cidade Sul? — ela perguntou.

— Com a morte de toda a sua família.

Houve um silêncio constrangedor, quebrado quando August disse:

— E o *seu* pai? Alguma notícia?

Kate olhou para o celular. Havia algumas mensagens, todas para uma tal de Tess, que deveria ser a menina de quem havia roubado o aparelho no banheiro do restaurante. Ela não tinha parado para perguntar o nome dela.

— Nada ainda — Kate disse, deletando as mensagens.

Os dois sabiam que era um mau sinal. Harker provavelmente vira a mensagem. Saberia que era ela. Ele já deveria ter ligado àquela altura. Kate havia telefonado uma segunda vez enquanto August estava na farmácia. Então arriscou uma terceira.

Ela tentou inspirar fundo, mas estremeceu de dor. Ficou esperando que a dor se dissolvesse até poder ser ignorada, ou que o torpor reconfortante de adrenalina e choque chegasse, sem sucesso.

Sua barriga começou a doer de uma maneira diferente, vazia.

—Você não pegou nada para comer na farmácia, não é?

August franziu a testa. Era óbvio que ele não tinha pensado naquilo. Claro. Ele não se alimentava de comida. Apenas de almas. E talvez fosse a dor, a perda de sangue ou a exaustão, mas Kate começou a rir. Doía muito, mas ela não conseguia se conter.

— Qual é a graça? — August perguntou, levantando.

— Sabe como um sunai se sente quando se alimenta?

— Como?

— De alma lavada.

August a encarou.

— Entendeu? Porque…

— Entendi — ele disse, inexpressivo.

— Ah, vamos lá! Foi engraçado. — August apenas balançou a cabeça, mas ela viu o canto de sua boca se contorcer antes que virasse. — Com que frequência você… se alimenta? — ela perguntou. De repente, o sorriso se foi.

— Quando preciso — August respondeu em um tom que deixava muito claro que não queria conversar sobre aquilo. Ele chacoalhou o trocado no bolso. — Vou ver se tem uma máquina de salgadinho por aqui.

No momento em que saiu, o celular tocou.

★

August parou no vão, fitando a máquina.

O foco de sua visão se perdeu e voltou. Em vez das embalagens de salgadinho, ele viu seu próprio reflexo no vidro.

Você não é um monstro.

August passou a mão no cabelo, tentando tirar os cachos úmidos do rosto.

Ele não é seu pai, August. Ele é humano.

A camisa molhada pela chuva estava colada ao seu corpo magro, as mangas arregaçadas até os cotovelos, as marcas negras descendo pelo antebraço esquerdo.

Quatrocentas e vinte e duas.

Ele encostou a testa no vidro e fechou os olhos, tomado pelo cansaço. Queria ir para casa. Queria pegar Allegro no colo, sentar no chão do quarto de Ilsa e olhar as estrelas no teto. O que eles estavam fazendo? O que *ele* estava fazendo? Talvez devessem ter ido para o sul. Talvez ainda fosse possível.

— Comeu seu dinheiro? — um senhor perguntou.

August se empertigou.

— Não — ele disse, exausto. — Só estou tentando decidir.

August enfiou as moedas na máquina, digitou números aleatórios e pegou o objeto na abertura inferior. E então, quando ia voltar para o quarto, ele viu.

Um telefone público.

Era um daqueles aparelhos antigos, fixados à parede, que aceitavam moedas.

Ele olhou para baixo, considerando os últimos trocados em sua mão.

Nem sabia se seria suficiente.

Pegou o telefone e escutou o toque vazio.

Queria ligar para Henry. Queria saber se estava fazendo a coisa certa. Mas e se Leo atendesse? Ou, pior... e se Henry dissesse para abandonar Kate e deixar que os monstros de Harker a pegassem? Não. August não podia fazer aquilo. Ela era inocente. Ele era um sunai. Seu propósito era tornar o mundo melhor, não pior, e deixar uma pessoa morrer não era o mesmo que matar? Henry entenderia aquilo, mas Leo...

August devolveu o telefone ao gancho.

— Katherine? É você? — Ela foi pega de surpresa pela urgência na voz de Harker. A calma de sempre não estava lá; ele parecia preocupado.

— Pai. — Foi a única palavra que saiu.

— Graças a Deus. — Um suspiro aliviado, como uma onda que se quebra. —Você está bem?

A voz dela vacilou. Kate apertou o pingente de prata em volta do pescoço.

— Sim.

— O que aconteceu? Onde você está? — Ele estava até falando mais alto, embora nunca fizesse isso.

— Houve um ataque ontem — ela disse, tentando manter a calma e o foco. — Em Colton.

— Eu sei. Estou tentando entrar em contato com você desde então. Quatro alunos e um professor morreram, além de dois dos meus malchais. Parece que um dos sunais de Flynn...

— Não — Kate interrompeu. — Não eram seus malchais. Eles tinham arrancado as marcas. E não foi um sunai. Foi uma armação.

Silêncio.

—Você tem certeza?

— Eles vieram atrás de mim — ela disse. — Pai, eles tentaram queimar meus olhos com um maçarico.

— Mas você fugiu — Harker disse. Havia algo em sua voz, como surpresa ou um respeito relutante. — Está sozinha?

Kate hesitou, passando os olhos pelo estojo do violino de August sobre a cadeira.

— Sim.

— Onde? Vou mandar um carro.

Kate balançou a cabeça.

— Não.

— Katherine, onde quer que você esteja, não é seguro.

— Nem aí.

Um suspiro. Silêncio. Ela conseguia ouvir as palavras que ele não estava dizendo. *Nunca deveria ter trazido você de volta. Deveria ter mantido você longe.*

Ela engoliu em seco.

— Onde está Sloan?

— Saiu. *Por quê?* — provocou Harker.

— *Alguém* mandou me matar, pai. *Alguém* tentou quebrar a trégua. E esse *alguém* tinha poder suficiente para fazer outros malchais se curvarem à vontade dele. Pela lógica...

— Sloan sempre foi leal.

— Confronte seu malchai, então, se tem tanta certeza — ela disse friamente.

Silêncio de novo. Quando Harker falou, seu tom era cauteloso.

— Você está certa, não é seguro aqui. Precisa sair da cidade até os problemas serem resolvidos. Lembra as coordenadas?

Ela se empertigou.

— Sim.

— Vou ligar quando souber mais.

Os dedos de Kate seguraram o celular com mais força.

— Certo.

— Prometo que esse problema será resolvido, Katherine...

— Eu os matei — ela disse, antes que Harker pudesse desligar. — Os malchais de Colton. Enfiei minhas estacas no coração deles. Quando você achar o monstro que está por trás disso, quero matá-lo também. — *Mesmo se for Sloan.* Especialmente *se for Sloan.*

Uma única palavra em resposta:

— Combinado.

Então ele desligou. Foi a conversa mais longa que Kate teve com seu pai em cinco anos.

Ela continuou na linha e escutou o silêncio até August voltar.

August parou na janela do hotel, observando o sol se arquear sobre o horizonte da cidade. A chuva havia cessado, as nuvens se dissolveram de uma massa sólida cinza em centenas de fiapos, por entre os quais o azul brilhava. Kate havia fumado todos os cigarros. Quando August se recusou a comprar mais, ela se esticou na cama e ficou observando o teto, virando o pingente de prata entre os dedos.

Kate disse que precisava sair da cidade. Não explicou aonde pretendia ir, apenas levantou da cama. Ela caiu, quase estourando os pontos no processo. Com a perda de sangue, os analgésicos e a falta de sono, não estava em condições de ir a lugar nenhum.

— Uma noite — August disse a ela. Eles haviam pagado pelo quarto. Kate poderia partir pela manhã.

Kate. Como se August fosse deixá-la sozinha. Era o que Leo queria que fizesse. Henry provavelmente diria o mesmo, se conseguisse falar com ele.

— É melhor você ir — Kate disse, como se pudesse ler sua mente.

— Pois é — August disse, afundando numa cadeira. — É melhor eu ir.

— Estou falando sério — ela disse, com um leve tremor na voz. —Vá enquanto ainda está claro lá fora.

— Não vou abandonar você — ele disse.

— E se eu não quiser que fique? — Kate perguntou, o que não era o mesmo que pedir para August ir.

— Azar o seu — ele disse. — Não vou ficar só por sua causa. Quem quer que esteja por trás disso tentou incriminar minha família.Você tem ideia do que vai acontecer se essa trégua for quebrada? Se a cidade mergulhar numa guerra territorial de novo?

— Pessoas vão morrer — Kate disse, sem dar muita importância.

— Pessoas vão *morrer* — ele repetiu, pensando na irmã. Ilsa em seu quarto, cercada por estrelas. Ilsa no Árido, cercada por fantasmas.

— As pessoas sempre morrem — Kate murmurou. Ela não insistiu para que fosse embora, no entanto. Apenas afundou nos travesseiros de novo e voltou a atenção para o pingente de prata.

August tremia, ainda vestindo as roupas molhadas. Ele se virou e sentiu os olhos de Kate em suas costas enquanto tirava a camisa, revelando as marcas negras que circulavam seu braço e desciam como raízes por seu peito e suas costas.

August fechou as cortinas, zonzo de cansaço. Havia apenas uma cama, então ele se deixou cair no chão embaixo da janela, de costas para o papel de parede desbotado do motel. Kate não disse nada, mas jogou um travesseiro.August deitou no carpete sujo, ajeitando-o embaixo da cabeça.

Tudo estava muito quieto.

O motel era um ninho de sons abafados: goteiras e vozes longínquas e o zumbido distante de eletrodomésticos e passos. Ele sentia falta de seu player de música, sentia falta das centenas de ruídos familiares à vida no complexo, cada um deles ajudando a abafar os disparos que agora preenchiam o silêncio em sua mente.

E então, felizmente, música.

August ergueu os olhos e deu de cara com Kate mexendo no rádio ao lado da cama.

— Odeio silêncio — ela murmurou, passando por uma estação clássica e deixando em uma batida grave e pesada. Kate o encarou sob a coberta da escuridão e quase abriu um sorriso cansado antes de voltar a se afundar na cama com cuidado. Em poucos minutos, sua respiração ficou regular e August soube que ela estava dormindo.

Ele se permitiu mergulhar nas músicas, ignorando a letra para se concentrar nos instrumentos, separando os sons enquanto tentava dormir. Não se lembrava de já ter sentido tanto cansaço. O teto pareceu girar e um calafrio percorreu seu corpo, como o começo de um resfriado.

E então, assim que estava pegando no sono, a fome chegou.

August acordou de sonhos febris sentindo o ar fresco e cheiro de hortelã.

Sua pele ardia e seus ossos zumbiam. Um vulto pairava acima dele, o cabelo desgrenhado bloqueando a pouca luz que vinha da janela. Seus sonhos tinham sido um emaranhado de dentes e sombras e, por um segundo, August pensou que ainda estivesse dormindo, mas então sentiu o carpete do motel barato em suas costas e o vulto se aproximou, revelando olhos azuis, cachos avermelhados e uma pele coberta de estrelas.

— Ilsa? — ele perguntou, com a garganta seca. Mas ela não tinha como estar ali. Sua irmã não saía do complexo. August tentou piscar para afastar o fantasma, mas Ilsa só ficou mais sólida.

— Shhh, irmãozinho. — Ela pressionou os dedos contra sua boca e virou o rosto dele na direção da cama. — Tem alguém dormindo.

Kate estava deitada de costas para eles, com o lençol caído revelando os curativos na barriga. De repente, tudo veio em um estalo: onde estava, o que havia acontecido... Colton. Os malchais. Os túneis. A fome. August levantou e o quarto pareceu girar.

— Você não pode ficar aqui.

— Claro que posso — ela sussurrou. — Ninguém me viu sair. Ninguém pensa em procurar quem está sempre no mesmo lugar. Todos estão procurando *você*.

— Como nos encontrou?

— Eu consigo te ouvir — ela disse, com a voz tão baixa que apenas ele poderia ouvir. — Escutaria você em qualquer lugar. — Uma brisa entrou pela janela. Estava aberta, deixando a luz do crepúsculo entrar. Ele havia dormido a tarde toda e se encolheu de dor ao sentir o pulso que martelava em seu crânio. Ilsa tocou sua bochecha com a mão fria. —Você está quente.

August afastou a mão dela.

— Estou bem — ele disse, porque ainda era verdade. — Tem alguém com você?

Ela fez que não. Seus olhos estavam arregalados, a pele esticada sobre os ossos, seus contornos aureolados pela luz fraca da janela. Ilsa parecia diferente fora do complexo, como se tivesse deixado parte dela para trás.

Ilsa tem dois lados. Eles não se encontram.

— Ilsa — August sussurrou. —Você não pode estar aqui.

— Henry está preocupado. Leo está furioso. Emily queria que eu viesse. Ela não disse isso, mas eu ouvi mesmo assim.

—Você precisa voltar pra casa. Se os homens de Harker virem você, se *pegarem* você…

— Eu falei que tudo estava se partindo. — Ilsa se deixou cair ao lado dele, deitando no chão e apoiando a bochecha no carpete, enquanto puxava seus fios. — Consigo sentir — ela murmurou. — E estou feliz que não é dentro de mim, mas isso significa que é aqui fora. Desculpa. Desculpa por ter deixado as rachaduras saírem para o mundo.

August se virou para ela.

— Calma, Ilsa. Não foi você.

— Eu falei das rachaduras para Leo e ele me disse que tudo se quebra. Mas queria que não precisasse ser assim. Queria que pudéssemos voltar em vez de seguir em frente.

— Queria que pudéssemos continuar da mesma forma — August sussurrou.

Ela abriu um sorriso triste.

— Ninguém continua da mesma forma. — Ilsa apontou para Kate. — Nem mesmo eles. — Ela pegou a mão de August e a envolveu, como havia feito com o traidor no complexo, logo antes de tomar sua alma. — Por favor, volte pra casa.

— Não posso, Ilsa. Ainda não. — Seus olhos se dirigiram para a cama.

—Você se preocupa com ela? — A pergunta era simples e fora feita por curiosidade.

— Eu me preocupo com *a gente*. Com nossa cidade. Alguém tentou matar Kate para nos incriminar. Para acabar com a trégua.

Uma sombra perpassou o rosto de Ilsa.

Não quero queimar de novo.

— Ela é inocente — August acrescentou. — Só estou tentando manter Kate em segurança.

A expressão de Ilsa se suavizou.

— Certo — ela disse. — Então vou ajudar.

August balançou a cabeça.

— Não. Por favor, vá para casa, Ilsa.

Preciso de você em segurança, ele pensou. *Há muito a perder. Não posso pôr você em risco.*

Uma pequena ruga se formou entre os olhos dela.

— Mas alguém precisa manter as sombras longe.

August ficou tenso.

— Que sombras?

— Aquelas com dentes.

Ele se empertigou.

— Os malchais?

Ilsa assentiu.

— Eles estão vindo. Estão a caminho.

— Como você sabe?

— Consigo sentir as rachaduras e…

Ele a segurou pelos ombros.

— Mas como você *sabe*?

— … o homem lá embaixo, ele me contou — Ilsa continuou, como se não o tivesse ouvido. — Soltou tudo pela boca. Não conseguiu se conter. Ficava indo e voltando, indo e voltando, mas então se partiu, como todas as coisas…

August a soltou e passou as mãos no cabelo.

— Kate — ele disse. — Kate, acorda.

Ela soltou um som abafado, mas não se mexeu.

Ilsa levantou e foi até a cama.

— Não, Ilsa, *espere*. — Mas já era tarde demais, ela estava estendendo o braço, tocando o ombro de Kate. Devia ter apertado, porque a garota reprimiu um grito e sentou abruptamente, o isqueiro em sua mão se transformando em um pequeno canivete afiado, a ponta prateada já apertada contra a garganta de Ilsa. Ela olhou para Kate, mas não se moveu.

—Você está ferida — Ilsa disse simplesmente.

— Quem é você? — Kate perguntou.

— Precisamos ir — August disse, vestindo a camisa. Kate ainda encarava Ilsa, como se estivesse hipnotizada (o que fazia sentido, porque Ilsa era hipnotizante). — Essa é minha irmã, Ilsa. Ilsa, Kate.

Os olhos de Kate se voltaram para as estrelas que desciam pelos braços nus da garota.

—Você é a terceira.

Ilsa inclinou a cabeça.

— Não — ela disse com a voz doce. — Sou a primeira.

Kate abaixou a faca, apertando a barriga machucada com a mão livre. August podia ver a dor no rosto dela.

— O que está acontecendo?

— Malchais. Vindo. Agora.

Kate levantou com um salto, cambaleando antes de Ilsa segurá-la. A garota fitou o lugar onde os dedos da sunai tinham tocado sua pele.

— Ilsa, escute. — August calçou os sapatos e jogou a alça do estojo do violino sobre o ombro. Sua irmã encostou o ouvido na parede. — Diga se eles...

— Eles estão aqui.

August ficou pálido. Escutou o som distante de passos, o guizo úmido de vozes, o cheiro de podridão. Ela estava certa. Kate soltou um palavrão, vestindo a camisa com dificuldade e seguindo para a porta. August deu um passo, mas virou para trás quando notou que sua irmã não os seguia.

—Vem.

— Pode ir — ela disse, com o ouvido ainda na parede. —Vou ficar até eles irem embora.

— Não é seguro — August disse, estendendo a mão.

Ilsa tocou sua bochecha.

— Seguro — ela disse com um sorriso vazio. — Que palavra bonita.

—Vem *logo* — Kate insistiu ao lado da porta.

— Mas...

— Não se preocupe, August. Não tenho medo do escuro.

Ilsa tem dois lados.

Ele tocou o rosto dela.

— Por favor, tome cuidado.

Eles não se encontram.

—Vai — Ilsa disse. — Antes que as rachaduras cheguem.

Kate já estava com uma estaca de ferro na mão quando chegaram ao corredor.

O canivete escondido no isqueiro podia ser ótimo para ameaçar as meninas da escola, mas não era grande o bastante para atravessar as costelas de um malchai até acertar o coração. Ela não havia tido tempo de limpar a estaca desde o ataque em Colton, e a ponta permanecia incrustada de sangue negro.

August estava ao seu lado, com uma mão a postos como se achasse que ela fosse cair e planejasse segurá-la. Havia um elevador e duas escadas, uma em cada ponta do corredor. Uma chance em três de escolher errado, mas Kate não seria pega ali. Sentiu uma dor ardente na barriga enquanto corria para o lance de escadas mais próximo.

August não parava de olhar para trás, na direção do quarto e da sunai de olhos tristes e pele coberta de estrelas.

— Ela vai ficar bem — Kate disse enquanto desciam a escada, com uma voz que parecia cética, embora a garota não fosse apenas uma garota, claro; ela era um monstro. Havia criado o Árido, feito um buraco no mundo. Era óbvio que conseguiria enfrentar alguns malchais, se necessário.

Quando chegaram ao segundo andar, uma porta foi arrombada lá embaixo e o ar ficou frio.

August devia ter sentido também, porque segurou a mão de Kate e os dois saíram em disparada pelo corredor, até as escadas da outra ponta.

Desceram e desceram, seus passos ecoando pela câmara de concreto enquanto passavam o primeiro andar e continuavam. Uma porta abriu lá em cima. Eles chegaram ao porão no mesmo instante em que um vulto se jogou das escadas e pousou diante deles, elegantemente agachado.

A queda deveria ter estraçalhado o corpo da criatura, mas a malchai levantou com fluidez. Seus olhos vermelhos pareciam cortes violentos no crânio. Uma ferida profunda descia por sua bochecha, o H antes marcado em sua pele havia sido arrancado.

— A pequena e inocente Harkerzinha — disse a malchai, com a boca se contorcendo em um sorriso perverso. — Parece que não sabe a hora de morrer. — Seus olhos vermelhos se voltaram para August, e a malchai soltou um silvo úmido. — Sunai.

August entrou na frente de Kate, mas alguém já estava descendo a escada a passos duros. Um homem extremamente musculoso surgiu, com um bastão de metal na mão. Assim como a malchai, seu rosto outrora tivera a marca de Harker, mas também havia sido *arrancada*. Vergões vermelhos e inflamados desciam por sua bochecha.

Aquilo fez a cabeça de Kate girar. Um humano? Os dissidentes estavam juntando poder. Mas aquilo não fazia sentido. O discurso todo de Olivier tinha sido...

O homem a atacou com o bastão. August a tirou do caminho e ergueu o braço a tempo de bloquear o golpe. Quando o metal estalou contra seu antebraço, produziu um arco de eletricidade sobre sua pele. August arfou, mas não caiu.

Kate sentiu um movimento atrás de si e girou, atacando a malchai com a estaca de ferro. A criatura pulou e desviou com uma rapidez aterrorizante e uma fluidez que parecia impossível. O punho de August acertou o rosto do homem, mas ele não cedeu. Atacou com o bastão novamente; dessa vez, August o segurou com a mão, a energia formando um arco sobre ele e enchendo a escada com estática. Por um instante, seus olhos cinza queimaram azuis, e August arrancou a arma da mão do homem.

Kate deu um passo na direção da malchai, tentando vencer sua guarda, mas os dedos esqueléticos da criatura a pegaram pela mandíbula e a jogaram contra a parede. Ela perdeu a visão com a força do golpe, e a boca da malchai se abriu em um sorriso.

Kate também sorriu, então cravou a estaca de metal no antebraço fibroso da malchai. A criatura chiou e empurrou a garota para trás novamente. Kate bateu contra uma porta e cambaleou, entrando no estacionamento do porão e caindo com tudo no concreto. Seu ombro e sua barriga ardiam, e ela podia sentir o sangue fresco acumulando-se sob os curativos quando a malchai saiu, jogando a estaca de lado.

Houve outro estrondo. August e o homem entraram se debatendo no estacionamento, num emaranhado de membros. O bastão rolou e Kate estava quase conseguindo levantar quando a malchai a fez cair estatelada no concreto com um chute furioso. Ela sentiu os pontos se abrirem e abafou um grito, com os olhos turvos. Antes que conseguisse se forçar a levantar, o monstro estava em cima dela, leve mas firme, sem ceder.

Kate se esforçou para levar a mão às costas.

— Ah, querida — disse a malchai, prendendo-a ao chão frio, com os dentes afiados brilhando sob a luz artificial. — Parece que você perdeu seu brinquedinho.

Os dedos de Kate se fecharam em volta do metal.

— É por isso que sempre ando com dois — ela retrucou, enfiando a segunda estaca no peito da malchai.

A criatura abafou um grito quando Kate cravou a estaca; o sangue negro e oleoso escorreu por seus dedos enquanto a malchai caía sobre ela, mais ossos do que corpo. Kate empurrou o peso morto de cima de seu corpo, recuperou as duas estacas e levantou com dificuldade, mas a tempo de ver August acertar o bastão no queixo do humano. Houve um crepitar elétrico e uma contração azul, então o homem tombou com a graciosidade de um bloco de concreto.

August parecia abalado, com os olhos arregalados e estranhamente brilhantes, mas já estava se movendo de novo. Voltou correndo para a escada e ressurgiu um momento depois com o estojo do violino. Kate não perdeu tempo. Virou e começou a se mover rápida e deliberadamente entre as fileiras de carros.

— O que está procurando? — ele perguntou. Ao longe, um alarme de carro disparou, mas August se encolheu como se o som fosse ensurdecedor.

— Uma carona — ela respondeu. Alguns dos carros eram novos, outros velhos demais. Por fim, Kate parou na frente de um sedã preto bastante elegante, mas não do tipo que tinha uma preocupação exacerbada com segurança.

— Quebra essa para mim — Kate pediu, apontando para a porta do lado do motorista.

— A janela? — August perguntou. Ela lhe lançou um olhar que dizia "óbvio". Ele respondeu com um que dizia "não cometo pequenos delitos com frequência" antes de bater o ombro contra o vidro para estilhaçá-lo. O barulho não foi alto, mas ecoou pelo estacionamento enquanto Kate enfiava a mão pela janela e destravava as portas. Ela tirou os cacos de vidro do banco e entrou o mais cuidadosamente possível, usando o canivete escondido para arrombar o painel. August deu a volta no carro e afundou no banco do passageiro, mantendo o estojo do violino entre os joelhos enquanto ela cortava os fios e começava a desencapá-los.

— É isso que ensinam no internato? — August perguntou, virando a cabeça para vigiar o estacionamento atrás deles.

— Ah, é claro — Kate disse, enrolando dois fios, sem sucesso. — Isso e a invadir casas e a matar monstros. Está tudo no programa. — Ela desencapou outro par de fios e tentou novamente. Saiu uma faísca e o motor do carro ganhou vida.

— Impressionante — August disse com um tom de voz seco.

Ela levou as mãos ao volante, então se encolheu de dor.

—Você não sabe dirigir, sabe?

August balançou a cabeça.

— Não. Mas acho que consigo me virar…

— Deixa quieto — Kate disse, engatando a primeira marcha. — Já temos jeitos suficientes de morrer…

Ela pisou no acelerador e o carro disparou com uma potência surpreendente, soltando um barulho agudo que fez August gemer de dor. Kate pensou que o ruído não havia sido tão alto, e concluiu que os sunais deveriam ter uma audição sensível. Ela segurou o volante — quando criança, sempre gostara de carros, do ar fresco passando em alta velocidade, da sensação de liberdade e movimento. Havia perdido o entusiasmo depois do acidente, mas dirigir era uma habilidade útil, assim como física ou combate. Ela virou a esquina do estacionamento e pisou no freio. Havia um homem na cabine diante do portão de saída.

Ela pegou o cinto de segurança, então lembrou-se dos pontos na barriga e decidiu deixar para lá.

— Segure firme — Kate disse, pisando no acelerador.

O carro disparou. August se segurou na porta.

— Kate, acho que essa não é uma…

Mas o resto foi interrompido pelo estrondo prazeroso do para-choque dianteiro acertando o portão do estacionamento, o primeiro sendo amassado e o segundo sendo arrombado enquanto entravam em alta velocidade na rua escura.

O carro guinou por um momento antes de endireitar. Kate sorria enquanto acelerava, abafando os gritos do funcionário atrás deles.

August se virou no banco e olhou para os destroços e para o motel atrás deles. Kate se perguntou se ele estava pensando em Ilsa. Mudou de faixa, seguindo os sinais de trânsito que se abriam para que estivessem sempre em movimento, independente da direção.

—Tem alguém vindo?

August afundou no assento com um suspiro dissonante.

— Ainda não. — Seus olhos se fecharam. Seus músculos estavam tensos e seus dedos brancos na maçaneta da porta pareciam indicar que estivesse passando mal.

—Você está bem?

— Estou *ótimo*. — Kate não acreditou, mas seu tom tinha sido de quem quer ser deixado em paz. Ela tinha coisas mais importantes para se preocupar agora do que o humor dele, então seguiu para leste e observou pelo espelho retrovisor a Cidade V se encolher até se tornar uma montanha de aço, um pontinho e, então, nada.

— Me conta alguma coisa — Kate disse.

A dor em seu corpo tinha finalmente se acalmado e enfraquecido, mais difusa, mas aquilo estava se provando pior, porque a fazia querer se esconder de si mesma e do mundo, o que não funcionava muito quando se estava no volante. August permanecia em silêncio ao lado dela, olhando para a escuridão enquanto passavam do amarelo ao verde e, finalmente, do verde ao Ermo. Se ele notou a mudança, não disse nada.

Não havia nenhuma fronteira clara, nenhuma placa luminosa que anunciasse a saída da Cidade V. Não precisava. Era óbvio com a transição dos gramados bem cuidados para as ervas daninhas, a mudança das luzes de rua e das casas elegantes para o *nada*.

Feixes de RUV iluminavam a estrada — não do alto, mas fixados no pavimento — e faziam a noite parecer sólida. Eles estavam na Passagem Leste, uma das quatro estradas que levavam a capital até a fronteira de Veracidade. Kate tentou imaginar como seria a visão deles do céu, faixas de luz correndo como raios para longe da Cidade V. Daquele ângulo, o Ermo se mostraria um enorme anel preto, uma zona-tampão de mais de trezentos quilômetros entre a capital e as cidades-satélites que ficavam próximas à periferia, cada uma das quais um pontinho de luz quando comparadas com o farol que era a Cidade V.

Pelo que diziam, as estradas tinham engarrafamento antes do Fenômeno, quando não era proibido entrar e sair do território — e depois também, quando as pessoas tentavam evacuar a cidade, apenas para ser rechaçadas por aqueles que já viviam fora dela. As estradas do Ermo ficavam praticamente vazias agora, com exceção dos caminhões carregando mercadorias entre as cidades-satélites e a capital.

Era uma profissão perigosa. O Ermo *parecia* vazio, mas não era. Poucos malchais usavam aquele caminho, mas os corsais adoravam caçar na escuridão e consumiam tudo o que conseguiam, desde vacas a famílias inteiras. Os monstros que se aventuravam tão longe não serviam a mestre nenhum, e as pessoas que desbravavam o Ermo eram igualmente perigosas. Sobreviventes, em sua maioria, ladrões que assaltavam casas e roubavam dos caminhões. Eram pessoas que não tinham dinheiro para comprar a proteção de Harker, mas que não queriam lutar com Flynn e a Força-Tarefa nem morrer em seu território moralista. Elas não queriam nada da Cidade V. Só pretendiam continuar vivas.

Mas aquela zona morta não era eterna. Kate tinha passado a maior parte da vida do outro lado do Ermo e sabia que, mais adiante, havia um lugar onde o arame farpado dava lugar a campos abertos e os faróis altos eram substituídos por noites estreladas. Lá, uma menina poderia crescer numa casa com sua mãe sem medo de nada, nem mesmo do escuro.

— Me conta alguma coisa — ela repetiu.

August estava sentado ali, os olhos fixos na noite, os dedos tamborilando a perna, ritmados. Ele olhou para Kate. Seu rosto parecia estranhamente vazio; seus olhos, febris.

— Tipo o quê?

— Sei lá — ela disse. — Uma história?

August franziu a testa.

— Não gosto de histórias.

Kate franziu a dela também.

— Que estranho.

— Por quê? — perguntou August.

Ela bateu as unhas no volante. O esmalte metálico estava descascando.

— Porque sim. Tipo, a maioria das pessoas quer escapar. Sair de dentro da própria cabeça. Da vida real. Histórias são o jeito mais fácil de fazer isso.

O olhar de August se dirigiu à janela.

— Talvez — ele disse. Era enlouquecedor o quão pouco August falava, o quanto Kate queria que falasse mais. Ela ligou o rádio, mas ouviu apenas estática, então o desligou na hora. O silêncio foi corroendo as arestas já desgastadas.

— Fala alguma coisa — Kate sussurrou. — Por favor.

O maxilar de August ficou tenso. Ele apertou a calça com os dedos. Então pigarreou e disse:

— Não entendo por que as pessoas estão sempre tentando fugir.

— Jura? — Kate disse. — Olhe ao redor.

Ao longe, além da janela de August, o nada dava lugar a algo — uma cidade, se é que dava para chamá-la assim. Era mais uma massa de estruturas periclitantes, construções agrupadas como lutadores de costas uns para os outros, vigiando a noite. Havia um ar de cachorro faminto por ali. Raios de luzes fluorescentes cortavam a escuridão.

— Acho que para mim é diferente — August disse, a voz tensa. — Passei a existir de uma hora para a outra e vivi todos os dias da minha vida com medo de simplesmente deixar de existir. Toda vez que tenho uma recaída, toda vez que me entrego às trevas, fica mais difícil voltar. Quero ficar onde estou. Ser quem eu sou.

— Nossa, August — ela disse baixo. — Belo jeito de acabar com a animação.

Aquilo rendeu uma risada exausta. Assim que August abriu os lábios, eles já se fecharam. Ele virou a cabeça para o outro lado. Kate apertou os dedos no volante e manteve o olhar para a frente. A dor faiscava em sua barriga toda vez que ela respirava. Ao seu lado, August se mantinha em silêncio, recolhido, com o olhar na noite.

— O que aconteceu com ela? — Kate perguntou, procurando uma distração.

— Ela quem?

— Ilsa — Kate disse. — Ela não parecia muito... presente.

August esfregou as marcas de contagem no punho.

— Ela nunca esteve muito presente — ele respondeu. — Por um tempo achei que... que era só o jeito dela. Meio dispersa. Só fui entender pouco tempo atrás.

— Entender o quê?

— Quem ela é — August disse. — *O que* ela é. Causa e efeito.

— Você quer dizer que isso tem a ver com o catalisador?

— Sim — August respondeu. — Os sunais são resultado de tragédias, atos de terror tão sinistros que abalam o equilíbrio cósmico. Leo surgiu de um suicídio em massa em uma seita, nas primeiras semanas do catalisador. Essas pessoas pensavam que o mundo estava acabando, então se atiraram juntas de um terraço. Mas não foram sozinhas; levaram junto suas famílias, pais, filhos...

Kate respirou fundo.

— *Meu Deus.*

— É por isso que meu irmão é tão metido a justiceiro — ele disse em voz baixa. — Com Ilsa foi diferente — ele continuou. — Emily, a mulher de Henry, me contou sua história. Ela surgiu de um bombardeio no porão de um grande hotel na Cidade Norte.

O Allsway, Kate pensou. *Harker Hall.* Ainda dava para ver as marcas de queimadura nas paredes.

— Foi logo depois que o caos começou — August continuou. — Nem mesmo semanas, *dias* depois. Era confusão e terror por toda parte. Eles nem sabiam direito o que estava acontecendo, mas alguma coisa entrou naquele lugar. Quem conseguiu fugir foi direto para o porão. As pessoas se amontoaram lá embaixo, tentando sobreviver. Fizeram barricadas. Mas alguém chegou à conclusão de que, se era para morrerem, não seria pelas mãos de um monstro. Essa pessoa levou uma bomba caseira para o porão e acendeu o detonador. — August balançou a cabeça. — É por isso que minha irmã é desse jeito.

— E você? — Kate perguntou. — Seu irmão é um justiceiro; sua irmã, dispersa. Você é o quê?

A resposta de August saiu quase baixa demais para se ouvir.

— Um perdido. — Ele suspirou, parecendo tirar muito mais do que ar de seus pulmões. — Sou o que acontece quando uma criança tem tanto medo do mundo em que vive que escapa da única maneira que conhece: com violência.

Caiu um silêncio tão pesado que feria os sentidos.

August apoiou a cabeça na janela e o vidro começou a embaçar. Uma gota de suor escorreu pela bochecha dele. Kate estendeu a mão para ligar o ar, então o carro emitiu um ruído.

Não do tipo que um carro deveria fazer.

August se empertigou.

O motor tremeu.

— O que foi isso? — ele perguntou.

Eles começaram a perder velocidade rapidamente.

— Ah, não — Kate disse.

E então o carro morreu.

Uma luz no painel estava piscando. Os faróis altos ainda estavam acesos.

O resto do carro tinha parado de funcionar.

— Merda — Kate murmurou.

— Kate. — August rangeu os dentes. — Qual é o problema?

— Acabou a gasolina — ela disse, abrindo a porta. Kate estava olhando dentro do capô quando August saiu e se juntou a ela.

A noite estava fria, mas não o bastante para diminuir a febre.

— Não dava para ter pegado um com o tanque cheio?

— Foi mal, eu estava ocupada tentando não morrer. — Algo como um grunhido escapou da garganta de August. — Está tudo bem — Kate disse, pegando uma lanterna de UVAD.

— Como assim "está tudo bem"? — ele resmungou, a raiva ardendo em seu peito, queimando a cada respiração.

— A gente pega uma carona — Kate disse, mantendo a voz firme, como se calma pudesse ajudar em alguma coisa.

August se virou para ela.

—Você está vendo algum carro por aqui?

— O que deu em você? — ela retrucou.

August abriu a boca para dizer "nada" mas não conseguiu. A vontade de gritar estava lutando contra a de bater em alguma coisa, então ele se virou e saiu andando, tentando controlar a respiração a cada passo e acalmar o coração, sabendo que o pânico só faria o enjoo se espalhar mais rápido.

Seus pés o levaram à beira da estrada. Ele realmente não estava indo a lugar nenhum, apenas seguindo em frente.

A mente controla o corpo.

Passou os dedos pelo cabelo e observou a escuridão. Eles estavam no meio do nada. As luzes da Cidade V não passavam de um fantasma contra as nuvens distantes, e a noite ao redor era escura como piche. Eles haviam passado por um tipo de fortaleza alguns quilômetros antes. Não parecia muito convidativa. Em algum lugar ao longe, disparos ecoaram como trovões, e ele não soube distinguir se eram reais ou apenas os fantasmas em sua cabeça.

A fome repuxava seus músculos e fazia seus ossos zumbirem. Parecia tentar sair à força.

Ele deveria ter aproveitado o homem no estacionamento — *teria* se alimentado dele se fosse possível, mas, para sua decepção, o humano não era um assassino. Entre todos os homens de Harker, quais eram as chances de haver um inocente? Aquele malchai *sabia* que os sunais só conseguiam se alimentar de pecadores? Ou tinha sido apenas má sorte?

Depois de várias respirações profundas, August havia controlado a raiva. Voltou para o carro e viu Kate encostada na porta do motorista, os braços cruzados cuidadosamente, tentando se proteger do frio. August não sentia frio, não com a febre.

— Pega — ele disse, deixando o estojo do violino no chão e tirando a jaqueta.

— Não precisa — Kate disse, mas ele já a estava ajeitando sobre seus ombros. Ela relaxou sob o calor da jaqueta.

A mão dele permaneceu sobre o ombro não ferido dela por um momento. Algo no contato — simples, sólido — o fez se sentir mais firme. Quando ia afastar a mão, Kate a segurou. Os olhos dela estavam escuros e, pela maneira como seus lábios se abriram, ele pôde ver que ela queria dizer alguma coisa. Mas tudo o que disse foi:

— Sua mão está quente.

August engoliu em seco e tirou a mão o mais suavemente possível. Algo brilhava no céu, acima da cabeça de Kate. Ele ergueu os olhos e perdeu o fôlego. Era uma noite clara e o céu estava *repleto* de pontos de luz.

Kate seguiu seu olhar.

— Que foi? — perguntou, com a voz arrastada. — Nunca viu estrelas antes?

— Não — August disse, baixo. — Não assim. — O céu estava em chamas. Ele se perguntou se Ilsa já tinha visto estrelas. Não os desenhos em sua pele, mas estrelas de verdade, tão estranhas e perfeitas. Uma delas cortava o céu, deixando um rasto de luz.

— Eu li em algum lugar que as pessoas são feitas de poeira das estrelas — Kate disse.

Ele tirou os olhos do céu.

— Jura?

— Talvez seja disso que você é feito. Assim como nós.

E, apesar de tudo, August sorriu.

Tinha sido muito difícil conquistar aquele sorriso, mas valera a pena.

E então, de repente, ele se fechou. August estremeceu encostado ao carro, cerrando os dentes. Algo como um calafrio o percorreu, um tremor que parecia ir dos membros até o centro do corpo.

As mãos de Kate pararam no ar em volta dele, sem saber o que fazer.

— Qual é o problema?

— Eu... vou ficar bem — ele disse.

— Fala sério.

Em resposta, August puxou a gola. Ela viu a pontinha de luz ardendo contra o peito dele como a ponta acesa de um cigarro. Traçava uma única linha, uma brasa vermelha escurecendo. Uma nova marca. Um novo dia.

— São quantas com essa?

Ele ainda estava tremendo, mas, quando ergueu os olhos, havia algo neles, uma espécie de triunfo lúgubre.

— Quatrocentas e vinte e três.

Nesse exato momento, os faróis de um caminhão vindo da Cidade V cortaram as trevas.

Kate acenou com a UVAD e, para seu alívio, o caminhão diminuiu a velocidade e parou no acostamento. Era um semirreboque obviamente reforçado para atravessar o Ermo, com grades de ferro na dianteira e nas laterais e as janelas cobertas para parecerem à prova de balas. Havia vários entalhes que provavelmente não eram de corsais. Os monstros procuravam humanos. Os humanos procuravam mercadorias.

Kate guardou o pingente de prata sob a camisa e subiu no caminhão enquanto a janela do passageiro descia um pouco.

— O que vocês estão fazendo aqui? — o motorista perguntou. Era um homem de meia-idade com o ar recolhido e desgastado de quem havia vivido tempo demais com medo.

— Problemas no carro — ela disse, abrindo seu melhor sorriso. — Pode dar uma carona pra gente?

Ele olhou para August atrás dela. Kate tentou ver o que o motorista via, apenas um adolescente magricela com um instrumento pendurado no ombro.

— Para onde vocês vão?

Kate apontou para a estrada na direção *contrária* à Cidade V. Ela tentou lembrar o nome da cidade-satélite no extremo leste.

— Louisville.

Ele balançou a cabeça.

— Fica do outro lado do Ermo — disse. — É melhor pegarem uma carona na direção da capital.

— A gente viu uma cidade ou algo do tipo um pouco pra trás — Kate disse, fingindo inocência. — Acha que deveríamos ir para lá?

O homem fez uma careta.

— Se tentar entrar numa fortaleza no meio da noite, a única coisa que vai conseguir é um tiro. — Ele passou a mão no cabelo curto. — Caramba. — Não estava usando um medalhão. Kate engoliu em seco, então tirou seu próprio medalhão do pescoço.

O peso da prata era sólido e reconfortante. Ela o ergueu para o motorista ver.

— Escuta, não queremos causar problemas. Não temos muito dinheiro, mas, se nos der uma carona na direção certa, pode ficar com isto.

Os olhos do motorista se arregalaram e Kate soube que o tinha conquistado. Um medalhão de Harker era o mesmo que segurança, e segurança era um luxo, uma mercadoria mais valiosa — e cara — do que um caminhão, uma casa ou uma vida.

Os dedos do homem se fecharam em volta da prata.

— Entrem.

Kate sentou no banco da frente e August ficou num banco atrás que parecia servir de cama também. Ele entrelaçou os dedos e abaixou a cabeça. Kate não era idiota. Havia algo errado. Mas, toda vez que perguntava, ele ficava bravo, como se ela estivesse piorando a situação. August parecia mal. Os monstros ficavam doentes? Ou ele só estava com fome? Fazia quanto tempo que não comia?

— Escuta — disse o motorista. — Não trabalho com tráfico de pessoas, certo? Sou um caminhoneiro. Só vou até as cidades-satélites, então se estiverem procurando um jeito de atravessar a fronteira, não tenho como ajudar vocês.

— Tudo bem — Kate disse. — Não queremos atravessar.

— Então o que estavam fazendo aqui no escuro?

Foi estranho, mas Kate quase contou a verdade para ele. Aquilo pareceu borbulhar dentro dela, sair de sua mente e ir até sua boca, palavras tão rápidas que precisou morder a língua para detê-las. O que August tinha dito mesmo sobre sunais e verdades? Ela olhou para ele, que estava curvado, com os cotovelos nos joelhos, encarando o chão.

— Foi uma aposta — ela disse. — A gente estava com uns amigos.

— Teve um show hoje à noite — August acrescentou do banco de trás. — Na fronteira da zona verde.

— É — continuou Kate. — Eles apostaram vinte paus que a gente não iria de carro até o Ermo depois do show. Quarenta se a gente trouxesse alguma coisa da cidade-satélite do outro lado. Foi idiotice — ela acrescentou. — Esqueci de olhar o tanque.

O motorista balançou a cabeça.

— As crianças de hoje... — ele disse, voltando para a pista. —Vocês têm tempo demais e juízo de menos. — As mangas dele estavam arregaçadas e seu antebraço estava coberto por cicatrizes feias. Marcas de corsais. — Vou levar vocês até a próxima parada de caminhão. É o lugar mais seguro por aqui. Então vão ter que se virar para voltar para a zona verde.

Kate assentiu.

— Tudo bem — ela disse, olhando para August. Mas não conseguiu ver o rosto dele. Estava perdido nas sombras.

August sentiu o caminhão reduzir a velocidade e levantou a cabeça no banco traseiro.

O veículo estava saindo da faixa de RUV e entrando em uma pista menor. Por um instante, a luz ficou mais fraca, depois redobrou quando um prédio surgiu no campo de visão.

Era mais uma fortaleza do que uma parada. Cercas altas de metal com arame farpado cercavam a estrutura e RUVs enormes cortavam uma faixa na escuridão, um fosso de luz que se estendia pelo asfalto, apagando todas as sombras. Uma placa no alto do prédio — que mais parecia um conjunto de edifícios empilhados — anunciava que aquele lugar era o Horizonte.

O motorista parou em frente à cerca, buzinou uma vez e esperou. Apareceram dois homens armados, um de cada lado do portão. O primeiro segurava uma UVAD e uma espécie de facão; o segundo, uma metralhadora. August entendeu: uma arma era para monstros e a outra, para humanos invasores.

Os portões se abriram e o caminhão entrou ruidosamente no terreno. August ouviu o rangido metálico dos portões fechando e seu coração se apertou com a ideia de clausura.

— Esta é a última parada — o motorista disse ao estacionar. — Tem muita gente aí que pode dar uma carona de volta para vocês. Têm dinheiro?

— Um pouco — Kate disse, embora August tivesse quase certeza de que só tinham sobrado alguns trocados. O homem mordeu o lábio, então estendeu o medalhão que ela havia lhe dado. — Dá isso para eles, então.

Kate hesitou.

— Fizemos um acordo.

— Eu já ia vir pra cá mesmo — o motorista disse. — Vai. Pega.

Kate pegou o pingente e o guardou no bolso com um "obrigada" baixo. Do lado de fora, o ar gelado banhou August como um bálsamo. Ao redor deles, dezenas de caminhões estavam estacionados em fileiras regulares de linhas pretas, sem deixar sombra no pavimento. Os olhos dele se fecharam, sua mente deslizou para as quatrocentas e vinte e três linhas, para os ecos assombrados em terra infértil, para disparos, gritos e uma fome abrasadora.

E então ele estava sendo puxado. Abriu os olhos e viu Kate arrastando-o na direção da névoa fluorescente da parada.

— Vem — ela disse. — Estou morrendo de fome.

August tentou rir, mas o som ficou preso em sua garganta como vidro.

Aparentemente, o Horizonte era um ótimo lugar para se estar às quatro da madrugada. Era como uma pequena cidade autônoma, com uma lanchonete, banheiros com chuveiros e lojas de materiais. Todo o espaço era tão iluminado que os olhos de Kate chegavam a doer.

August tinha ido ao banheiro, murmurando algo sobre se refrescar. Kate vagou pelos corredores, tentando fingir que tinha mais do que cinco dólares na carteira enquanto examinava as prateleiras. Ela tinha cartões de crédito de sobra, mas eram rastreáveis. A maior parte do dinheiro havia sido usada para pagar o motel.

Kate estava pensando em furtar uma barra de cereais quando viu o relógio. Estava pendurado em um mostrador baixo com alguns mapas e artigos de viagem. Era um relógio digital comum exceto pelo fato de que não mostrava apenas a hora e a temperatura, mas também as coordenadas. Ela não tinha endereço do lugar para onde estava indo. Mas tinha números — latitude e longitude.

38°29'45"

-86°32'56"

Kate tirou o relógio do mostrador o mais casualmente possível, examinando-o por um momento antes de guardá-lo discretamente no bolso do casaco de August. Seus dedos tocaram algo liso e metálico: o celular roubado. Ela ergueu os olhos, mas não havia sinal de August e os outros clientes estavam ocupados colocando açúcar demais no café ou olhando vidrados a fila de telas de televisão instaladas na parede.

Kate tirou o aparelho do bolso. Estava desligado, para economizar bateria, então ela apertou o botão até ele reiniciar, torcendo por uma mensagem. Nada.

Observou ao redor. Talvez não tivessem que seguir em frente. Poderiam continuar ali, no Horizonte. Estavam sob seis camadas de proteção contra monstros. Nunca um malchai entraria ali, e o lugar era grande o bastante para que não os notassem. Talvez...

E então ela ouviu seu nome, não vindo de August ou de alguém na loja, mas da televisão.

Ergueu os olhos e viu uma foto enchendo a tela.

Uma foto *dela*.

August se segurou na pia, a visão entrando e saindo de foco.

Estava piorando.

Ele virou para o espelho e seu reflexo o encarou de volta, com os olhos arregalados e as bochechas murchas. Seus ossos queimavam. Quando olhou para as mãos, notou que conseguia ver os ossos através da pele, não escuros como os de um malchai, mas com um brilho branco, vivo de calor. A febre estava extinguindo a raiva e deixando outra coisa no lugar.

Ele se atrapalhou com a torneira, mas conseguiu molhar as mãos na água fria. Fios de vapor subiram onde a água tocou sua pele.

Eles estavam tão longe da cidade e a falta — de pessoas, monstros, energia — o deixava zonzo.

"Leva um lanchinho pra viagem", Leo tinha dito.

August resmungou internamente.

A mente controla o corpo.

A mente controla o corpo.

A mente controla o corpo sobre os corpos no chão sobre linhas marcadas dia a dia na pele até ela se romper e quebrar e sangrar na batida de disparos e na música da dor e o mundo foi feito de melodia feroz, fez e foi feito, e esse era o ciclo, da grande explosão ao último suspiro e assim por diante e nada daquilo era real exceto por ele ou tudo aquilo era real exceto por ele...

August voltou à superfície sem ar — estava ficando cada vez mais difícil manter-se à tona — e cerrou os punhos na beira da pia. Conseguia sentir as unhas na palma das mãos, ameaçando romper a pele.

August já tinha feito aquilo antes — se obrigado a passar fome, determinado a acreditar que era forte, revoltado com a constatação de que não era, com a maneira como a fome o devastava quando mal parecia tocar seus irmãos, desesperado para encontrar algo do outro lado, além da escuridão. Havia chegado aos limites de seus sentidos e ido além. Havia decorado os passos, os estágios, como se soubesse que metade da batalha era vencer a ânsia, ser mais esperto que ela, mais *determinado* que ela. Primeiro vinha a raiva, depois a loucura, então a alegria seguida pela tristeza. Deveriam fazer uma canção de ninar sobre *aquilo*, raiva, loucura, alegria, tristeza, raiva, loucura, alegria, tristeza, rai...

Ele estava afundando de novo.

Está tudo bem, está tudo bem, está tudo bem.

—Você está bem, rapaz?

August ergueu os olhos e viu um homem parado ali, a face esquerda marcada por cicatrizes.

Ele engoliu em seco, encontrando sua voz.

— Estou cansado de lutar — disse.

O homem fez um gesto de empatia enquanto lavava as mãos.

—Todos estamos.

A manchete na tela dizia:

KATHERINE HARKER SEQUESTRADA, FAMÍLIA FLYNN É SUSPEITA

— Henry Flynn nega qualquer responsabilidade no sequestro — dizia a apresentadora do jornal —, mas fontes próximas ao caso confirmam que um membro da família Flynn estudava na escola de Katherine Harker e foi visto com ela imediatamente antes de seu desaparecimento. Além disso — os olhos da apresentadora brilharam com um prazer mórbido —, evidências sugerem que um *sunai* foi responsável pelo ataque no prestigioso estabelecimento de ensino, que levou à morte de três estudantes e um professor, e ao desaparecimento da única filha de Harker.

O estômago de Kate revirou. Vários homens ao redor ergueram os olhos para a tela. Um deles murmurou algo depravado; outro disse que esperava que houvesse uma recompensa.

— Troca essa porcaria de canal — resmungou um terceiro.

— Não dá — disse a senhora que trabalhava no caixa. — Está em todos os canais.

Então a imagem cortou para um vídeo de Harker de terno preto sobre um palanque, como se não soubesse o que estava acontecendo, como se a culpa não fosse de seus próprios monstros, que haviam se voltado contra ele.

—Vou ter minha filha de volta — ele disse. — E os responsáveis, *quem quer que sejam*, serão punidos por seus crimes contra minha família e contra esta capital. Nós da Cidade Norte vemos isto como um ato de guerra.

A apresentadora do jornal voltou.

— Se você tiver alguma informação sobre Katherine Harker, entre em contato com o número abaixo...

Kate já estava codificando uma mensagem no celular roubado.

Ligue. Urgente.

Ela se afastou das televisões e se escondeu atrás de uma prateleira de alimentos não perecíveis. Um minuto se passou. Dois. E então o celular tocou.

— Katherine. — A voz de seu pai tinha apenas um vestígio do pânico anterior. Ele havia recuperado a compostura habitual. — Você está bem?

— Por que disse aquilo na tv? — ela atacou. — Eu falei que não foram eles!

Houve um suspiro controlado do outro lado.

— Eu não sei disso. Não com certeza.

— *Eu* sei — ela sussurrou, furiosa.

— Então ele está com você.

A afirmação a pegou de surpresa.

— Do que está falando?

— Frederick Gallagher. Também conhecido como August Flynn. O terceiro sunai de Henry. — Kate sentiu um aperto no peito. Ia contar para ele, estava planejando contar. Caramba, ela planejara entregar o monstro ao pai. Agora não conseguia nem dizer seu nome. — Ele esteve com você o tempo todo? — Harker insistiu.

Kate não cedeu. Aquilo não era culpa de August. *Ele* não tinha tentado matá-la. Tinha *salvado* a vida dela.

— Katherine...

— Onde está Sloan?

— Caçando aqueles que se voltaram contra mim.

— É *ele* quem está se voltando contra você! — ela disse, furiosa.

— Não — Harker respondeu, impassível. — Não é ele. Eu o interroguei pessoalmente. Sloan diz que não fez parte do ataque.

— É mentira!

— Nós dois sabemos que ele não *consegue* mentir.

A mente dela girou. Só podia ser Sloan. Quem mais teria feito aquilo?

— Pai...

— Continue fora da cidade até segunda ordem.

— Por que as pessoas precisam pensar que fui sequestrada?

— Para ficar em *segurança*. — O tom dele estava endurecendo. — E não precisa codificar as mensagens, Katherine. Afinal, este é o *meu* celular. Quem mais o veria?

Sua sombra, Kate quis dizer.

Em vez disso, ela apenas desligou.

— Você está deixando o ar frio sair — disse uma voz ríspida. August tirou a cabeça da geladeira de bebidas e encontrou uma senhora magra usando um uniforme do Horizonte.

— Desculpa — ele disse, fechando as portas do refrigerador. — Queria deixar o frio entrar. — As palavras pareciam erradas, mas já haviam saído.

Perto dele, uma mulher falando ao celular começou a levantar a voz.

Um homem derrubou sua xícara de café em outro caminhoneiro. Ele soltou um palavrão e empurrou o primeiro homem com força demais. A tensão cresceu ao redor deles.

A mulher correu e, então, entre uma e outra batida ardente de seu coração, August sentiu o cheiro de crime — sangue velho, arrepiando sua pele febril. Ele virou, os dedos tensos na alça do estojo do violino enquanto passava os olhos pela loja, por prateleiras e rostos até encontrar. O mundo todo entrou em foco em torno do homem. Ele era forte, tinha um casaco manchado de lama, a barba curta e desigual, e a cabeça pequena demais para seus ombros.

Mas August não se importava com nada daquilo. A única coisa que interessava para ele era a sombra que o serpenteava como uma capa, inquieta e irreal, e o fato de que ele já estava saindo pela porta da frente, levando consigo a promessa de ossos resfriados e mente clara.

August fez menção de ir atrás, mas alguém segurou seu braço. Kate.

— Precisamos ir — ela falou rápido. — *Agora.*

— Kate, eu... — Ele não conseguia tirar os olhos do vulto que se afastava. — Eu preciso... — Mas antes que conseguisse terminar, ela segurou seu queixo (ele ficou surpreso por não queimar os dedos dela) e o virou em direção ao conjunto de televisões instaladas na parede. O rosto de Kate estava estampado nas telas, em *todas* as telas, sobre a manchete:

KATHERINE HARKER SEQUESTRADA, FAMÍLIA FLYNN É SUSPEITA

Ele se sentiu voltar à superfície, num momento dolorosamente cortante de clareza enquanto absorvia a manchete.

— *Não* — disse, e a palavra tirou o ar de seus pulmões. — Eu não...

Naquele exato momento, as portas se abriram. O motorista que havia lhes dado uma carona entrou, viu as telas e parou.

— O que é isso?

— *Merda*. — Kate puxou August para baixo, atrás das prateleiras. — Vai. Agora. — Ela o empurrou na direção de um corredor. Ele lançou um último olhar desesperado em direção às portas, mas o homem com a sombra já havia ido embora.

— Vai logo — Kate disse, empurrando-o na frente dos banheiros até saírem pela porta dos fundos, do outro lado do Horizonte. Os RUVs apontavam para eles e August se contorceu, com a cabeça latejando.

— Não *sequestrei* você — ele disse. — Eu salvei sua vida. Foi você que achou melhor fugir.

— E foi você que decidiu vir comigo. — Kate já estava indo embora. Para longe da parada de caminhões. Para longe dele. Ela desapareceu ao virar a esquina, e August se obrigou a segui-la.

— Precisamos contar para alguém — ele disse, correndo para alcançá-la. — Precisamos avisar todo mundo que você está bem.

— Caso tenha esquecido — ela gritou de volta —, alguém está tentando me *matar*.

— Eles nem precisam fazer isso! — August sabia que tinha razão. Lutava para continuar falando. — É exatamente o que querem, Kate. Botar a culpa na minha família para quebrar a trégua. E isso vai funcionar se a gente não...

Kate virou para ele.

— O que você quer de mim, August? Não posso simplesmente voltar...

Portas duplas se abriram atrás deles.

— Ei, vocês — uma voz chamou.

August e Kate se viraram. Era um dos caminhoneiros saindo da loja, um homem com cara de durão segurando uma pistola, seguido por outro, desarmado. August estava se colocando na frente de Kate quando outro par de portas se abriu atrás dela e mais duas figuras entraram no círculo de luz. O homem tinha um bastão; a mulher, uma faca cuja ponta cintilava sob a luz forte. Eles não lançavam sombras sob os RUVs — quatro pessoas, e nenhuma delas era um pecador.

O chão girou perigosamente sob os pés de August.

Ele começou a tirar o estojo do violino dos ombros, torcendo para conseguir pelo menos desarmá-los. O primeiro homem se moveu, erguendo a arma e atirando. A bala ricocheteou no asfalto a centímetros dos pés de August. O som foi ensurdecedor. Por um momento, ele estava de volta ao refeitório encarando as pequenas marcas pretas no chão. Então a voz de Kate o chamou de volta.

— Cacete, qual é o seu problema? — ela vociferou para o homem.

— É verdade? — perguntou o motorista, com a arma apontada para o peito de August, mas com o olhar voltado para Kate. —Você é filha do Harker?

— Isso significa que *você* é o monstro? — interveio o homem atrás dele.

Antes que August pudesse responder, o homem com o bastão agarrou o punho de Kate e a puxou na direção dele. Ela o acertou com o joelho e ele recuou, sem ar. A mulher com a faca segurou Kate e a puxou para trás, encostando a lâmina em seu pescoço.

August começou a avançar e a arma disparou novamente, dessa vez quase acertando seu rosto.

A mulher com a faca sorriu, revelando dentes de metal.

— Peguei primeiro, rapazes. A recompensa é minha.

— Sua única recompensa vai ser uma bala.

August quase desejou que o homem cumprisse a ameaça. Ele estava com dificuldade para se manter em pé, sua atenção variando do bastão para a faca e para a arma enquanto a tensão em volta de todos crescia como calor.

—Vou te falar uma coisa — disse o homem com o bastão. — Nós levamos a garota, vocês podem ficar com o menino.

— Acho que vamos levar os dois — disse o que estava com a arma.

Kate silvou quando a faca foi pressionada contra a garganta dela.

— Como vocês planejam fazer isso? — a mulher perguntou.

A tensão pairava no ar. A mulher com a faca e o homem com a arma se encararam numa espécie de confronto; o homem com o bastão e aquele que não tinha nada além dos punhos começaram a se aproximar um do outro.

Os olhos deles tinham um brilho estranho, como acontecia quando as pessoas conversavam com August, a ganância e a violência vindo à tona... como se estivessem se alimentando da fome dele. A cabeça do garoto girava; ele sabia que não teria como acalmar o caos, que partia dele mesmo... mas talvez não precisasse fazer aquilo. Leo sabia como contorcer os sentimentos das pessoas, como aguçá-los e focá-los.

A mente controla o corpo.

Em vez de lutar contra a influência, tentando contê-la, ele a aumentou, deixando que se espalhasse pelo asfalto e sobre os homens.

Kate também devia ter sentido a mudança no ar, nos agressores e em si mesma, porque seus olhos encontraram os dele. Os dedos da garota se contorceram e, um instante depois, August viu metal reluzir na palma da mão dela.

— Eu cuido da vadia com a faca — Kate disse, enfiando o canivete na coxa da mulher. Ela soltou um berro. Kate ergueu as mãos e empurrou o braço dela, fugindo de um golpe. No mesmo momento, August avançou, empurrando o armado com toda a força que conseguia contra o outro atrás dele. A arma disparou, então saiu deslizando no asfalto quando os homens caíram, a meio metro de onde os outros dois se atracavam e xingavam, tendo esquecido a faca e o bastão. August ouviu o ronco de um caminhão se aproximando, o som agudo e breve de uma buzina. Pegou a mão de Kate e correu. Houve gritos atrás deles, junto com o som de um corpo caindo no pavimento e palavrões, mas August não olhou para trás enquanto aceleravam na curva e atravessavam o asfalto iluminado na direção do portão aberto.

O caminhão entrou e a barricada começou a fechar. Os guardas estavam de costas, com os olhos fixos na escuridão atrás do veículo. Quando viram August e Kate se aproximando, já era tarde demais. Eles passaram instantes antes de o portão fechar e ser trancado.

Os dois saíram da pista iluminada e adentraram no campo. August tentava ouvir o som de pneus apesar do barulho de seu coração acelerado, mas os caminhões não os seguiram, os guardas não atiraram e o portão não abriu.

Mesmo assim, eles não pararam. Não olharam para trás.

August perdeu a noção do tempo, perdeu a noção da mão de Kate na sua, perdeu a noção da febre e da dor. Ele tinha enlouquecido ou estava começando a se esvair?

Os dois correram, abrindo uma trilha entre as ervas daninhas, passando por bunkers e fileiras de árvores. Quando finalmente diminuíram o ritmo para uma caminhada e depois pararam, estavam sozinhos, cercados apenas pela escuridão e pelo brilho distante da estrada.

Kate respirou fundo com dificuldade, apertando a barriga machucada. August caiu de joelhos, abrindo os dedos na terra fria e úmida.

Ele queria deitar. Encostar a bochecha no chão, como Ilsa fazia, e apenas ouvir. Kate se deixou cair de joelhos ao lado, o ombro encostado no dele. Por um longo momento, ficaram ali, engolidos pela grama alta. A noite era tão silenciosa, o mundo tão calmo... Era difícil acreditar que havia algum perigo nele.

August ficou tenso ao ouvir o ronco distante de caminhões, mas os veículos continuaram na estrada, nenhum deles destemido o bastante para se aventurar na escuridão.

Quando finalmente se levantaram, o primeiro raio de luz do dia estava surgindo no horizonte, tingindo o mundo negro com um tom púrpura como o de um hematoma. August sentiu o mundo girar, mas Kate estendeu a mão para estabilizá-lo.

—Você está bem?

A pergunta ecoou em sua mente, agitando seus pensamentos como uma pedra atirada a um lago, tornando-se uma resposta enquanto se espalhava. *Bem, bem, bem.*

Parecia loucura, impossível, mas ele *estava* bem. A dor diminuía, seus músculos e ossos finalmente começavam a relaxar. August inspirou trêmulo, com surpresa misturada à alegria. Leo estava errado. Ele havia conseguido. Tinha superado.

— August? — Kate insistiu. —Você está bem?

— Sim — ele disse. A palavra encheu seu corpo e sua mente. Era verdade.

— Que bom. — Kate segurava alguma coisa. Virou em direção à luz fraca do amanhecer e começou a andar.

— Aonde estamos indo? — ele perguntou, seguindo-a.

Ela não olhou para trás, mas a resposta chegou até August, mergulhando no ar e flutuando feito música:

— Para casa.

VERSO **4**

ENFRENTE SEUS MONSTROS

Por seis anos, o lar de Kate havia sido a casa no extremo leste do Ermo, tão longe das trevas que ninguém chegava perto, tão distante da próxima cidade que suas luzes não a alcançavam.

A Cidade V era um lugar do passado e um lugar para o futuro, mas Kate e sua mãe viviam no presente. Ela queria se lembrar daquele período como entediante, monótono, inquieto — mas, na verdade, era perfeito. Kate era *feliz*. Vivenciara o tipo de felicidade que transformava o tempo em imagens estáticas.

Braços que a envolviam enquanto lia.

A voz afetuosa cantarolando enquanto dedos trançavam seu cabelo.

Flores silvestres em vasos, cálices, taças e onde quer que coubessem.

Cores por toda parte, pores do sol que deixavam os campos da cor do fogo.

Em outro lugar, o mundo estava em chamas de verdade.

Em outro lugar, as sombras tinham garras e dentes, e os pesadelos ganhavam vida.

Mas ali, na casa à beira do Ermo, aquilo ainda não havia chegado. Era fácil esquecer que o mundo estava caindo aos pedaços.

A única coisa que faltava era seu pai — e até mesmo ele estava lá, nas fotografias, nas levas de provisões, nas promessas de que logo poderiam voltar para casa.

Depois, Kate disse inúmeras coisas a si mesma. Que sempre quisera partir. Que havia se cansado da casa. Que seu lar era a capital.

O sol subia atrás de Kate, banhando de luz os campos à sua frente. Orvalho cintilava na relva e molhava sua calça desde o pé até o joelho. O mundo tinha um cheiro fresco e limpo que a cidade nunca tivera. August caminhava alguns passos atrás dela, enquanto Kate observava as coordenadas no relógio subirem e descerem. Estavam chegando.

Ele estava quieto, mas ela também.

Passaram por fábricas e depósitos, todos tão fortemente protegidos quanto o Horizonte. Viram uma mulher que parecia exausta na frente de um complexo de assentamentos, verificando se não havia perdido nada durante a noite. No meio da manhã, Kate viu uma cidade esquelética ao longe, refletindo a luz dos terraços de metal e das muralhas externas. Eles se mantiveram afastados, perto dos bosques e da grama alta. O tempo todo, Kate manteve os olhos no relógio, nos números que indicavam que estavam cada vez mais perto.

Mais para a frente, encontraram a floresta. A memória brilhava nos olhos dela. A barricada de árvores parecia densa, mas dava lugar a um campo menor em menos de um quilômetro.

E a uma casa.

Eles estavam atravessando o bosque quando Kate percebeu que não conseguia mais ouvir os passos de August atrás de si. Ela virou e o encontrou um pouco para trás, pensativo, passando os dedos em um castanheiro.

— Vem — Kate chamou. — Estamos quase lá. — Ele não se moveu. — August?

— Shhh — disse, fechando os olhos. — Finalmente parou.

Kate voltou na direção dele.

— O quê?

— O tiroteio — ele sussurrou.

Kate franziu a testa e olhou ao redor.

— Do que você está falando?

Os olhos de August voltaram a se abrir, fixando-se na casca áspera da árvore.

— Leo estava errado — ele disse baixo, a voz estranhamente melódica. — Meu irmão disse que eu era o que era, e acreditei nele, mas estava errado, porque ainda estou aqui. — August abriu um sorriso infantil. Ela nunca o tinha visto sorrir, não daquele jeito. — Eu ainda estou aqui, Kate.

— Certo, August — ela disse, confusa. — Você ainda está aqui.

— A fome doía tanto no começo, mas agora...

Kate ficou paralisada.

— Há quanto tempo você está com fome?

Ele apenas riu. Um som simples e encantador que parecia errado saindo de seus lábios. E, então, o olhar dele encontrou o dela. Kate perdeu o fôlego. Os olhos dele estavam *queimando*. Não apenas brilhando de febre, mas *em chamas*, as íris azuis cor de gelo, as pontas lambidas de ouro.

Era como encarar o sol. Ela precisava desviar os olhos.

— *August...*

— Está tudo bem — ele disse alegremente. — Estou melhor agora, não está vendo? Estou...

— Prestes a botar fogo na mata — ela disse, aproximando-se do garoto com as mãos erguidas. — Por que não me contou? — Kate observou ao redor, como se pudesse haver algum pecador convenientemente esperando, mas claro que não, porque não havia *ninguém* por perto. Eles estavam no meio da *porra de uma floresta* no meio da *porra do interior*. Kate fechou os olhos, tentando pensar. Sentiu uma onda de calor e os abriu. Os dedos de August tocavam sua bochecha.

— Está tudo bem — ele disse suavemente.

Ela recuou.

— Sua mão.

— Minha mão — ele repetiu, examinando-a. — Parece a sua, mas não é, porque eu não... não sou como você, você parece comigo... mas isso é errado, não é...

— *August.*

— Eu pareço você, mas você nasceu e cresceu e eu não, e na época era... não era assim, não exatamente, era menor, mais jovem... — Ele falava desconexamente, com uma espécie de energia maníaca crescendo em sua voz. — Mas comecei do nada e então, de repente, virei algo, do nada, como o oposto da morte, nunca pensei dessa forma antes...

Kate tocou a testa dele e recuou.

—Você realmente está queimando.

August sorriu, aquele sorriso ofuscante, hipnotizado.

— Como uma estrela. Sabia que todas as estrelas estão queimando? É só um suspiro e uma explosão, ou uma explosão e um suspiro, não lembro, mas sei que estão queimando... — Kate virou e começou a puxá-lo por entre as árvores. O calor emanava dele agora e corria para a pele dela onde o tocava. — Tantas chamas minúsculas no céu e tanta escuridão entre elas. Tanta escuridão. Tanta loucu... — Ele parou. — Não.

— O que foi?

August recuou, levando as mãos à cabeça.

— Não, não, não... — ele suplicou, ajoelhando. — Raiva, loucura, alegria, não quero seguir em frente.

—Vem — Kate sussurrou, agachando ao lado dele. — Estamos quase lá.

Mas August tinha começado a sacudir a cabeça e parecia não conseguir parar. Kate podia sentir a ansiedade reverberando dele feito calor, penetrando na pele dela. Os lábios dele estavam se movendo, e ela conseguia distinguir as palavras.

— *Estou bem, estou bem, estou bem.*

Envolveu a cintura de August com o braço para ajudá-lo a levantar. A camisa dele estava encharcada, e Kate achou que poderia ser suor, mas o resto dele parecia seco. Quando tirou a mão, seus dedos estavam pretos.

— August — ela disse devagar. — Acho que você está sangrando.

Ele olhou para o corpo como se não o reconhecesse, sem se mover. Kate estendeu a mão e ergueu a camisa dele. Viu onde uma bala havia raspado as costelas. Ele tocou o lugar e encarou o risco de sangue preto em sua mão como se fosse algo de outro planeta. O sorriso maníaco se fechou e, de repente, August parecia jovem, triste e aterrorizado.

— Não — sussurrou. — Isso está errado.

Ele tinha razão.

Teoricamente, os sunais eram invencíveis.

Nada é invencível.

Devia ser a fome desgastando as forças dele de alguma forma.

— Vamos — Kate disse, tentando ajudá-lo a levantar, mas foi August quem a puxou para baixo. Os joelhos dela afundaram no musgo e os dedos do garoto cravaram em seus braços. Ele estava tremendo, a breve euforia se transformando em outra coisa. Lágrimas escorriam pelo rosto, evaporando antes de chegar ao queixo.

— *Kate* — August disse com um soluço. — Não posso continuar tão perto da beirada... Não me deixa sucumbir. — Ele prendeu a respiração. — Não posso não posso fazer isso de novo não posso me entregar às trevas de novo estou me segurando a todos os pedacinhos e se eu me entregar não consigo me recuperar não quero desaparecer...

— Certo, August — ela disse, tentando manter a voz calma. — Não vou deixar você sucumbir.

Ele encostou a testa ardente no ombro dela.

— Por favor — ele sussurrou. — Promete.

Ela ergueu a mão e afagou o cabelo dele.

— Eu prometo.

Eles haviam chegado tão longe. Entrariam na casa. Ele ia se refrescar. Tirariam o dinheiro do cofre. Pegariam o carro da garagem. E sairiam dirigindo até encontrar algo — *alguém* — para ele se alimentar.

— Fica comigo — Kate disse, segurando a mão dele e levantando. — Fica comigo.

O calor formigou em seus dedos, uma sensação agradável no começo e logo depois dolorosa, mas ela não soltou.

II

ELES CHEGARAM À CASA.

O cascalho fazia barulho sob os pés de Kate enquanto ela puxava August pelo campo, da entrada cheia de mato até os degraus da frente. A tinta azul na porta havia desbotado, as plantas do jardim estavam fora de controle e uma rachadura em forma de teia cobria uma das vidraças. Fora isso, a casa parecia igual.

Como uma fotografia, pensou Kate. Os cantos desgastados, a cor apagada, mas a imagem inalterada.

August se afundou nos degraus enquanto ela vasculhava sob as ervas daninhas em busca do cano e da caixinha magnética em que a chave da casa estava. Ela arrombaria se fosse necessário, mas a porta tinha resistido intacta por tanto tempo… Não gostava da ideia de ser quem a quebraria.

— Me conta alguma coisa — August murmurou, repetindo o que ela havia pedido no carro. Sua respiração estava irregular.

— Tipo o quê? — Kate perguntou, como ele havia feito.

— Não sei — August sussurrou. Suas palavras se transformaram num soluço de tristeza ou dor. Ele se curvou sobre si mesmo, deixando o estojo do violino escorregar do ombro e cair com um baque na escada. — Eu só queria… ser forte o bastante.

Ela achou a caixa e se atrapalhou para abrir. Só foi perceber que suas mãos estavam tremendo quando deixou a chave cair e precisou procurar entre as ervas daninhas.

— A questão não é força, August. É necessidade. É ser o que você *é*.

— Eu não… quero… ser isto.

Kate soltou um som exasperado. Por que ele não tinha se alimentado? Por que não tinha *contado* para ela? Seus dedos encontraram a chave e ela levantou, enfiou-a na fechadura e girou. Foi um gesto pequeno, mas a memória muscular era avassaladora. A porta abriu. Ela sabia que o lugar estaria abandonado, mas ainda assim a visão a pegou de surpresa. O ar parado, os móveis cobertos de pó, ervas daninhas crescendo pelas tábuas de madeira. Quase chamou por sua mãe — o impulso foi súbito e doloroso —, mas conseguiu contê-lo e ajudar August a entrar.

Seus pés a guiaram pela sala de estar. Kate encontrou a caixa do gerador na cozinha e ligou os interruptores como tinha feito centenas de vezes, com gestos simples, automáticos. Não esperou as luzes acenderem — foi direto para o banheiro, com seus ladrilhos azuis e brancos e sua banheira de porcelana.

Ela ligou o chuveiro, torcendo para os reservatórios de água da chuva ainda estarem funcionando. Os canos rangeram e, pouco depois, a água começou a correr, cor de ferrugem no começo, mas logo fresca e cristalina.

August estava atrás dela, balançando sobre os pés. Deixou o estojo do violino no chão e conseguiu tirar a jaqueta e os sapatos antes de cambalear para a frente, parando à beira da banheira. Kate fez menção de ajudá-lo, mas ele ergueu a mão em advertência. As marcas estavam queimando em seu braço e nas suas costas, chamuscando a camisa. Ele a tirou e ela viu quatrocentas e vinte e três linhas incandescentes ardendo na pele dele.

Kate não sabia o que fazer.

—Vá. — A palavra era um sussurro, uma súplica.

— Não vou sair…

— *Por favor.* — A voz dele estava trêmula e o calor reverberava em seu cabelo como uma brisa. Quando a encarou por cima do ombro, os ossos de seu rosto ardiam incandescentes e seus olhos tinham ficado mais escuros, o preto compelindo as chamas. Ela deu um passo para trás e August entrou embaixo do chuveiro ainda de roupa, abafando uma exclamação quando a água fria tocou sua pele e evaporou.

Ela virou para a porta do banheiro e ouviu uma voz entre o chiado e a crepitação do chuveiro, pouco mais que um suspiro, mas ainda assim audível.

— Obrigado.

A mão de Kate estava latejando quando ela a passou embaixo da torneira aberta da cozinha. Parecia que a tinha encostado no fogão. Era aquela a sensação. Tudo o que havia feito fora pegar a mão de August e não soltar.

Raiva, loucura, alegria, não quero seguir em frente.

Fora o que ele dissera na floresta.

O que quer que August estivesse sentindo, não era alegria. Quanto tempo fazia que estava sofrendo? Ela havia notado o mau humor quando o carro quebrou, mas ele tinha conseguido manter grande parte da loucura para si mesmo. A alegria, não. E agora... o som de sua voz condoída arranhava sua mente.

Não quero desaparecer.

Ela deixou as estacas manchadas de sangue na pia, fechou a torneira e voltou. O banheiro estava coberto de vapor, mas August não estava mais embaixo do chuveiro. Kate estava prestes a entrar em pânico quando notou um punhado do cabelo preto na ponta da banheira.

Não posso continuar tão perto da beirada.

Seus olhos estavam fechados, sua cabeça estava inclinada para trás, seu corpo continuava embaixo do chuveiro enquanto a água subia.

Não me deixa sucumbir.

— August? — ela chamou em voz baixa.

Ele não respondeu. Não se moveu. Kate se aproximou, prendendo a respiração até um pequeno calafrio percorrer o corpo de August. Ela expirou, aliviada pelo movimento sutil. Os dentes dele estavam cerrados; os olhos permaneciam fechados.

Ela observou enquanto o garoto inspirava e mergulhava na água.

Ele não voltou.

Seus ossos tinham parado de brilhar, aliviando o efeito esquelético que a fazia pensar em malchais, em monstros. Embaixo d'água, August parecia tão… humano. Um adolescente com longos braços e pernas dobrados, cachos pretos flutuando em volta do rosto. Ela contou os segundos, observando a última expiração deixar seus lábios, imaginando se precisaria puxá-lo para a superfície.

E então, finalmente, ele emergiu.

August segurou a borda da banheira e se alçou para cima, deixando a água escorrer do rosto. Seus olhos não estavam mais em chamas, tampouco haviam retomado o cinza-claro. Estavam mais escuros, da cor do carvão, afundados em seu rosto cadavérico.

Kate se ajoelhou e apoiou os dedos sobre os dele. A mão de August ficou tensa sob a sua, mas a pele tinha resfriado o bastante para ela suportar o toque, e August não recuou.

— Kate — ele murmurou, com a visão entrando e saindo de foco.

— Estou aqui — ela disse. — Onde você está?

August fechou os olhos e respirou longamente.

— Deitado na cama — sussurrou. — Escutando música enquanto meu gato morde o canto de um livro.

Kate quase riu. Era uma resposta tão banal... A mão dele estava voltando a ficar quente, então ela soltou seus dedos e voltou a sentar de costas para a banheira. Atrás dela, o chuveiro quase soava como chuva. Kate tirou o medalhão de prata de debaixo da gola e ficou passando o dedo distraidamente nele.

— Sua casa — August falou, com a voz cansada. Ela não soube dizer se era uma pergunta.

— Era — decidiu responder, girando o pingente entre os dedos.

Um pequeno suspiro trêmulo veio da banheira.

— Por que tem tantas sombras no mundo, Kate? Não deveria ter a mesma quantidade de luz?

— Não sei, August.

— Não quero ser um monstro.

— Você não é um — ela disse. As palavras saíram automáticas, mas, enquanto dizia, Kate percebeu que acreditava nelas. August era um sunai, nada mudaria isso, mas não era perverso, cruel ou monstruoso. Era apenas alguém que queria ser outra coisa, algo que não era.

Kate entendia essa sensação.

— Dói — ele sussurrou.

— O quê?

— Ser. Não ser. Me entregar. Me conter. Não importa o que eu faça, tudo dói.

Kate inclinou a cabeça para trás, apoiando-a na banheira.

— O nome disso é vida, August — ela disse. — Você queria se sentir vivo, certo? Não importa se é monstro ou humano. Viver dói.

Kate esperou que ele dissesse alguma coisa, perguntando-se por que *ela* não queria mais falar. Talvez finalmente não tivesse mais segredos, ou talvez estivesse apenas se acostumando com August. Quando não conseguiu mais suportar o silêncio, levantou e saiu com passos duros pelo piso de ladrilho, entrando na primeira porta à esquerda do corredor.

Embaixo de uma camada de poeira, as paredes do quarto dela eram amarelas — não amarelo-girassol, mas amarelo-claro, quase branco, da cor do sol, o sol de verdade, não o que as crianças desenhavam. A cama era pequena mas macia, e havia desenhos afixados na parede.

Kate revirou as gavetas e encontrou um diário velho e algumas roupas, coisas que não havia se importado em levar de volta para a Cidade V. As roupas eram pequenas demais, mas Kate precisava trocar as peças rasgadas que estava usando, então seguiu até o quarto da mãe no fim do corredor.

A porta não estava completamente fechada e abriu com seu toque.

O quarto diante dela era simples e escuro. As cortinas estavam fechadas, mas a visão da cama, com um ninho de travesseiros, fez uma dor trespassar seu corpo. Se Kate fechasse os olhos, conseguiria ver a si mesma lendo esparramada na cama, enquanto a mãe a cobria alegremente com aqueles travesseiros, um a um.

Ela pisou devagar sobre uma erva daninha que crescia entre as tábuas do piso e sentou na beira da cama, ignorando o pó. Sob ele, ainda podia sentir o cheiro da mãe. Antes que se desse conta do que estava fazendo, Kate deitou no mar de travesseiros, enfiando o rosto no que estava mais próximo.

Casa, ela pensou, enquanto a memória emergia e a puxava para baixo.

Fazia quatro meses que tinham voltado para a Cidade V e Kate ainda não conseguia dormir. Toda noite, sonhava com monstros — dentes, garras e olhos vermelhos —, e toda noite acordava gritando.

— Quero ir pra casa — ela disse para a mãe.

— *Estamos* em casa, Kate.

Mas aquilo não parecia certo. Não era como as histórias que sua mãe lhe contara. Não havia família feliz ou pai amoroso, apenas uma sombra que ela mal via e o monstro atrás dela.

— Quero ir pra casa — Kate dizia toda vez que acordava.

— Quero ir pra casa — ela suplicava sempre que sua mãe a colocava na cama.

— Quero ir pra casa.

A mãe estava ficando mais magra, seus olhos pareciam sempre circundados de vermelho. A cidade a consumia pouco a pouco. E então, certa noite, ela concordou.

—Vou falar com seu pai — prometeu. —Vamos dar um jeito.

Na noite do acidente, Kate estava sonhando, ainda presa em um quarto de sombras violentas, quando sua mãe a acordou.

— Levanta, Kate. A gente precisa ir.

Uma mancha vermelha de fúria cintilava na bochecha de sua mãe, um hematoma com um H no meio, a marca do anel de Callum Harker que havia acertado seu rosto. Elas atravessaram a cobertura escurecida. Um vidro quebrado. Uma cadeira tombada. As portas do escritório trancadas e o sono visível nos olhos de Kate, que tropeçava nos próprios pés.

— Aonde a gente está indo? — ela perguntou no elevador.

— Aonde a gente está indo? — ela perguntou no estacionamento.

—Aonde a gente está indo? — ela perguntou quando o motor do carro ganhou vida.

Sua mãe finalmente respondeu:

— Estamos indo pra casa.

Nunca chegaram.

Kate levantou. Lágrimas escorriam por seu rosto, deixando rastros no pó. Ela esfregou as bochechas com o dorso da mão.

Quero ir pra casa.

As palavras tinham sido dela. Sempre dela. Kate as dissera centenas de vezes. Quando foi que haviam sido distorcidas, emaranhadas, transformadas?

Aquela súplica, aquela noite, o H de seu pai na pele de sua mãe… O que mais Kate havia esquecido?

O acidente girou dentro de sua cabeça, as peças se encaixando. Os faróis abruptos, como se tivessem entrado na contramão — mas não tinham. Foi o outro carro que virou de repente. E então o susto da mãe, o movimento abrupto ao volante, tentando desviar. Tarde demais. O impacto terrível da batida, o som de metal amassado e vidro quebrado, a força do crânio batendo contra a janela. A mãe caída no volante, os pulmões fracos se esforçando para inspirar uma, duas vezes. O mundo subitamente imóvel, o silêncio em seus ouvidos, o sangue em seus olhos. Do outro lado do vidro quebrado, o animal de estimação de seu pai imóvel, com o olhar vermelho aguçado e a boca curvada em um sorriso perverso.

Kate levantou de supetão e quase vomitou no velho piso de madeira. Ficou agachada, forçando o ar a entrar nos pulmões. Como pudera esquecer tanta coisa?

Mas agora ela lembrava.

Lembrava tudo. E aquelas memórias não pertenciam a uma Kate diferente. Eram suas. Sua vida. Sua perda. Independentemente do que custasse, ela ia se vingar de Sloan.

Tremendo, Kate levantou, acalmou-se e deu a volta na cama. Ergueu o tapete com o pé, passou os dedos no piso de madeira até encontrar a ponta da tábua solta e a ergueu. Escondida na escuridão, encontrou a caixa de metal. Pegou-a e alinhou os números até a caixa abrir. Dentro, encontrou um maço de dinheiro, passaportes e uma pistola. Sua mãe não queria levar, mas Harker insistira, então ela havia guardado ali, com as outras coisas de que não precisava. Kate guardou o dinheiro no bolso, verificou a arma — estava carregada com balas de prata — e a enfiou na cintura, contra a costela, antes de voltar a atenção para os documentos. Ela folheou a pilha, hesitando ao ver o rosto de Alice Harker olhando de volta. Colocou os documentos da mãe de volta na caixa, pegou os seus e levantou.

Na cômoda, Kate encontrou uma blusa escura. Quando a pegou, ficou surpresa ao ver que era do seu tamanho. Outra lembrança de como o tempo havia passado. Ela a deixou em cima da cômoda, tirando a jaqueta de August e a camisa. Os pontos repuxaram enquanto vestia as roupas limpas, e ela se encolheu de dor, sentindo o calor do medalhão de prata contra a pele nua. Kate fechou os olhos e cheirou as mangas da blusa, sentindo o aroma fraco de lavanda. Sua mãe colocava lavanda em todas as gavetas para manter o aroma das roupas fresco.

Ela encontrou uma camiseta para August e a pendurou no ombro.

O banheiro ainda estava no mesmo silêncio pesado, então Kate deixou a camiseta na porta e saiu, atravessando a grama alta e o jardim destruído em direção à pequena garagem. O sol já estava começando a se pôr, mas a luz refletiu em algo à distância, depois do bosque, na direção do Ermo.

Kate semicerrou os olhos.

Parecia algum tipo de depósito ou celeiro industrial. Era novo — não existia seis anos antes —, mas estava totalmente parado, sem nenhuma fumaça saindo das chaminés, sem caminhões entrando ou saindo. Tinha sido abandonado ou invadido.

Na garagem, ela encontrou o carro. Quase nunca fora usado, nem quando moravam lá, mas sua mãe havia insistido em ter um, em caso de emergências. No dia em que voltaram à Cidade

V, Harker mandara uma pequena escolta, então não havia motivo para levá-lo. Ela desconectou a bateria do gerador e fechou o capô. Virou um galão de gasolina no tanque e tentou entrar. A porta rangeu, mas abriu, e Kate sentou no banco do motorista e achou a chave escondida atrás do quebra-sol. Enfiou-a na ignição, prendeu a respiração e virou. Na primeira tentativa, o motor estremeceu. Na segunda, pegou.

Um som vitorioso escapou da garganta dela.

E então, enquanto desligava o carro, ouviu o ronco de um segundo motor. Um caminhão distante. Prendeu a respiração e lembrou a si mesma que a estrada principal ficava do outro lado de uma colina, depois do bosque. Lembrou a si mesma que não dava para ver a casa de lá, mas mesmo assim continuou no carro, agarrada ao volante, até que tudo o que conseguia ouvir era seu coração.

III

AUGUST SABIA QUE ESTAVA PERDENDO A CABEÇA.

E a pior parte era que ele conseguia *sentir* aquilo acontecendo.

O enjoo havia tomado conta de seu corpo, infectando seus pensamentos. Ele estava preso dentro de si mesmo, acuado na névoa como um sonhador encarcerado na fronteira do sono. Podia sentir seu limite, mas não conseguia tocá-lo ou sair.

Tampouco conseguia conter as palavras. Seus pensamentos deslizavam e saíam pela boca. Então, desapareciam antes que se desse conta de seu significado.

A dor havia passado por um tempo, suprimida pela loucura e pela alegria, mas agora as marcas voltaram a queimar em sua pele, pulsando abrasadoras, e os disparos ecoavam em sua mente como uma artilharia. Ele pressionou a testa ardente contra os ladrilhos frios, a pele chiando como fogo em água quando o frio encontrou a febre.

Seu corpo finalmente resfriou e ele se deixou cair contra a lateral da banheira, a água fria subindo até a coluna e envolvendo suas costelas.

Kate entrava e saía, seus olhos escuros flutuando no vapor, dentro, fora e dentro novamente.

Ela estava ali agora.

— Escuta — August disse, tentando se ater às palavras antes que escapassem. — Você precisa... ir.

— Não.

—Você não pode... estar aqui... quando eu sucumbir.

A mão dela estava sobre a dele de novo, uma fria e a outra quente, e August não sabia qual era qual. Os contornos estavam embaçados.

— Não vou deixar você sucumbir, August.

De novo, o medo, a tristeza lancinante.

— Eu... não posso...

—Você não tem como me machucar — Kate interrompeu. — Não enquanto for você mesmo, não é? Então vou ficar.

Ele cerrou os dentes, fechou os olhos e tentou se concentrar em seu coração, seus ossos, seus músculos, seus nervos. Dividiu-se parte por parte, célula por célula, tentando sentir todos os átomos minúsculos que o compunham.

Todos aqueles átomos imploravam para desistir, ceder, deixar que a escuridão se apoderasse dele. August se sentiu mergulhando em direção à inconsciência e se obrigou a ficar acordado, com medo de que, se mergulhasse de novo, algo diferente viesse à tona.

Kate sentou na beira do sofá, com um cigarro entre os dentes.

Ela havia vasculhado tudo até encontrar meio maço, do estoque de sua mãe.

Isso mata, August tinha dito no primeiro dia.

Os lábios de Kate se moveram. Ela acendeu o isqueiro prateado e observou a chama dançar em frente à ponta, então o fechou e jogou o cigarro apagado.

Já temos jeitos suficientes de morrer...

Ligou a televisão, retraindo-se com a visão de seu rosto na tela.

— ... horas depois da coletiva de imprensa de Harker — a apresentadora do jornal dizia —, aumentou a instabilidade ao longo da Fenda. Segundo relatos, a FTF e as forças de Harker entraram em conflito. Vamos agora para Henry Flynn...

A tela cortou para uma coletiva de imprensa. Um homem magro estava atrás de um palanque, as costas eretas.

Uma mulher negra estava à sua esquerda, com a mão em seu ombro — sua esposa, Emily. Do outro lado, um membro da FTF com o braço numa tipoia. Dentre os milhares de membros da Força-Tarefa, Flynn havia escolhido um ferido. *Boa ideia se colocar como vítima*, Kate pensou, relutante. E Flynn era realmente uma vítima: seu filho estava desaparecido, acusado de um crime que não cometeu. Por causa do pai dela. Por causa dela.

— Minha família não tem *nada* a ver com o ataque contra Katherine Harker.

— É verdade que o senhor plantou um espião na escola dela?

— É verdade que um de seus sunais está desaparecido?

— É verdade que...

Kate desligou a televisão, tirou o celular do bolso e estava escrevendo uma mensagem para o pai quando um som cortou seus pensamentos.

Pneus. No cascalho.

Ela levantou a cabeça abruptamente. O som tinha sido abafado pela TV e pelo chiado do chuveiro. Quando ela saiu do sofá e olhou pela janela, um carro estava estacionando na entrada. Um homem saiu do banco do motorista, jovem e magro, com um boné preto da FTF. Kate ficou tensa. Um membro da Força-Tarefa de Flynn? Ela pegou a arma e soltou a trava de segurança enquanto o homem subia os degraus e batia na porta.

Kate sentiu um frio na barriga quando olhou para o trinco da porta. Estava aberta.

— August Flynn? — o homem chamou. — Você está aí?

Kate prendeu a respiração.

O que ele estava fazendo ali?

Ela hesitou. Talvez fosse seguro. Talvez pudesse ir com August para a Cidade Sul...

O homem voltou a bater e ela começou a atravessar a sala silenciosamente, sem saber se estava indo em direção à porta ou ao corredor. Talvez... Mas como os havia encontrado?

As batidas pararam.

— Katherine Harker? — chamou a voz.

Ela sentiu um aperto no peito.

— Sei que vocês estão aí.

Os olhos dela estavam direcionados para a porta de entrada, então Kate não viu a mesa de canto, aquela em que *sempre* batia o joelho. Bateu a canela na perna de madeira e o porta-retratos em cima da mesa caiu com estrépito.

A maçaneta começou a virar e Kate saiu em disparada para segurá-la.

Estava no meio do caminho quando a porta abriu.

August ouviu o som apesar do chuveiro ligado.

Uma batida pesada. Pensou que poderia ser uma das músicas de Kate, mas não havia palavras, apenas o *toctoctoc*.

Sentou com dificuldade. Doía respirar, doía se mexer, mas August ainda estava no presente, ainda era ele mesmo.

Ele levantou, a calça encharcada colada à pele, e balançou um pouco antes de se equilibrar contra a parede de ladrilhos para desligar o chuveiro, esforçando-se para escutar apesar dos disparos em sua mente. Mas, além do staccato dissonante, ouviu seu nome e então o som novamente, e percebeu que era a cadência regular de um punho contra a madeira.

Toc toc toc.

Saiu da banheira, sentindo que seu corpo era de vidro — um movimento errado e simplesmente se estilhaçaria. Juntou forças por um momento.

— Kate? — ele chamou.

E então ouviu o estrondo.

O homem pegou Kate pela cintura e os dois foram ao chão, debatendo-se. Ele caiu em cima dela e torceu seus punhos para trás, mas Kate golpeou o joelho contra o estômago dele, lançando-o contra a parede enquanto ela girava e erguia a arma.

— Não se mexa — ela rosnou, o coração acelerado e as mãos firmes. O boné dele estava no chão e seu cabelo caía nos olhos, mas ela conseguiu ver o H deformado na bochecha. Não era a FTF, então. Era um dos homens de Sloan. — Coloque as mãos para cima.

— Srta. Harker — ele disse suavemente, erguendo uma mão e mantendo a outra nas costas. — Não estou aqui para matar você.

Ela apontou com a arma.

— *Mão para cima.*

— Não há necessidade disso — disse o homem. Seu olhar era duro, calculista. — Seu pai me mandou.

Os olhos dela indicaram o boné no chão e a cicatriz na testa dele.

— Mentira.

— Era só um disfarce — ele disse com firmeza. — Caso o monstro atendesse a porta. — Seu sorriso era quase arrogante. — De que outro jeito eu saberia sua localização, srta. Harker?

— Por que meu pai mandaria você?

— Ele está preocupado.

— E a cicatriz?

Ele virou a cabeça, deixando o cabelo cair para o lado e revelando a marca.

— Muito esperta. Agora abaixe isso e...

— Mostre sua outra mão.

Devagar, a mão surgiu, segurando um celular.

—Viu? — ele disse, calmamente.

— Coloque no...

Mais pneus no cascalho. Kate desviou o olhar por um instante, mas foi longo o bastante. O homem pulou para pegar a arma e ela o empurrou de volta. Quando os dedos dele tocaram o cano, Kate disparou.

A rajada deu um coice em seus braços e o som cortou a sala, transformando o barulho em seu ouvido bom em estática. A bala atravessou o pescoço do homem, cravando na parede atrás dele. O celular escapou de seus dedos, deslizando pelo chão enquanto ele apertava a garganta, mas o sangue já jorrava e escorria pelo corpo, pingando na madeira.

Vermelho.

Não o sangue preto dos monstros, mas o vermelho vívido da vida humana.

Os lábios dele se moveram, mas Kate não conseguia ouvir e, então, era tarde demais. Ele deu um passo cambaleante para trás e caiu contra a parede, a vida se esvaindo de seus olhos. Era um cadáver antes que chegasse ao chão.

Kate não conseguia tirar os olhos da poça de sangue que se espalhava.

Deveria ser o mesmo que matar um monstro.

Mas não era.

Um calafrio percorreu seu corpo e então ela ouviu uma respiração ofegante e ergueu os olhos para ver August parado na entrada do corredor, encharcado e curvado de dor.

Não, não era dor.

Era fome.

— Kate — ele engasgou. Quando ergueu a cabeça, a luz não estava mais lá. Seus olhos arregalados estavam pretos. — O que você fez?

||||

A VISÃO DE AUGUST SE AFUNILOU.

As sombras na sala estavam se arqueando, afastando-se das paredes e do chão e entrelaçando-se em volta de Kate. A sombra dela se contorceu ao seu redor enquanto ela se aproximava dele.

— Eu não... ele veio pra cima de mim... eu pensei...

Kate tentou segurar o braço de August, sua alma pulsando feito uma luz vermelha sob a pele, e ele cambaleou para trás. Para longe, longe, longe.

August tentou verbalizar, mas as palavras ficaram presas em sua garganta.

Parecia que a gravidade na sala estava se alterando, como se, a qualquer momento, a parede atrás de Kate fosse se transformar em chão e ele cairia em cima dela. Mas ela estava parada, esperando, e bastava estender os braços e segurá-la, cravar as unhas no ombro ferido e sugar sua alma para a superfície, então a dor chegaria ao fim, tudo chegaria ao fim e...

— Corra — August suplicou, sentindo a carne arder e um zumbido nos ossos.

— August, eu...

— *Corra.*

Dessa vez, ela obedeceu. Cambaleou para trás e saiu correndo sob o crepúsculo no exato momento em que um segundo carro estacionou.

★

Kate parou de repente na entrada de cascalho quando um sedã preto bloqueou seu caminho.

Um malchai que ela não conhecia saiu de um dos lados do carro. E Sloan do outro.

O olhar dele a percorreu, a boca se abrindo num sorriso.

— Olá, Kate.

O acidente de carro. O sorriso perverso. Os olhos vermelho-sangue.

Ela ergueu a arma.

— O que está fazendo aqui?

Sloan abriu os braços, finos como arame.

—Vim levar você pra casa.

— Meu pai não mandou você.

— Mandou, *sim*, Kate. Apesar de todas as coisas horríveis que você andou sussurrando no ouvido dele.

Os dedos dela seguraram a pistola com mais força.

— Não vou a lugar nenhum com *você*. Foi você quem mandou aqueles monstros para me matar, não foi?

Sloan a encarou.

— E daí?

— Mas você *disse* que não tinha sido…

Seu sorriso era perverso.

— *Eu* nunca disse isso.

As palavras de seu pai: "Eu o interroguei pessoalmente. Nós dois sabemos que ele não consegue mentir".

Foi um tapa na cara. Sloan não podia mentir, mas Harker podia.

— Oslo. — Sloan chamou o outro monstro. — Pegue o sunai. Eu cuido dela.

O outro malchai se dirigiu para a casa, então Kate ergueu a arma e atirou. A bala de prata atingiu o ombro do monstro e ele rosnou enquanto sangue negro manchava sua camisa. Kate voltou a pistola para Sloan, mas ele já estava lá, seus dedos frios apertando o punho dela e levantando o cano.

— De novo esse joguinho? — ele disse, seco. — Achou mesmo que poderia voltar meu *mestre* contra mim? — Havia um tom de desdém na palavra "mestre". Sloan a puxou para si, mas ela pegou o isqueiro do bolso com a mão livre logo antes dos dedos dele se fecharem em volta de sua garganta.

No momento em que fez isso, Kate enfiou o canivete no punho dele. Sloan se encolheu com a prata, e ela puxou a lâmina e tentou cortar a garganta dele. Mas o malchai foi rápido demais e, antes que ela conseguisse acertar outro golpe, deu um soco em seu queixo. Kate caiu com força, cuspindo sangue no cascalho.

O isqueiro voou para longe. Dedos frios apertaram seu ombro ferido, forçando-a a ficar de costas. Sloan colocou novamente as duas mãos em volta da sua garganta.

— Nossa pequena Katherine, toda crescidinha.

Ela arranhou o punho dele, mas era como lutar contra pedra.

—Você acha que merece uma chance de dominar a cidade? Ela não pertence a você nem a Callum Harker, não mais. Em breve os monstros vão se erguer e, quando esse momento chegar — ele se aproximou —, a cidade será *minha*.

Sloan se ajoelhou sobre as costelas feridas dela. Kate tentou gritar, mas estava sem ar. Seus pulmões ardiam.

—Você causou uma confusão e tanto — ele continuou. — Não consegue nem morrer na hora certa. Sua mãe pelo menos conseguiu.

Kate esperneou e se contorceu, tentando se apoiar para dar um chute nele enquanto sua visão girava e se afunilava.

— Eu deveria matar você agora — ele disse, desejoso. — Seria um ato de misericórdia. Mas...

Sloan bateu a cabeça dela no chão e tudo ficou escuro.

★

August entrou cambaleante no banheiro. Caiu de joelhos no ladrilho e puxou o estojo do violino, atrapalhando-se com os fechos ao tentar abri-lo. Então uma sombra surgiu no batente e o espelho refletiu os olhos vermelhos.

August não foi rápido o bastante — seus dedos mal haviam tocado as cordas do violino quando levou um chute nas costelas que o fez cair com as costas contra a pia.

A porcelana rachou, tirando o ar de seus pulmões.

— Ora, ora — veio a voz estridente e úmida do malchai. — Você não parece tão assustador agora, não é?

August conseguiu ficar de quatro e rastejou em direção ao estojo, mas a criatura pisou em seu punho, apertando-o contra o chão de ladrilho. A dor ardeu por seu corpo, brilhante demais, humana demais. Unhas afiadas o levantaram, e então August estava voando, atingindo a parede com as costas com tanta força que os ladrilhos quebraram e caíram em volta dele quando chegou ao chão.

August sentiu o gosto de sangue e levantou titubeante enquanto a mão do malchai se fechava em volta do braço do violino.

Não.

— Sunais, sunais, olhos de carvão... — cantou o monstro, passando a unha pela corda. — ... com uma melodia sua alma sugarão.

August saltou, mas, no mesmo momento, o malchai se virou e acertou o violino na cabeça dele.

O sunai tentou impedir o golpe com a mão ou, pelo menos, salvar o instrumento, mas era tarde demais — o violino se estilhaçou contra seu crânio, transformando o mundo em lascas de madeira, cordas partidas e silêncio.

O mundo foi voltando aos poucos.

Concreto sob os joelhos.

Ferro em volta dos punhos.

Um círculo de luz inconstante.

Uma batida metálica.

O eco de espaços grandes e vazios.

O mundo foi voltando aos poucos, e August também. Por um momento, ele morreu de medo de ter se perdido, mas a dor na cabeça, o desconforto nos punhos e o calor ardente na pele lhe mostraram que não se tratava daquilo. Não ainda.

August estava ajoelhado no chão de um depósito, cercado por vidro, pó e uma única luz forte, de modo que o espaço além dela parecia uma única muralha negra. Seus braços estavam presos acima da cabeça. A dor queimava seus punhos, e ele conseguia sentir as correntes de metal cortando suas mãos, raspando a carne viva de um jeito que não deveria ser possível.

Onde ele estava?

E Kate?

A batida continuou em algum lugar além do círculo de luz. Quando August estreitou os olhos, a primeira coisa que viu não foi o cintilar de metal ou a pele manchada, mas o vermelho incandescente dos olhos do malchai.

August se esforçou para ficar de pé enquanto a criatura de terno preto dava um passo à frente, com uma longa barra de metal na mão. Uma ponta — afiada e denteada, como se quebrada por alguma máquina grande — era arrastada pelo concreto, produzindo um som agudo. August se encolheu quando o barulho trespassou sua cabeça.

Havia algo estranho no monstro. Ele era esquelético, claro, mas as linhas de seu rosto, a largura de seus ombros, a maneira como se portava... eram quase humanas.

Quase.

August tinha conseguido apoiar um pé quando um zumbido elétrico começou e as correntes acima dele ficaram tensas, puxando-o até levantar totalmente, ficando na ponta dos dedos. Com os ombros torcidos, ele tentou encontrar algum apoio. Desde quando sentia as aflições sutis de músculos e ossos? Seu corpo todo parecia frágil e quebradiço, e uma parte distante de sua mente se perguntou se era *aquela* a verdadeira sensação de ser humano.

— August Flynn — disse o malchai, arrastando o nome. — Meu nome é Sloan.

Claro. O bicho de estimação de Harker.

— Sabe — a criatura continuou, examinando os próprios dedos, que terminavam em unhas pontudas —, você não parece muito bem. — Sloan se inclinou para a frente. — Há quanto tempo não se alimenta?

August tentou dizer alguma coisa, mas percebeu que não conseguia. Seus dentes estavam comprimidos uns contra os outros, porque sua boca havia sido fechada com fita adesiva.

— Ah, sim, isso — disse o malchai. — Sei o poder da voz de um sunai. Especialmente quando eles sucumbem. Eu e Leo temos um histórico. — Ele faz uma pausa pensativa. — Sabe, aprendi muito sobre sua espécie com seus irmãos. Mas estou me adiantando demais.

Um segundo par de olhos vermelhos flutuou na escuridão atrás dele, mas a atenção de Sloan estava concentrada na barra de metal em suas mãos. O monstro a encostou nas costelas de August, onde uma única linha preta escorria do ferimento de bala da parada de caminhão.

— Você está sangrando — ele disse, o tom de voz tomado por uma falsa preocupação. — Não é estranho? — A barra desceu. — Sabe, dizem que os sunais são invencíveis, mas nós dois sabemos que isso não é verdade.

Sloan ergueu a barra e acertou as costelas de August. A dor foi devastadora. O sunai conseguiu sentir seus ossos prestes a quebrar e sua consciência se rompendo. Um gemido escapou da mordaça. Ele sentia como se a fita estivesse derretendo, fundindo-se à pele, com a fumaça sufocando seus sentidos enquanto se esforçava para respirar. Sua cabeça girou.

— Quanto mais faminto você está, mais parecido fica com um humano. Mas nunca parecido o bastante. — Sloan levantou a ponta denteada da barra até seu queixo, forçando-o a erguer a cabeça. — Você pode sofrer, pode até sangrar, mas não vai *morrer*.

A barra acertou a clavícula de August e a dor explodiu em seu peito. Ele conteve um soluço.

— Você deve estar se perguntando — o malchai continuou, segurando a barra com as duas mãos — o que eu quero.

August fixou o olhar, tentando acalmar a respiração.

— É muito simples, na verdade. — Os olhos vermelhos do malchai dançavam como chamas em seu rosto cadavérico. — Quero que se entregue às trevas.

A outra criatura que havia se aproximado da luz olhou para Sloan, nervoso. August se sentiu mal.

O sorriso do malchai se acentuou.

— Acho que você sabe o motivo.

August começou a balançar a cabeça, então a barra acertou suas costelas. Ele sentiu uma explosão de dor e tentou usá-la para se firmar, em vez de se deixar levar por ela. Ele abaixou a cabeça, mas Sloan cravou as unhas em seu queixo e a ergueu de novo.

— *Pense.* — O malchai bateu uma unha pontuda na testa de August, depois a desceu por sua sobrancelha esquerda.

A cicatriz de Leo. Ela nunca havia feito sentido, porque sunais não *tinham* cicatrizes. Não quando eram de carne e osso. O que significava que, quando Leo a ganhara, não era de carne e osso.

— *Eu* acho que a forma mais poderosa dos sunais é também a mais vulnerável — disse Sloan, com sua voz úmida e escorregadia. — Acho que, se você se entregar às trevas, vou conseguir cravar essa barra no seu coração. — Então Sloan se aproximou, chegando perto o bastante para August sentir a podridão fria de sua alma contra a pele febril. — Na verdade — ele sussurrou —, tenho certeza disso, porque testei minha teoria ontem à noite. Com Ilsa.

O coração de August palpitou.

A bile subiu pela garganta.

Não.

A escuridão cresceu, ameaçando vir à tona. O malchai cantarolou de alegria.

— Tantas estrelas… — disse o monstro.

Não se preocupe, August.

— E vi todas se apagarem.

Não tenho medo do escuro.

— Logo antes de cortar a garganta dela.

Quando Kate abriu os olhos, o mundo ainda estava escuro.

Não, não apenas escuro.

Preto.

O preto opressivo de espaços fechados sem luz externa.

Sua cabeça estava latejando e sua garganta parecia esfolada onde os dedos de Sloan haviam apertado. Com dificuldade, inspirou fundo e sentiu a umidade típica de lugares abandonados, o cheiro forte de metal, terra e pedra.

Um calafrio a percorreu, e Kate se deu conta de que estava sentada no chão, curvada contra a parede, ambos de concreto. O frio penetrava em suas costas e pernas, e metal apertava seus punhos. Quando tentou se mover, ouviu o tinido de aço contra aço. Suas mãos estavam algemadas a alguma coisa à sua direita. Virou até ficar de frente para as algemas e ergueu as mãos, tateando até encontrar uma barra metálica lisa. Kate a puxou com toda a força possível, mas ela não cedeu.

Envolveu os dedos em torno do metal e se alçou para ficar em pé, devagar, caso o pé-direito fosse baixo. Depois de subir um pouco, as algemas se prenderam numa barra horizontal, forçando-a a parar, então ela caiu de joelhos e seguiu a linha vertical da coluna até o chão de concreto, onde ficava parafusada a um tipo de placa de metal. Não iria a lugar nenhum. Girou a cabeça, tentando ouvir alguma coisa com o ouvido bom — qualquer coisa além de sua pulsação. No começo, não havia nada, mas então, abafada pelo concreto, pelo metal e pelo que quer que estivesse entre ela e o mundo exterior, veio uma voz.

Doce e suave, parecendo prestes a gargalhar.

Sloan.

Kate rangeu os dentes, dividida entre gritar o nome dele até que aparecesse e ficar em silêncio até encontrar um jeito de *acabar* com a vida dele. Outros sons chegaram até ela, abafados pelas paredes — um ruído metálico, um gemido de dor sufocado —, e seu estômago se revirou.

August.

Pensou nele tremendo no corredor, os olhos negros arregalados de medo e fome.

Pegue o sunai.

Kate inspirou, obrigando-se a se concentrar. Precisava sair dali. Estava sem o isqueiro, perdido durante a luta, o que significava que, além de não conseguir enxergar, não tinha nenhuma arma. Não tinha nada para arrombar a algema e...

Outro grito abafado atrás das paredes.

Ela se encolheu, lutou contra o tremor. Em algum lugar, uma Kate diferente poderia estar aterrorizada, mas *ela* não tinha tempo para aquilo, então engoliu o sentimento e apalpou o chão até o lugar onde a barra estava parafusada. Sentiu quatro parafusos, todos meio enferrujados. A armação era bastante sólida, mas, se conseguisse soltar a base, talvez pudesse passar as algemas por baixo da armação. Depois se preocuparia em tirá-las. Estar algemada não era tão ruim quanto estar algemada *a alguma coisa*. Kate respirou fundo, prendendo a respiração quando outro gemido cortou o ar.

Tentou soltar um parafuso, mas ele não cedeu. Puxou até seus dedos doerem. Torceu até suas unhas quebrarem.

Nada.

Fechou os olhos e tentou pensar, levando os dedos distraídos ao pingente contra seu esterno. Abriu os olhos de repente. Apertou-se contra a barra até conseguir alcançar a corrente do medalhão e tirá-lo de debaixo da blusa. Não foi muito elegante, mas ela logo conseguiu tirar a corrente pela cabeça e encaixar a borda do medalhão no sulco do parafuso, torcendo para que fosse do tamanho certo. Era. Kate girou com toda a sua força. Seus dedos escorregaram duas vezes, esfolando as articulações.

Então, finalmente, o primeiro parafuso começou a girar.

E, depois de um momento repleto de palavrões, ele saiu.

Um já foi, ela pensou. *Faltam três.*

Sloan aumentava e abaixava a voz atrás da porta.

Ela enfiou o disco de prata no próximo parafuso.

Um som terrível, como de metal contra carne, barra contra osso.

Ela girou, escorregou, girou de novo.

Um gemido abafado.

— Aguenta firme, August — ela implorou quando o segundo parafuso começou a girar. — Aguenta firme.

Uma gota de sangue caiu no concreto, preta e viscosa.

— Só existe um jeito disso acabar — Sloan disse, passando a unha pela ponta denteada da barra.

August tentou respirar. O malchai tinha acertado seu rosto e sangue escorria do seu nariz sobre a fita em sua boca. Ele estava sufocando — com o sangue e o pavor —, e toda vez que perdia a visão pensava em Ilsa.

Ilsa parada na frente da janela, os dedos rachando o vidro.
Tantas estrelas.
Seu reflexo no espelho, o queixo pousado no ombro dele.
E vi todas se apagarem.
Ilsa deitada no piso da cela do traidor, cantando para ele dormir.
Logo antes de cortar a garganta dela.
Seus pulmões doíam. Sua visão girava.
Aguenta firme, August suplicou ao seu corpo.

E então um zumbido elétrico encheu o ar e o que quer que estivesse segurando August no alto desapareceu. As correntes ficaram frouxas e ele caiu estatelado no chão, seus punhos esfolados ainda envoltos pelas correntes.

— Sloan — chamou o outro malchai.

August tentou levantar, mas não conseguiu. O depósito parecia girar e ficou turvo até se transformar num quarto, num beco, numa escola. Alguém chamava um nome, seu nome, e ele estava na floresta, passando os dedos nas árvores e ouvindo a música, cantarolando, então Kate olhou para trás com a testa franzida e então...

A dor explodiu em seu tronco e August caiu. Tentou virar de costas, mas o concreto era frio e subia como água em volta dele, que estava segurando a beirada da banheira com os dedos de Kate sobre os dele enquanto a água caía como chuva e ele queimava queimava queimava de dentro para fora e as trevas aguardavam aguardavam logo atrás da luz.

Sloan se assomava sobre ele, envolto em sombras exceto pelos olhos vermelho vivo. O malchai ergueu a barra para atacar, mas, quando a desceu, as mãos de August se ergueram e seguraram o metal.

As trevas se curvavam em volta de seus dedos como vapor.

— Entregue-se, August — Sloan disse, jogando seu peso na barra. O frio do metal encontrava o calor do toque de August. Ele apertou com força, fixando a visão em seus dedos, desejando poder controlar a alternância entre as formas como seu irmão.

Leo conseguia transformar uma parte de si sem perder o todo.

Porque não havia restado nada.

Nada humano.

Nada real.

De algum lugar fora do círculo de luz, vinha o som de metal raspando o concreto. August semicerrou os olhos e viu que a escuridão não era tão sólida assim. Objetos enormes se assomavam e um corredor levava em direção ao barulho, um par de portas no canto abria caminho para a escuridão mais clara da noite.

— Oslo — disse Sloan, ainda empurrando a barra sobre ele. — Vá dar uma olhada nela.

O coração de August acelerou no peito partido. *Corra*, ele pediu para Kate.

O outro malchai se virou para ir.

— E *não* a mate — Sloan acrescentou.

— Não se preocupe. — O monstro sorriu. — Vou deixar um pouco dela para você...

—Você vai deixar *tudo* dela — advertiu Sloan. Seu tom era frio e afiado, os lábios mortos sobre os dentes. O calor fulgurou sobre a pele de August. — Você pode pôr um fim nisso — disse o monstro, voltando a atenção para a barra. August sabia que era verdade, mas também sabia que, no momento em que fizesse isso, o malchai cravaria o metal em seu peito e cortaria o que havia sido carne e se transformara em fumaça e sombra, até trespassar seu coração ardente.

E ele desaparecia.

O que quer que o compusesse — poeira de estrelas, cinzas, vida ou morte — desapareceria.

Não com uma explosão, mas com um suspiro.

Entrando em disparos e saindo em fumaça.

August não estava disposto a morrer.

Ainda que sobreviver não fosse simples ou fácil ou justo.

Ainda que nunca pudesse ser humano.

Ele queria ter a chance de fazer a diferença.

Queria *viver*.

Quando Kate conseguiu soltar o último parafuso, suas mãos estavam tremendo e suor escorria pelo seu rosto.

Ela o arrancou, então pegou a estrutura de metal e a puxou.

Nada aconteceu. Kate xingou e puxou, usando toda a força de seu peso, mas a barra continuou presa. Exausta, ela encostou a cabeça no metal e o sentiu deslizando para a frente e para fora da base. Perdeu o fôlego de surpresa, depois alívio, então pegou o metal e *empurrou.* A barra rangeu para a frente, raspando o concreto com um chiado, e Kate se encolheu — esforçando-se para não fazer barulho. Ela conseguiu torcer a barra o bastante para passar as algemas embaixo dela e levantou com dificuldade.

Passos ecoaram no corredor à frente. Ela prendeu a respiração, pressionando as costas contra a parede ao lado da porta, desejando ter uma arma. Alguma coisa. *Qualquer coisa.* Mas não seria pega de novo, não sem lutar.

A porta de metal abriu, lançando uma sombra esquelética dentro da sala.

Uma luz fraca iluminou a barra torcida, os parafusos soltos, o lugar onde Kate *deveria* estar.

O monstro sibilou e começou a avançar, mas algo o puxou de volta para o corredor.

Houve um som abafado e o escorregar úmido de um ferimento, depois nada. Kate prendeu a respiração quando uma segunda sombra passou pela porta, depois desapareceu.

Ao longe, a voz de Sloan ecoou com uma doçura doentia.

Ela contou até dez, então foi atrás dele.

August deslizava, seus contornos se dissolvendo em sombras. Ele estava caído de lado, o rosto contra o chão, tentando escutar a batida do coração do mundo.

Não ouviu nada.

Apenas passos. Suaves, constantes.

E então outra sombra se moveu além do círculo de luz. Ele estreitou os olhos.

Não era o malchai.

Não era Kate.

Movia-se devagar demais, com passos regulares demais.

A sombra se tornou um homem alto e bonito, com cabelo loiro e olhos inexpressivos e negros como a noite.

Leo.

Seus olhos encontraram os de August e sangue negro pingou de seus dedos enquanto ele os levava aos lábios em um pedido de silêncio. Sua expressão era impassível, avaliadora, enquanto avançava silenciosamente até a beira da luz.

August tossiu, tentando ficar de quatro enquanto Sloan crescia diante dele, os olhos vermelhos fixos, à espera.

Fique olhando para mim, August pensou cansado. *Fique olhando para mim.*

Leo entrou na luz sem fazer barulho enquanto as trevas se uniam sob August feito fumaça.

Um sorriso se abriu no rosto de Sloan.

—Acabou, monstrinho — ele disse, levantando a barra de metal.

August se preparou, mas, antes que o malchai pudesse atacar, a barra não estava mais lá. Num momento, estava na mão dele, mas, no outro, estava na de Leo. Então, com um único movimento fluido, seu irmão cravou o metal nas costas do malchai. Sloan soltou um berro e cambaleou para a frente, arranhando a ponta denteada do metal que saía de sua gola enquanto sangue negro pingava da camisa. Ele se virou para Leo, mas perdeu o equilíbrio, cambaleou e caiu sobre um joelho.

—A morte do meu irmão — disse Leo enquanto Sloan se dobrava, vomitando sangue — não fazia parte do acordo.

Os lábios do malchai se curvaram, revelando seus dentes enquanto ele tentava formar palavras sem sucesso. Seu corpo estremeceu e seus ossos se contorceram antes que ele finalmente caísse no concreto.

August pousou a testa no chão. A sombra de Leo o cobriu. Ele virou de costas no chão e ergueu os olhos, encarando o irmão. Por um momento, sentiu alívio. Então, por algum motivo, uma pontada de medo. Os olhos pretos de Leo não revelavam choque ou raiva. Apenas decepção.

— Olá, irmãozinho.

Leo se ajoelhou e tirou a fita adesiva da boca de August, que recuperou o ar, engasgando com o frio da noite. Ele tossiu e cuspiu sangue no chão. Tentou falar, mas as palavras não saíam.

Leo virou a cabeça.

— O que você disse?

August tentou de novo.

— Eu disse... Que acordo? — ele finalmente conseguiu soltar entre respirações dissonantes.

Leo o observou com pena. Como se fosse óbvio.

Um acordo com Sloan. Um acordo entre dois monstros que queriam começar uma guerra.

— O que você fez?

Leo pegou a corrente em volta dos punhos de August e a puxou para que ele ficasse em pé.

— O que precisava ser feito.

August vacilou.

—Você... você falou para eles sobre mim... me mandou para a escola e depois avisou que eu estava lá. — Ele não negou. — Henry sabe disso?

— Henry Flynn é fraco e está cansado — Leo disse. — Ele não serve mais para nos liderar.

— Mas Ilsa...

— Nossa *irmã* deveria ter ficado fora do caminho. — Leo balançou a cabeça. — Sua perda prejudica a missão, mas tenho esperanças em *você*.

August começou a tremer, sem conseguir evitar.

—Você traiu nossa família.

— Eles perderam nossa causa de vista — Leo disse, apertando as correntes. — A cidade precisa de nós, August. Não apenas o Sul ou o Norte. *A cidade inteira.* O veneno se espalha. A violência se espalha. *Tudo* se espalha. Não podemos nos esconder atrás de tréguas e Fendas, apenas esperando. Somos sunais. Fomos feitos para purificar este mundo, não para nos esconder e deixar que apodreça. Temos um propósito, August. Está na hora de se dedicar a ele.

— Henry nunca vai perdoar você.

— Não preciso do perdão dele. Ele é um *humano.* — Leo parecia enojado. — Não consegue ver além do próprio medo. Seu único desejo é sobreviver.

—Você não passa de um monstro como os outros.

August tentou se libertar, *recuar*, mas Leo não soltou.

— Sou um sunai — ele disse. — Sou o fogo sagrado. E se eu tiver que queimar o mundo para que seja purificado, então é isso que vou fazer. — Leo segurou o rosto de August, um gesto que poderia ser doce, mas não era. Um polegar ergueu o queixo do garoto à força para que encarasse seus olhos, cujo preto era ao mesmo tempo liso e infinito. — Onde ela está?

Kate.

August viu a verdade nos olhos do irmão. Leo ia terminar o que começara. Ia matar Kate. Mas August não podia responder o que não sabia, então apenas balançou a cabeça.

Leo sussurrou, furioso.

—Você vai proteger uma *pecadora*?

— Para proteger nossa família. Nossa cidade. Matar Kate vai começar uma guerra.

Leo deu um pequeno sorriso sombrio.

— A guerra já começou. E não sou eu quem vai matar a pecadora. É você.

A PRIMEIRA COISA QUE KATE VIU FOI O CORPO.

O segundo malchai estava caído do outro lado da porta, o sangue negro gotejando do peito aberto, as costelas estilhaçadas. Kate se agachou e pegou um pedaço de osso escorregadio e afiado. Não era uma faca, mas teria que servir.

Ela se empertigou e observou ao redor: em uma direção, além das portas abertas do depósito, a noite aguardava em um lote de terra vazio que dava para os campos; na outra, August estava ajoelhado sob um círculo de luz. Ferido e sangrando, ele emitia fumaça como uma fogueira prestes a se apagar. Alguém estava diante dele. A princípio, Kate pensou que era Sloan, mas, quando chegou mais perto, viu o corpo do malchai estatelado no chão. Então se deu conta da altura do vulto, da largura de seus ombros, do brilho da luz em seu cabelo claro, e percebeu que era *Leo*.

O alívio tomou conta dela ao ver August vivo e Sloan morto, mas então Leo deixou o irmão de pé e ela viu a dor estampada no rosto cheio de sangue de August. Ouviu a mesma dor na voz dissonante dele, enquanto discutia com o irmão e tentava se soltar.

Kate deu um passo para trás. Os olhos de August encontraram os dela no escuro — talvez atraídos pelo brilho do sangue no osso em sua mão ou pelo movimento diante de um fundo imóvel. Mesmo de longe, ela pôde vê-los se arregalando, não de alívio, mas de *pavor*.

Um instante depois, a cabeça de Leo virou também, e ele estreitou os olhos negros.

Não havia nada de bondade naquele olhar. Nada de misericórdia.

Kate cambaleou para trás e quase caiu sobre o corpo do outro malchai enquanto Leo soltava August e tirava algo do bolso do casaco. No começo, a garota pensou que fosse uma arma, o metal cintilando no círculo de luz, mas então ela viu.

Era um instrumento. Uma flauta bem pequena.

Ele a ergueu e Kate inspirou fundo, à espera da música, antes de perceber que era para ela.

— Corra! — gritou August, jogando-se em cima do irmão.

Os dois caíram no concreto enquanto Kate virava e fugia na noite.

August não era páreo para Leo. Era jovem demais e estava faminto, algemado e ferido. O irmão o jogou de lado e saiu para o corredor. August levantou com dificuldade e usou seus últimos resquícios de força para correr atrás do irmão.

— *Para!* — ele gritou enquanto Leo saía para a noite. August tropeçou atrás dele, e um joelho cedeu quando chegou à saída. Obrigou-se a ficar em pé novamente, mas voltou a cair no momento em que Leo levou a flauta aos lábios e tocou a primeira nota.

Um som baixo, doce, que uivava como vento.

— Não! — August gritou, tentando interromper a melodia, mas era inútil.

Kate corria tapando os ouvidos, mas, assim que a música começou, seus passos vacilaram, diminuíram, pararam. Ela relaxou os braços, que ficaram parados tranquilamente ao lado do corpo.

— Não. — August tentou levantar novamente, mas não conseguiu. Ficou ajoelhado, observando a luz vermelha chegar à superfície da pele de Kate enquanto ela caminhava na direção deles. A música de Leo desprendia a alma dela e a mente de August ao mesmo tempo. Quando Ilsa havia cantarolado, ele sentira paz. Mas, com Leo tocando, sentia que estava se desfazendo, dissolvendo em trevas.

E estava mesmo.

Em algum lugar, sob o calor e a dor, sentiu o arranhar de uma marca nova — mais um dia, quatrocentos e vinte e quatro. Só que nenhuma das marcas importava, porque ele estava queimando. Sucumbindo.

Os lábios de Kate se moveram. Conforme ela se aproximava, ele começou a ouvir as palavras. A confissão.

— ... pensei que ele ia me machucar. Eu não precisava atirar, mas pareceu a saída mais fácil... Ele podia estar mentindo. Não reconheço mais a verdade. Não sei em quem confiar...

— Liberta a Kate, Leo — August suplicou. — Por favor.

O sunai parou de tocar e a garota ficou ali, a poucos passos de distância, sua expressão perdida sob a chama da luz.

— Pegue sua alma.

— Não.

— Está vermelha.

— *Não.*

— Você também pecou, irmãozinho — Leo disse. — Contra sua natureza e nossa causa. — As palavras trespassaram a mente despedaçada de August. — Você tem muito potencial. Juntos, podemos fazer coisas grandiosas. Mas, primeiro, você tem que se redimir. Agora, levante.

August levantou, trêmulo. As trevas se curvavam em volta de seu corpo, saindo como vapor de seus braços e pernas. As marcas de contagem em sua pele se apagavam uma a uma.

Não sou um monstro.

— Chega.

Não sou...

Seu coração balançou no peito.

— Pare de resistir.

Eu sou...

August conseguia sentir que estava se desintegrando.

— Aceite sua verdadeira forma — Leo ordenou, interrompendo August e tirando o que restava de sua força.

August sabia que ele estava certo, sabia o que precisava fazer.

Então parou de resistir.

E no mesmo instante a dor se desfez e a chama apagou. Ele sucumbiu, sucumbiu, sucumbiu, rumo às trevas.

Kate ficou parada sozinha na noite e não sentiu nada.

Nenhum pânico. Nenhum temor. Mesmo quando a música foi interrompida, continuou tocando em sua cabeça, envolvendo-a de luz... luz vermelha... Todos teriam a mesma quantidade dela, como sangue? Era tanta...

Ouviu a si mesma falar, mas não conseguia se concentrar nas palavras ou em nada além do homem à sua frente e do garoto atrás dele.

O garoto estava ajoelhado no chão, os punhos amarrados, parecendo tão ferido, tão assustado, que ela desejou poder passar um pouco de sua calma para ele. O garoto... Quem ele era? Não um garoto, mas um monstro... Não um monstro, mas um garoto... E então a música finalmente começou a sumir, deixando sua cabeça, e seus pensamentos começaram a se aglutinar em um nome.

August.

Por que ele estava no chão? Quem era aquele homem? Kate lutou contra a névoa. Tudo estava distante, mas sua mente se aquietava, parando de girar e encontrando a ordem. Era Leo em pé à frente dela, e August atrás dele. Só que não estava mais de joelhos. Começara a se levantar, as trevas evaporando de seus ombros.

E então, de um momento para o outro, ele *mudou.*

Seu rosto ficou sereno e toda a tensão desapareceu de sua boca e de seus olhos, não parecia mais haver um peso em suas costas. Sua cabeça se inclinou para a frente, os cachos pretos envolvendo seu rosto enquanto as sombras tomavam sua pele. Elas se espalharam a partir do peito, cobrindo seus braços e suas pernas, carne e osso. Por um momento, ele não era nada além de uma nuvem de fumaça. E então a fumaça foi sugada como numa inspiração, começando a se contrair e mudar, formando o contorno de um corpo traçado pela luz do fogo.

Onde antes estava um garoto, agora havia um monstro.

Alto, elegante e aterrorizante. As correntes em seus punhos se esmigalharam, virando cinzas. Quando ele ergueu a cabeça, seus olhos negros estavam arregalados e vazios, sem luz, opacos como uma noite sem lua. A fumaça saía da criatura em forma de chifres e ondulava atrás de suas costas formando asas que se lançavam em espirais de chama, como papel queimando. No centro do corpo, crepitando entre as trevas como um carvão em brasa, seu coração pulsava com uma luz ardente e inconstante.

Os olhos de Kate lacrimejaram ao contemplar aquilo. Ela não conseguia parar de olhar. O fogo crepitava e ardia na cavidade de seu peito e em seus contornos — braços, pernas, asas, chifres —, tremulando na escuridão. Era hipnotizante, como a labareda na capela na noite. Um ser criado, e então solto. Aquela chama havia começado com um riscar de fósforo e aquele ser... aquele ser havia começado com um garoto.

Leo saiu do caminho e a criatura virou a cabeça para Kate.

— August — ela disse.

Mas não era ele.

Não havia August em seu rosto, apenas sombra.

Nada de August em seus olhos, apenas brasa e cinza.

Ela tentou recuar sob o olhar fixo do monstro, mas não conseguiu. Estava paralisada, não de medo, mas de outra coisa, mais profunda. Seu corpo não dava mais ouvidos à sua mente. A luz vermelha ainda dançava sobre sua pele e Kate se surpreendeu em como uma vida podia se esgotar tão fácil. Como a morte podia estar contida em um toque.

O sunai deu um passo na direção dela. Ele não se movia como os outros monstros, não se contraía e tremulava como os corsais nem deslizava e atacava como os malchais. Não, ele se movia como fumaça, dançando para a frente sob uma brisa que ela não conseguia sentir. Uma música que não conseguia ouvir.

As mãos dele se ergueram, a ponta dos dedos em chamas. O calor tocou o ar à frente de seu rosto e o medo finalmente se apoderou dela. Kate se esforçou tanto para recuar, resistir ao controle da luz vermelha que envolvia sua pele. Lágrimas escorreram por suas bochechas, mas não conseguiu fechar os olhos.

— Não tenho medo da morte — Kate sussurrou, encarando a criatura que estendia o braço. Ela não sabia se August ainda estava lá, se podia ouvir, se ainda se importava. — Não tenho medo — ela disse, preparando-se para o toque do sunai.

Mas ele nunca veio.

A criatura deu mais um passo, mas sua mão se voltou na direção de Leo, seus dedos de sombra se fechando em volta da garganta dele. O outro sunai deu um grito sufocado de surpresa, mas não conseguiu recuar. Lutou, agarrando o braço do monstro, mas sua força era inquebrável, seu poder absoluto.

— O que você está f... — Leo tentou perguntar, mas então a mão da criatura o apertou mais, interrompendo-o. O sunai se aproximou e sussurrou algo no ouvido de Leo, cujo rosto perdeu a surpresa e a fúria. Não ficou sereno ou calmo, apenas... vazio.

Algo começou a emergir em Leo, não preto como nos malchais nem vermelho como em um pecador. Kate não soube identificar o que veio à superfície da pele do sunai. Era luz e trevas, brilho e sombra, estrelas e meia-noite, e outra coisa completamente diferente. Era uma explosão em câmera lenta — tragédia, monstruosidade e resolução, passando por toda a pele de Leo e penetrando na fumaça do monstro, traçando os contornos de uma forma de menino dentro da sombra como um trovão em uma tempestade.

E então, como um trovão, acabou.

As pernas de Leo se curvaram. O sunai afundou com ele, a mão ainda em volta da garganta do irmão. A criatura se ajoelhou sobre o corpo, que se transformou em pedra, em cinza e em nada. Kate ficou parada; o brilho vermelho de sua alma ainda pairando sobre sua pele ferida e ensanguentada, mas diminuindo enquanto recuava rumo à segurança.

O sunai levantou, com os restos do corpo de Leo se desfazendo em suas mãos. Um único bater das asas em chama e a cinza se desfez, então a criatura ergueu a cabeça com chifres e encarou Kate novamente.

Caminhou na direção dela, diminuindo o espaço entre eles com duas passadas elegantes. Ergueu a mão e Kate fechou os olhos, sentindo o calor dos dedos da criatura não em sua pele, mas nas algemas em seus punhos. Então os abriu e viu o metal enegrecer e se desfazer.

O sunai a encarou, a mão pairando entre eles, seus contornos vacilando como fumaça. E, então, estremeceu. Um único calafrio animalesco que foi dos chifres às asas, descendo até os pés, numa escuridão que baixava como maré, revelando o cabelo preto, a pele lisa e os olhos cinza.

August ficou parado, descalço e sem camisa, arfando. Seus ferimentos e hematomas haviam desaparecido. Assim como as marcas pretas que contavam os dias em sua pele. E, por um longo momento, seu rosto continuou vazio, os traços serenos demais, o semblante tão inexpressivo quanto o do irmão. Ele a encarou como se não se conhecessem. Como se não tivessem fugido juntos, lutado juntos, quase morrido juntos.

Então, uma pequena ruga surgiu entre seus olhos. Com as sobrancelhas levemente franzidas, ele perguntou:

— Você está bem?

Sua voz ainda parecia distante, mas havia algo nela. Um tom de preocupação. Kate soltou um suspiro trêmulo. Olhou para si mesma, sua blusa rasgada e suas mãos ensanguentadas.

— Estou viva.

Um sorriso cansado se abriu no rosto dele.

— Bom — August disse —, é um começo.

Nada estava diferente.

Tudo estava diferente.

Eles atravessaram o campo em silêncio enquanto os primeiros sinais da manhã apareciam no céu; os olhos de Kate estavam na casa, e os de August estavam nela. A sombra de Kate dançava atrás dela, inquieta, tentando alcançar o mundo e atrair seus sentidos, com um puxão leve e persistente.

Ele queria consolá-la. Mas não conseguia. Havia um abismo onde antes existira algo, que não conseguia mais alcançar. August queria acreditar que era apenas cansaço, perda, confusão. Queria acreditar que passaria.

A casa estava como a tinham deixado. Os carros na entrada de cascalho. A porta da frente aberta. O corpo no corredor. Kate pegou o isqueiro no gramado, contornou o cadáver e foi para a cozinha. August foi até o banheiro, onde seu violino esperava estilhaçado no chão de ladrilhos, com o braço quebrado e as cordas arrebentadas. Obrigou-se a contorná-lo, como Kate havia feito com o cadáver.

Recuperou os sapatos e assistiu aos dedos amarrarem os cadarços. Sua pele estava lisa, não havia nenhuma marca preta em seu braço. Ele passou o dedo pensativo no punho.

Quatrocentas e vinte e quatro linhas apagadas.

Extintas.

August levantou, lançando um olhar para o espelho. Perscrutou seu rosto, tentando lembrar a versão de si mesmo de horas antes, o garoto agarrando-se à pia, desesperado para não perder o controle, os olhos desvairados e febris, o rosto contorcido de medo e dor, todas as sensações aguçadas, terríveis e *reais*. Tentou, mas a memória parecia mais um sonho; os detalhes já estavam se apagando.

— August?

Ele virou e encontrou Kate parada no batente, fitando os destroços do violino.

— Tudo bem — ele disse em voz baixa. — É só madeira e cordas. — Ele queria que as palavras soassem reconfortantes, mas sua voz soava errada. Firme demais. Como a de Leo.

Algo cresceu dentro dele — uma sombra de pânico, um eco de medo —, então se acalmou.

Kate estava oferecendo uma camiseta preta. Quando ele estendeu a mão para pegar, seus dedos se tocaram. August recuou automaticamente, com medo de machucá-la. Mas nada aconteceu. Seu violino estava esparramado no chão de ladrilho e a alma dela estava segura.

Ele percebeu que a camiseta cheirava a lavanda enquanto vestia o tecido macio sobre a pele fria.

— August — Kate disse, a voz fraca. — Você... está bem?

— Estou vivo — ele disse, como ela havia dito minutos antes.

Kate abraçou o próprio corpo, mantendo o olhar calmo.

— Mas você ainda é... *você*?

August a encarou.

— Fui torturado, sucumbi e acabei de matar meu irmão. Não sei o que sou agora.

Kate mordeu o lábio, assentindo.

— Faz sentido. — Ela parecia perdida.

August passou a mão no cabelo.

— Preciso voltar para a Cidade V. Tenho que ver Henry. Tenho que ajudar minha família... o que restou dela. Leo disse que a batalha já começou e...

— Eu entendo.

— Tem dois carros. Eu vou...

— Vou voltar também.

August franziu a testa.

— Acha que é uma boa ideia?

— Imagino que não — ela disse, fechando os dedos em volta do pingente de prata no pescoço. — Mas preciso ver meu pai — ela disse. — Você vem comigo?

August ficou tenso. Tinham chegado tão longe juntos, e ele confiava nela, mas só de pensar em ficar frente a frente com Harker...

— Por quê?

Os dedos de Kate ficaram brancos em volta do metal.

— Preciso perguntar uma coisa para ele — disse. — E preciso saber se está falando a verdade.

Kate Harker sentou na beirada da mesa do pai, observando as nuvens passarem atrás da janela, riscos brancos e baixos sobre a cidade. Seu coração batia forte e todo o seu corpo estava dolorido, mas ela estava ali. No seu lugar de direito.

Harker Hall era uma fortaleza; não havia como entrar ou sair sem ser visto.

Não era um problema para Kate. Ela queria que soubessem que estava ali.

Queria que *ele* soubesse.

Mas tinha feito o possível para manter August em segredo, dizendo a ele exatamente por onde passar para se manter longe das câmeras.

E ali estavam os dois.

O trajeto de volta para a capital havia levado quatro horas. Agora, o sol estava no ápice, enfraquecendo ao máximo os monstros da cidade. Música saía das dezenas de alto-falantes da cobertura, num volume baixo, mas com uma batida constante. August queria ouvir música clássica, mas Kate tinha optado por rock.

Ela não tinha se dado ao trabalho de limpar o sangue. Não tinha se importado em trocar de roupa. Numa mão, empunhava a arma que Harker guardava na gaveta da mesa. Na outra, o pingente de prata que ele havia lhe dado na manhã do ataque.

Kate não conseguia entender como a tinham encontrado na tarde do dia anterior, na estrutura corroída de um prédio a dois quarteirões do abrigo mais próximo. Ou no restaurante. Ou na casa. Foi só quando estava girando o último parafuso na placa de metal que se deu conta. O pingente rachara, revelando um chip dentro dele.

Sloan nunca havia mentido.

Mas seu pai sim.

Durante todo o caminho de volta, Kate pensara no que dizer. No que fazer. Ela sabia que deveria ter fugido, mas não conseguia, não sem saber a verdade. Não sem *ouvir* a verdade.

August estava encostado na parede ao lado da porta, os braços cruzados, os dedos dançando distraidamente pela manga da camiseta. Seus olhos cinza estavam a quilômetros de distância quando as portas da cobertura se abriram e um par de passos firmes atravessou o piso de madeira. Um único par.

Depois de tudo aquilo, ele *ainda* a subestimava.

— Katherine? — Harker gritou, com a voz esbaforida, fingindo urgência, como se tivesse acabado de saber que ela estava ali, segura.

— Estou aqui dentro — ela respondeu. Um instante depois, ele surgiu no batente. Seus olhos azul-escuros perpassaram o ambiente, observando tudo menos August, e seu rosto se cobriu de alívio. Quase dava para acreditar. — O que você está fazendo aqui? — ele perguntou. — Deveria estar na casa de campo.

— Eu estava — ela disse. — Mas Sloan foi me buscar. Disse que você o mandou.

Os olhos de Harker desceram para o revólver pousado na mesa.

— Onde ele está agora?

— Morto — ela disse, fazendo Harker pestanejar. Kate já tinha visto seu pai satisfeito, furioso, frio, calculista e no controle da situação. Mas nunca pego de surpresa. — Eu falei que faria isso — ela disse. — Quando achasse o monstro por trás de tudo.

— Sloan não…

— Chega — ela disse, pegando o pingente quebrado da mesa. — A única coisa que quero saber é: a ideia foi dele ou sua?

Harker a examinou, então contorceu os lábios. Era um sorriso seco, frio e sem humor, quase arrependido. Com esse gesto, ela soube.

— Por quê? — perguntou. — Por que quebrar a trégua?

— A trégua estava com os dias contados. Sem uma guerra, os malchais iam se rebelar.

— E os monstros que arrancaram as próprias marcas?

Harker deu de ombros.

— Foi ideia do Sloan, para desviar a culpa de mim.

Kate se sobressaltou. Era a verdade. Tinha que ser — mas havia algo errado.

Em breve os monstros vão se erguer e, quando esse momento chegar, a cidade será minha.

Ela soltou uma breve risada amarga.

—Você é um idiota — disse ao pai. — Sloan não estava *ajudando* você. Foi ele quem começou a rebelião. Você foi manipulado por ele.

O sorriso fugiu do rosto de Harker.

— Bom, nesse caso — seu pai disse, seco —, que bom que você o eliminou. — Ele deu um passo na direção dela. —Você se provou útil, Katherine. Talvez seja uma Harker, afinal.

Kate balançou a cabeça, incrédula.

— O sangue não significa nada para você, não é?

A expressão dele endureceu.

— Nunca quis um filho, mas sua mãe queria. Eu a amava, e ela dizia que eu acabaria amando você também. E, quando veio ao mundo, percebi que tinha razão. Amei você. — Kate sentiu o coração apertar. — Do meu jeito. Dizem que a paternidade muda o homem, mas não me mudou. E isso... *acabou* com Alice. De repente, você era tudo o que importava. Tudo o que ela conseguia ver. No final, foi o que a matou.

— Não — Kate gritou, pegando a arma. — *Sloan* a matou. Eu lembro.

Ela pretendia pegá-lo de surpresa de novo, ver o choque da traição. Mas não aconteceu. Ele já sabia.

— Alice já não era minha — disse, com frieza. — *Minha* mulher não teria tentado fugir no meio da noite. *Minha* mulher era mais forte do que isso.

Kate ergueu a arma e a apontou para o pai.

— Sua filha é.

Ele semicerrou os olhos.

—Você não vai atirar em mim.

—Você não me conhece mesmo, pai — ela disse, puxando o gatilho.

O som foi ensurdecedor, mas, daquela vez, Kate não foi pega de surpresa quando a arma disparou.

O corpo de Harker foi lançado para trás, sangue brotou de seu ombro.

E então ele sorriu. Um sorriso terrível, ferino.

—Você não é uma Harker de verdade, afinal — ele repreendeu. — Não atirou para matar.

Ela apertou o gatilho de novo, mirando mais baixo; a bala entrou no joelho esquerdo, forçando a perna a ceder ao peso do corpo. Ele rangeu os dentes de dor, mas continuou falando.

— Pensei que poderia dar certo. Se você sobrevivesse, se nunca descobrisse sobre Colton. Seria o melhor dos mundos. Talvez pudéssemos até nos tornar uma família.

Houve um tempo em que aquilo era tudo o que Kate queria. Naquele instante, o pensamento a repugnava.

—Você não é meu pai. Não é sequer um homem. Não passa de um monstro.

— O mundo é dos monstros — Harker disse. — E você não tem o que é preciso.

Ela apontou a arma para o coração do pai.

— Você está errado — Kate disse. Sua voz tremia, mas suas mãos estavam firmes. Antes que ela pudesse puxar o gatilho, uma sombra entrou na sua frente, bloqueando o tiro.

— Kate. Pare.

Harker estreitou os olhos.

— August Flynn.

— Sai da frente — Kate avisou, mas August deu um passo para a frente e deixou o cano da arma encostar em suas costelas.

— Não.

— *Preciso* fazer isso. — As palavras saíram sufocadas. Kate percebeu que estava chorando e se odiou por aquilo. Chorar era uma fraqueza. Ela não era fraca. E provaria. — Ele *merece*.

— Mas você não. — August estendeu a mão e pousou sobre a dela que segurava a arma.

— Não importa — Kate disse. — Minha alma já está vermelha.

— Aquilo foi um acidente. Você estava assustada. Cometeu um erro. Mas isto... não há volta. Você não quer...

— Quero justiça — ela vociferou. — Quero um julgamento.

August levantou a outra mão e a pousou sobre o ombro dela.

— Então pode deixar que eu cuido disso.

Ela o encarou nos olhos. Estavam sem brilho e arregalados. Na superfície deles, Kate se viu, a pessoa que tentava ser. A filha de seu pai. O tremor finalmente chegou aos seus dedos e ela soltou a arma, deixando que August pegasse o objeto. Então...

Um movimento sobre o ombro dele, um clarão metálico enquanto Harker se levantava e avançava.

Ele não conseguiu. August virou e segurou o pai de Kate pelo punho, torcendo-o para que soltasse a faca e jogando-o contra o piso de madeira. O sunai apertou os dedos no ombro ferido de Harker e o homem grunhiu de dor. August não parecia sentir nenhum prazer na tarefa, mas tampouco o soltou.

— É melhor você ir, Kate.

— Não — ela disse, mas na verdade ver Harker se contorcer revirou seu estômago. Seu pai sempre parecera um homem grande, mas caído ali, imobilizado por August, a dor fazendo a luz vermelha subir à superfície de sua pele como suor, parecia fraco.

— Por favor — August pediu. — Não deixe que ninguém interrompa.

Kate deu um passo para trás, depois outro. Encarou o pai nos olhos — olhos escuros, iguais aos seus — pela última vez e disse:

— Adeus, Harker.

Então virou e saiu, fechando as portas à prova de som.

Ele demorou muito tempo para morrer.

Não foi de propósito, August não prolongou aquilo desnecessariamente, mas o homem resistia, agarrado a um resquício de vida. Quando acabou, Callum Harker jazia no chão, o corpo contorcido e os olhos queimados. Atrás das janelas, o sol havia começado a se pôr.

Sangue pingava dos dedos de August quando ele levantou. Ainda odiava ver sangue e fez o possível para se limpar antes de sair da sala.

Kate estava sentada no sofá de couro preto, com um cigarro apagado entre os dedos.

— Isso mata — ele falou baixo, sem querer assustá-la.

Ela ergueu os olhos. Estavam vermelhos, como se tivesse chorado, mas sem lágrimas.

— É por isso que não estou fumando — ela disse. — Já temos jeitos suficientes de morrer... — Ela olhou atrás dele, para as portas do escritório. — Ainda mais agora.

Kate havia tomado banho, trocado de roupa e preparado uma mochila, deixando a pistola em cima dela. Seu cabelo loiro estava livre de todo sangue e sujeira, preso num rabo de cavalo que revelava a cicatriz prateada descendo da têmpora até o queixo. Ela estava toda de preto, as unhas recém-pintadas.

—Você pode vir comigo — August disse. — Para a Cidade Sul. Podemos proteger você...

Mas Kate já estava balançando a cabeça negativamente.

— Ninguém pode me proteger, August. Não nesta cidade. Não mais. Harker não tinha amigos. Tinha escravos e inimigos. Agora que está morto, você acha que vão me deixar livre?

Não, ele não achava. Mesmo com a morte de Sloan, os malchais estavam se rebelando, o sistema de Harker perdia força. Ali não era seguro. Ou em qualquer lugar.

Eles pegaram o elevador particular para a garagem, onde ela havia estacionado o carro de Sloan. O sol estava se pondo e não demoraria muito até alguém ir procurar Harker e encontrar o corpo. Ela deixou a arma no banco do passageiro, em cima do passaporte e do dinheiro que tinha pego na casa.

— Para onde você vai? — August perguntou.

— Não sei — ela disse. Devia ser a verdade.

Kate hesitou diante da porta aberta, um pé dentro do carro e o outro ainda no chão. August tirou do bolso um pedaço de papel manchado de sangue que havia pego da mesa de Harker. Nele, tinha anotado o número da FTF e os códigos para acessar a linha particular de Henry, já que não tinha uma própria.

— Se algum dia precisar de ajuda — ele disse. Kate não respondeu, mas pegou o papel e o guardou no bolso. — Tome cuidado, Kate. Fique... — ele pretendia dizer "segura", mas mudou de ideia — ... viva.

Ela arqueou a sobrancelha.

— Algum conselho sobre como fazer isso?

August tentou sorrir.

— Do mesmo jeito que continuo humano. Um dia de cada vez.

— Você não é humano — ela disse. Mas não havia maldade nas palavras. Kate já estava entrando quando ele estendeu o braço e colocou os dedos sobre os seus na porta. Ela não recuou. Nem ele. Foi apenas um momento, mas foi importante. August pôde ver, mesmo através da névoa.

Ele tirou a mão e Kate fechou a porta, batendo as unhas na janela aberta. August deu um passo para trás e colocou as mãos nos bolsos.

— Boa sorte, Kate Harker.

— Tchau, August Flynn.

Ele observou o carro se afastar. E então saiu da garagem para a rua, na direção da Fenda, da Cidade Sul e de casa.

Eles o viram chegando.

A notícia devia ter se espalhado assim que August pisou no complexo, ou talvez Paris tivesse ligado quando passou por lá, porque Henry e Emily Flynn estavam esperando quando as portas do elevador se abriram. Antes que pudesse dizer alguma coisa, os dois já estavam lá, puxando-o para algo mais desesperado do que um mero abraço. August afundou nos braços deles e contou tudo.

Sobre Kate.

Sobre Sloan.

Sobre Leo.

Contou sobre Colton.

Sobre a fuga.

Sobre deixar Ilsa.

Sobre os malchais.

Sobre a traição de seu irmão.

E a morte dele.

Ele *confessou*. Quando acabou, caiu de joelhos. Henry se ajoelhou ao lado dele, e os dois sentaram no chão do corredor, com as testas encostadas.

Henry lhe contou que ele e Leo tinham brigado depois da ligação de August. O filho partira, abandonando os Flynn e a missão deles em prol da sua. Não conseguiram impedi-lo.

August, sim.

— Pensei que tinha perdido você — Henry disse.

Você perdeu, August quis falar, mas havia sobrado mais dele do que o que se perdera, então ele disse:

— Estou aqui. E sinto muito por Leo. E por Ilsa.

— Ela vai ficar bem — Emily disse, tocando o ombro do filho.

Ele ergueu a cabeça.

— Como assim?

August se sentiu engasgado na esperança daquelas palavras, depois no medo de que havia entendido errado.

— Mas Sloan...

Henry assentiu.

— Foi por pouco, August. Ela escapou, mas... enfim, escapou. É isso que importa.

— Onde? — Ele já estava em pé, passando pelos pais e indo em direção ao quarto dela.

Abriu a porta e lá estava Ilsa, de frente para a janela, com seus cachos avermelhados, observando o sol se pôr sobre a cidade. Allegro a observava da cama. Ela estava com uma blusa de alcinhas e, mesmo do batente, August conseguiu ver sua pele descoberta, sem as milhares de estrelas que antes faziam das suas costas um céu.

— Ilsa — ele disse, afobado de alívio.

Então ela virou e August ficou tenso. Uma cicatriz feroz atravessava sua garganta. Sloan tinha falado a verdade, ainda que não toda.

Ele não sabia como o malchai tinha saído vivo, mas estava contente que Leo havia cravado uma estaca nas costas do monstro.

Apesar do ferimento, o rosto dela se iluminou quando o viu. Ilsa não falou nada, apenas estendeu a mão. August cruzou o quarto e a abraçou. Ela cheirava a hortelã.

— Pensei que você tivesse morrido — ele sussurrou. Nada ainda. Ele recuou para olhar nos seus olhos. Não sabia como contar sobre Leo. Ilsa tinha sido a primeira sunai e Leo, o segundo. Mesmo que não a amasse, ou não amasse qualquer outra pessoa, Ilsa o amava. — Leo... — ele começou, mas ela levou os dedos à sua boca.

De alguma forma, já sabia.

— Estou com medo — ele sussurrou contra a mão dela. — Eu me perdi. — Era mais do que aquilo, claro. Ele tinha tomado a alma de outro sunai. Mesmo agora, ardia dentro dele como uma estrela. — Acho que nem tudo voltou.

Ilsa balançou a cabeça com tristeza, como se dissesse que nunca voltava.

Ela abriu os lábios como se fosse falar. Não saiu nada, mas seus olhos, aqueles olhos azuis intensos, eram cheios de significado, e ele soube o que ela diria.

Ninguém continua igual.

Ilsa se voltou para a janela e olhou na direção do céu e da Fenda. Ergueu os dedos para o vidro ainda rachado e, na escuridão, desenhou uma estrela, e mais outra, e outra. August envolveu os ombros da irmã com os braços e ficou observando enquanto ela enchia o céu.

ELEGIA

Kate dirigiu para o oeste.

Atravessou as zonas vermelha, amarela e verde da cidade, passou pelo Ermo e pelas cidades além dele. O carro chegou à fronteira antes do sol. Ela entregou o passaporte para o homem e ficou esperando enquanto ele olhava do documento para ela e de volta para o documento — ela havia arrancado a foto da menina sorridente do canto superior e colado uma da Wild Prior ou da St. Agnes, não conseguia lembrar qual. A maioria dos detalhes batia, mas, segundo o passaporte, ela era Katherine *Torrell*. Era o sobrenome de solteira da sua mãe.

Kate manteve as mãos no volante, resistindo ao impulso de bater as unhas nele enquanto o guarda analisava todos os detalhes.

Havia mais três homens ali, um no chão e dois em postos elevados, todos com colete e artilharia. A arma de seu pai estava amarrada embaixo do banco. Ela torceu para não precisar usar.

— Motivo? — perguntou o guarda.

— Escola — ela disse, tentando se lembrar qual dos internatos ficava naquela direção, mas ele não perguntou.

— Está ciente de que o passaporte não garante o direito de ir e vir, certo?

— Sim — ela respondeu. — Não pretendo voltar.

O homem entrou numa sala. Kate jogou a cabeça para trás e

esperou, tentando conter as lágrimas. Seus olhos ardiam, mas elas haviam parado de cair horas antes, e Kate estava de óculos escuros diante da luz forte do poente. O rádio estava numa estação de notícias. Um homem e uma mulher conversavam sobre a tensão crescente entre Harker e Flynn. Um tumulto na Fenda. O fato de que não conseguiam localizar Harker para comentar. Ela desligou o rádio.

— Srta. Torrell — disse o homem, devolvendo o passaporte. — Dirija com segurança — ele acrescentou, e ela quase sorriu.

— Sim, senhor.

Os portões se abriram e Kate avançou, deixando Veracidade, rumo ao mundo. Eram dezesseis quilômetros até as estradas transversais mais próximas. Dezesseis quilômetros para Kate decidir aonde iria.

Ligou o rádio de novo. O sinal da estação de notícias de Veracidade já estava fraco. Alguns minutos depois, o sinal se perdeu completamente, uma voz diferente numa cidade diferente num território diferente irrompendo. Ficaram para trás as notícias da Cidade Norte, dos Harker e dos Flynn, e ela continuou dirigindo, praticamente ignorando o programa, até uma frase chamar sua atenção.

— ... homicídios violentos abalaram a população e desnortearam a polícia...

Kate aumentou o volume.

— É isso mesmo, James. Notícias inquietantes de Prosperidade, onde as autoridades ainda estão investigando uma série de homicídios terríveis, que antes se acreditava que haviam sido causados por gangues.

Ela chegou ao cruzamento e parou.

Temperança à esquerda, Fortuna à direita, Prosperidade em frente.

— Embora a polícia se recuse a liberar mais detalhes, uma testemunha chamou os homicídios de ritualísticos, quase místicos. As mortes vieram em sequência de outro ataque na semana passada que deixou três mortos. O crime no território está em alta nos últimos anos, mas isso marca um novo capítulo aterrorizante para Prosperidade.

— Tempos assustadores, Beth.

— Pois é.

— Pois é — ecoou Kate, pisando no acelerador.

August passou o dedo pela única marca de contagem em seu punho.

Era um novo dia.

Um recomeço.

Ele levantou e se vestiu, mas não o uniforme de Colton.

Olhou-se no espelho e viu o uniforme escuro envolvendo seus contornos magros, as letras grossas da FTF costuradas sobre o peito. Seu cabelo ainda caía sobre os olhos, que estavam mais escuros agora, da cor do estanho. Ele se pegou evitando o próprio reflexo.

August sentou na beira da cama; Allegro brincava distraidamente com seus cadarços enquanto ele calçava as botas. Quando terminou, colocou o gato em cima de seus joelhos e o encarou nos olhos.

— Como estou? — perguntou. Allegro o encarou com seus olhos verdes enormes e inclinou a cabeça como Ilsa fazia às vezes, quando estava pensando. E então o gato ergueu a patinha preta e a encostou no nariz dele.

August se pegou sorrindo.

— Obrigado.

Levantou. Um estojo esperava sobre a pilha de livros. Um presente de Henry e Emily. O violino dentro era novo, não de madeira polida, mas de aço inoxidável, com cordas pesadas. Um arco, também de aço, pousava ao lado dele.

Era um novo instrumento para uma nova era.

Um novo August.

Ele pegou o violino, aconchegou o metal frio sob o queixo e passou o arco na primeira corda.

O que saiu era mais do que um som. Era uma nota alta e baixa, suave e intensa. Encheu o quarto com um timbre constante que fez os ossos de August vibrarem. Era diferente de tudo o que já tinha ouvido, e seus dedos estavam loucos para tocar, mas August resistiu, abaixando o instrumento, deixando o arco descansar novamente ao lado de seu corpo.

Chegaria o momento de recorrer à música.

O momento de invocar almas.

Sem Harker, a Cidade Norte já estava se perdendo. Os malchais com o H arrancado da pele estavam atacando a Fenda. Os corsais se alimentavam de todos que conseguiam capturar, mesmo se usassem um medalhão de Harker. A população estava entrando em pânico. Ninguém sabia como encontrar segurança se ela não estava à venda. Era apenas uma questão de tempo até a FTF ter que atravessar a Fenda e intervir.

E, quando isso acontecesse, August estaria com eles.

Ele não era Leo, mas, sem a força do irmão ou a voz da irmã, era o último sunai da Cidade Sul. E faria o que fosse preciso para salvá-la.

Ele poderia ser o monstro se isso fizesse os outros continuarem humanos.

August havia matado Harker para que Kate não o fizesse. Ele não havia sentido prazer no assassinato, mas aquilo não macularia sua alma como faria com a dela. A questão, afinal, não era apenas o pecador, era o pecado em si, a sombra que consumia a luz humana.

E August não era humano.

Não era feito de carne e osso, ou poeira de estrelas.

Ele era feito de trevas.

Leo tinha razão sobre uma coisa: estava na hora de August aceitar quem era.

E se entregar.

A casa além do Ermo estava vazia, exceto pelo cadáver.

No banheiro perto do corredor, a torneira ainda pingava na banheira parcialmente cheia.

A porta azul de entrada estava entreaberta e o vento fazia as folhas secas entrarem.

O sol estava se pondo, lançando sombras pelo piso de madeira.

A maioria das sombras estava imóvel, mas uma começou a se agitar, espalhando-se como a poça de sangue, já espesso, para longe do corpo e subindo pela parede. Ela se estendeu, contorceu e levantou, saindo da parede para dentro da sala.

Era alta e magra, com unhas afiadas que brilhavam como metal e olhos que ardiam como brasa.

A criatura passou por cima do cadáver e desceu o corredor, entrando no banheiro, onde os pedaços de um violino jaziam espalhados no chão. Ela chutou os estilhaços de madeira e o arame, viu seu reflexo no espelho e abriu um sorriso cheio de dentes prateados. No quarto no fim do corredor, encontrou uma fotografia de um homem e uma mulher, com uma menina entre eles. Os dois não significavam nada para a malchai, mas a menina ela reconheceu.

Pegou a foto e saiu, cantarolando enquanto mergulhava na escuridão, atravessando a trilha de cascalho e o campo diante dela. A criatura passou as mãos na grama selvagem enquanto abria caminho até a luz do depósito ao longe, sentindo o cheiro de sangue e morte.

Encontrou o primeiro malchai no corredor com o coração arrancado. Passou por cima dele e seguiu em direção ao segundo. Ele jazia num círculo de luz, com uma barra de metal atravessando o terno, a pele e o osso.

Terno, pele e osso... mas nada de coração.

Ela inclinou a cabeça, analisando, depois pegou a barra manchada de sangue e a tirou com um ruído úmido.

O malchai não se moveu.

Nada, nada. Então um som estridente escapou do peito do monstro e seus olhos vermelhos se abriram. Ele sentou e cuspiu sangue negro no concreto antes de virar a cabeça e erguer os olhos para ela.

— Qual é o seu nome, pequena malchai?

Ela pensou na pergunta por um longo momento, esperando um nome vir à tona. E então veio, brotando feito sangue.

— Alice.

Os lábios do malchai se abriram num sorriso perverso. Ele começou a rir, e o som ecoou pelo depósito feito música.

Agradecimentos

Toda vez que me sento para escrever esta parte, fico paralisada. Não porque sejam poucas as pessoas para agradecer, mas porque são tantas que sei, com um pavor crescente, que quanto mais tento me lembrar de todas, mais esqueço. Com isso em mente, passei a preferir dar pinceladas gerais, mas sei que todos os leitores, apoiadores, amigos e fãs têm um dedo neste livro e em todos os outros.

À minha mãe e ao meu pai. Dez livros depois, vocês ainda não desistiram de mim nem me mandaram procurar um emprego de verdade. Prometo que nunca vou colocá-los em uma história.

À minha agente, por seu apoio constante e sua energia contagiante. Você é a melhor defensora de todas e fico muito grata por ser a minha.

À minha editora, Martha Mihalick, por ser uma pessoa adorável e perspicaz, e por exigir o melhor que posso oferecer. É uma honra trabalhar com você.

A toda a minha equipe na Greenwillow, desde os designers ao pessoal do marketing e da publicidade. À minha equipe britânica na Titan, incluindo Miranda Jewess, Lydia Gittins e tantos outros.

Aos seis Cs que me mantêm à tona, três em cada lado do oceano. Vocês são minhas boias e meus melhores amigos.

A Jenna, que mora comigo, por conseguir transformar ingredientes aleatórios em refeições deliciosas e por me lembrar de sair de casa.

À incrível rede de escritores e leitores na região de Nashville, pela grande alegria que é participar dessa comunidade.

E, acima de tudo, aos meus leitores. Na alegria e na tristeza, na saúde e na doença, vocês continuam comigo.

1ª EDIÇÃO [2017] 3 reimpressões

ESTA OBRA FOI COMPOSTA PELA VERBA EDITORIAL EM BEMBO
E IMPRESSA PELA GRÁFICA BARTIRA EM OFSETE SOBRE PAPEL PÓLEN NATURAL
DA SUZANO S.A. PARA A EDITORA SCHWARCZ EM NOVEMBRO DE 2022

A marca FSC® é a garantia de que a madeira utilizada na fabricação do papel deste livro provém de florestas que foram gerenciadas de maneira ambientalmente correta, socialmente justa e economicamente viável, além de outras fontes de origem controlada.